KB172438

그들의 문학과 생애

이기영

조남현 지음

한길사

그들의 문학과 생애

이기영

지은이 · 조남현

펴낸이 · 김언호

펴낸곳 · (주)도서출판 한길사

등록 · 1976년 12월 24일 제74호

주소 · 413-756 경기도 파주시 교하읍 문발리 520-11
www.hangilsa.co.kr
E-mail: hangilsa@hangilsa.co.kr

전화 · 031-955-2000~3 팩스 · 031-955-2005

상무이사 · 박관순 | 영업이사 · 곽명호
편집 · 박희진 박계영 안민재 이경애 | 전산 · 한향림 | 저작권 · 문준심
마케팅 및 제작 · 이경호 | 관리 · 이중환 문주상 장비연 김선희

출력 · 지에스테크 | 인쇄 · 현문인쇄 | 제본 · 성문제책

제1판 제1쇄 2008년 1월 31일

값 15,000원
ISBN 978-89-356-5980-7 04810
ISBN 978-89-356-5989-0 (전14권)

• 잘못 만들어진 책은 구입하신 서점에서 바꿔드립니다.

• 이 도서의 국립중앙도서관 출판시도서목록(CIP)은
e-CIP 홈페이지(http://www.nl.go.kr/cip.php)에서 이용하실 수 있습니다.
(CIP제어번호: CIP2008000339)

저는 참으로 흙이 그리워졌습니다. 원래 농촌이 생장인 저로서는 더욱 흙을 떠나서는 살 수 없다는 것을 본능적으로 느끼게 된 것입니다. 과연 농민의 생명선은 흙에 있지 않습니까? 우리는 흙에서 나서 흙속으로 다시 파묻히지 않습니까? 비록 소작농이 되었을지라도 우리는 다가치 내가 농민이라는 것을 철저히 깨닷는 동시에 농사개량에 힘을 쓰고 농촌계발을 위해서 우리의 있는 힘을 죽기까지 다 쓰자는 것입니다. 그래서 우리는 농사를 천직으로 알자는 것입니다.

.... 이기영, 『광산촌』

머리말

한국문학평론가협회에서 기획한 '납월북작가 전기작성사업'에 참여하여 이기영 연구를 하게 되었다. 이기영은 해방 이전에는 중심적인 프로 작가였으며 해방 이후에는 대표적인 월북작가가 되었다. 이기영은 김남천 · 한설야 등과는 다르게, 또 홍명희와는 비슷하게 북한체제에서 최고의 대접을 받으며 작가이자 정치인으로 활동했다. 이러한 사실은 그가 조금도 부끄럽지 않은 작가 노릇을 하지 못했다는 의미가 될 수 있다. 이기영의 경우, 해방 이전의 전기적 자료와 작품은 거의 다 면밀하게 검토되었다고 할 수 있지만 월북 이후의 행적에 대한 구체적인 자료 수집은 아직 좀더 기다려야 할 듯하다.

이기영은 우선 작품사에서 족적이 뚜렷하기 때문에 연구과제가 될 수 있었다. 아무리 문학운동사에서 비중이 큰 작가라 하더라도 작가는 일단 문제작을 여러 편 써내야 문학사가들 사이에서 관심을 받을 수 있고 연구자들의 의욕을 촉발시킬 수 있고 독자들 사이에서 두고두고 읽힐 수 있다. 「민촌」(1925), 「해후」(1927), 「조희쓰는 사람들」(1930), 「김군과 나와 그의 안해」(1933), 『고향』(1933~34), 『인간수업』(1936), 「십년 후」(1936), 「수석」(1939), 『봄』(1940~41), 『동천홍』(1942~43) 등과 같은 문제작을 써내지 못했다면, 이기영이 제아무리 문학운동사나 문학사상사에서 큰 비중을 차지하고 있다고 하더라도 독서의 대상도 연구의 대상도 될 수 없었을 것이다. 이 책은 '이야기꾼 · 리얼리즘 · 이데올로기'라는 부제를 단 졸저 『이기영』(건국대학교출판부, 2002)과 『이기영 단편선』(문학과지성사, 2005)의 연장선에 있다. 『이기영 단편선』에는 「농부 정도룡」, 「민촌」, 「아사」, 「호외」, 「해후」, 「조희쓰는 사람들」, 「부역」, 「김군과 나와 그의 안해」, 「변절자의 안해」, 「서화」, 「십년 후」, 「맥추」, 「수석」, 「봉황산」 등의 단편소설이 실려 있다. 이 소설 작품들은 문학사적 작품의 반열에 포함시킬 수 있다.

2002년도에 출간된 『이기영』의 개정판이자 증보판의 성격을 지니는 이 책에서는 이기영 소설에 대한 논의의 양을 줄이는 가운데 이기영 작품에 대한 동시대의 현장비평을 대폭 소개했고 이기영의 희곡 · 평론 · 수필 등에 대한 논의를 많이 추가했다. 그런가 하면 이기영의 전기를 꾸미는 과정에서는 이기영의 손자 이성렬 선생의 역저 『민촌 이기영 평전』(심지, 2006)을 적극 참고하여 새로운 내용을 적지 않게 보탰다. 민촌은 살아 생전에는 가난의 고통과 정치체제의 압박 속에서 창작하고 문학운동을 했으나, 사후에는 손자의 수년에 걸친 자료 수집과 정리작업에 힘입어 문제작가로 재조명되는 기회를 갖기도 하였다.

2007년 겨울을 보내며

조남현

이기영

'민촌' 받아들이기와 벗어나기
—1920년대 이전

빈궁과 상실체험의 소년기

민촌(民村)[1] 이기영(李箕永)의 생년월일에 대해서는 대략 세 가지의 설이 있다. 첫 번째로 1893년설을 들 수 있다. 호적부에는 1893년 5월 6일로, 덕수 이씨 족보[2]에는 1893년 5월 16일로 기록되어 있다. 두 번째는 1895년설로, 해방 이후 북한판 『조선문학개관』(1986)이나 소련판 『이기영 생애 및 저서목록』(1983)에는 1895년 5월 29일로 되어 있다.[3] 세 번째 1896년설은 해방 이전의 여러 문예지에서 제시되었다. 『문예월간』(1932. 1)의 부록인 「문예가명록」에는 "1896년 5월에 충남 천안에서 출생"이라고 기록되어 있고,[4] 『조광』(1940. 1)의 부록인 「문예가 일람표」에도 "명치 29년(1896년)생"으로 기록되어 있다.[5]

이기영은 자신이 태어난 곳과 고향은 다르다고 했다. 자신이 태어난 곳은 아산군(牙山郡) 도방면(桃芳面) 용곡리(龍谷里)였고 두 살인가 세 살 때에 천안군(天安郡) 천안읍(天安邑) 안서리(安棲里)로 이사하여 그곳에서 자라났다고 밝혔다.[6] 이성렬은 이기영의 여러 소설과 수필을 근거로 하여 이기영의 출생지는 "북한 자료에 나오는 충남 아산시 배방면 회룡리까지 확실하고 회룡리 내의 '약목골'까지도 짚힌다고 할 수 있다"고 했다.[7] 다시 북일면(北一面) 중암리(中岩里)로 이사했는데, 그곳은 천안군에 직산군이 붙는 식으로 합군한 곳이었다. 앞뒤로 산이 막히고 전토도 좁고 마을이라고 해야 상 · 중 · 하암리 다 합해서 백 호를 넘지 못하였다. 기와집이 한 채도 없을 정도로 빈촌이었다. 상암리에서 고개를 넘으면 유왕골이라는 고산지대가 나타난다. 농토가 없어 바로 이 유왕골이라는 고산지대에서 숯을 굽거나 짚신을 만들어 천안 장에 내다 팔아 생계를 유지하는 사람들이 많았다. 하암리에는 양대금광이 터지면서 덕대들과 금점꾼들이 여기저기서 모여들었고, 경쟁이나 하듯 많은 토민들이 금점꾼으로 변해갔다.[8] 중암리에서 약 2킬로미터를 산으로 들어가야 나타나는 상암리 부락은 훗날 이기영이 장편소설 『고향』을 집필했던 성불사가 있는 흑성산 아래에 위치하고 있다.

이기영이 11세 나던 1905년 봄에 자기를 유달리 사랑해주던 어머니를 장티푸스로 여의고 석 달 후에 여동생이 죽은 사건은 그가 문학에 뛰어든 결정적 계기가 되었다. 어머니를 여읜 슬픔과 쓸쓸함 속에서 지내고 있을 때, 자식이 없으면서 이야기책 보는 것을 소일거리로 삼아온 최덕춘이라는 중년이 고대소설 『조웅전』을 두 벌 베끼라고 하여 그 일을 이행하는 과정에서 고대소설에 이끌렸다. 이기영은 이를 계기로 고대소설을 탐독하게 되었다. 부친도 이야기책을 좋아하는 조모님 눈치가 보여서 그런지 아무 소리 하지 않았다.[9)] 이기영은 모친상을 당한 것이 이야기책 속으로 뛰어든 계기가 되었음을 거듭 강조하고 있다. 부친은 늘 유학 중이어서 모친과 조모로부터 많은 사랑을 받았노라고 밝혔다. 이기영은 농한기에 대부분의 마을청년들이 윷놀이에 빠진 것과는 달리 소설책 읽는 것을 더 좋아했다. 이기영은 저녁마다 어른들이 모여 있는 사랑방에 가서 고대소설을 읽어주었다. 어느덧 이기영에게는 '소설낭독꾼'이라는 별명이 붙게 되었다. 『조웅전』, 『유충렬전』, 『춘향전』, 『심청전』, 『사씨남정기』, 『구운몽』, 『옥루몽』, 『별주부전』, 『태을선전』 등 3, 4독한 것도 적지 않았고 10독까지 한 것도 있다. 그는 고대소설의 주인공이 신출귀몰한 재주가 있고 초년에 고생하다가 나중에는 장군이니 재상이니 하는 큰 인물이 되는 것으로 파악하고, 그 영웅적 존재에 자기 자신을 빗대곤 하였다.[10)]

그 뒤에 나는 ―古代小說을 거지반 다 읽어 보게 될 무렵이었다. ―新小說로 달라 붙었다. 「秋月色」, 「牧丹花」와 이인직의 「雉岳山」, 「杜鵑聲」을 읽으며 더욱 感心하였다. 그러다가 春園의 「無情」을 읽어 보고 나서 비로소 나의 新文學에 대한 憧憬은 絶頂에 달하게 되었는데 그때 내 나이는 20세 전후였다. 「無情」을 읽은 이후로 나는 신소설도 지버치우고 專혀 春園, 六堂의 작품을 愛讀하게 되었다. 그러나 시굴 구석에 있는 나는 자연 떠러지게 되어서 「붉은 저고리」는 말만 들었지 그뒤에도 읽어 보지 못했고 「청춘」, 「학지광」 들을 주문해서 본 것이 고작이다.[11]

어머니가 세상을 떠난 그해에 사립 영진학교(寧進學校)가 설립되자[12] 이기영은 지체 없이 입학했다. 열 살까지 서당만 다니던 이기영에게 사립학교는 신천지로 다가왔다. 이기영은 바로 이 학교에서 나중에 사상적으로 큰 영향을 받는 홍진유(洪鎭裕, 1894~1928)를 만나게 된다.[13] 이기영은 후에 그의 누이 홍을순과 살게 되기도 한다. 이미 세상을 떠난 홍진유와의 과거를 더듬어보는 형식을 취한 「追悔」[14]에서 이기영은 영진학교 학생들이 그야말로 잡동사니였음과, 서울에서 온 홍진유가 같은 학생들에게 신지식을 많이 공급하였음을 밝혔다. 그러나 20~30명 속에 섞여 기와집에서 머리

깎은 사람에게 일어라든가 산수를 배우는 특전은 오래 가지 못했다. 중간에 학교를 그만두고 다시 어린 아우와 같이 나무하러 산에 올라가야 했고 짚신 삼는 일도 해야 했다.

H군!

그러다가 나는 다시 군의 학교로 들어갈 행운을 가질 수 있었다. 그것은 그 이듬해부터 머슴을 다시 두게 된 것도 한 가지 원인이 되었겠지만 동창제군이 부친에게 나를 다시 입학시키기를 권고한 까닭이었다. 그리고 또 재입학에 유리한 조건으로는 읍내있는 어떤 하급생집에 가정교사격으로 있을 수 있어서 숙식을 공으로 할 수 있게 되었다는 것이다. H군! 그 뒤로 나는 그집에서 기숙하면서부터 군과 더욱 친밀해질 기회를 얻지 않었던가![15)]

그러기 전에 이기영은 장가를 갔다.[16)] 장편소설 『봄』을 보면 이기영은 자기보다 네 살 위인 여자와 1908년에 결혼한 것으로 되어 있다. 이기영은 조혼제도에 비판적이었다. 조혼한 후 30년이 지나 쓴 「잡감수제」[17)]에서 조혼에 대해 "기이하다는 호기심을 넘어서 일종의 공분을 금치 못하게 한다"고 하면서 조혼은 "원만한 가정을 이루지 못하게 하여 현대 조선에는 이혼사례가 끊어지지 않는다"(277쪽)고 할 정도였다. 그 후 어떤 독지가의 도움을 받아 학교를 4년 만에 졸업할 수 있었다. 이기영만 힘들었던 것이 아니라 학교도 힘들었다. 교사도 수시로 바뀌고 중간중간 툭하면 휴교하곤 했다. 학교도 반서당식의 얼치기 학교였다. 오직 산술과 체조와 일어를 과목에 넣은 것이 서당에서 찾아보기 힘든 새로운 것이었다.[18)]

마침내 이기영은 어른들 심부름으로 고대소설을 사러 천안읍에 있는 서점에 다니는 일을 도맡게 되었다. 그는 사립학교를 다니면서 천안읍에 있는 홍남서시(興南書市)라는 책방에 자주 나갔는데, 이 서점 주인인 현병주(玄炳周)는 수봉선생(秀峰先生)으로 불리던 한학자로, 불경 연구에도 일가견이 있던 사람이었다. 학교를 졸업한 직후의 이기영의 서점 점원생활은 주인인 수봉 선생이 장사가 잘 안 되어 다 걷어치우고 서울로 올라가버리는 바람에 오래가지 못했다. 훗날 이기영은 일본에 가 있다가 관동대지진을 겪고 난 직후 상경했을 때 낙원동 284번지에 있는 현선생 집에서 지냈다. 『개벽』지에 실렸던 처녀작이라든가 단편집 『민촌』에 실린 단편들도 거의 수봉 선생 댁에서 썼다고 밝혔다. 민촌은 자주 수봉 선생과 책상에 마주 앉아 창작에 열중하였다.[19)] 그 후 얼마 안 있다가 따로 살림을 나고서도 몇 번인가 서로 만나기는 하였으나, 얼마 후 수봉 선생은 병사하고 말았다.

이기영은 학교 졸업 직후 숙부와 같이 유랑리로 이사갔다. 그 마을은 민촌이 아닌 반촌으로, 이곳 양반들의 심한 텃세는 이기영이 탈향을 꿈꾸는 원인의 하나로 작용하게 되었다.

> 소학교를 졸업하고 나와서 나는 미구에 잠업강습소에서 다시 6개월을 치렀다. 그것은 무슨 내가 양잠가가 되고자 해서 함이 아니라 집에서 할 일은 없고 놀기는 싫어서 들어 간 것이다. 나는 그해부터 어디로 고비원주할 궁리를 먹었었다.[20)]

잠업학교를 마쳤을 때 토지조사국에서 기수를 채용한다는 공고를 보고 부친과 친척들은 이기영에게 시험을 보라고 강요했다. 기차를 타고 서울로 올라가 시험을 보았으나 그만 낙방하고 말았다. 이때 이기영이 잠시 머물렀던 곳은 부친이 마름으로 있던 어떤 지주의 집이었다.

가출과 방랑

이기영은 고대소설을 사기 위해 서점에 들락거릴 때부터 밤낮을 가리지 않고 고향에서 탈출할 궁리를 했다. 농촌에 살면서 워낙 가난에 시달렸던 나머지 "사시가흥을 남과 같이 느껴볼 여유를 갖지 못하고 그날 그날을 지리멸렬하게 보내는 것"[21]에서 해방되고 싶었던 것이다. 이기영은 「나의 과거생활의 가지가지」라는 글제를 받고 「출가소년의 최초 經難」(『개벽』, 1926. 6)이라는 제목 아래 18세에 첫 가출을 시도했던 이야기를 들려주었다. 이기영은 보다 큰 세계, 보다 넓은 천지를 향해 도망가고 싶다는 생각을 계속하기는 했으나 돈도 없고 동지도 없어 결행하지 못했다가, 18세 때 군 임시 고원으로 일한 대가로 10원을 받고 며칠 후 아침에 남행 열차에 올라탔다. 그때까지 집에서 30리 밖 이상을 나가보지 못했던 이기영으로서는 일대 사건이요 결단이 아닐 수 없었다. 그동안 편지를 주고받았던 H군을 마산에서 만나 함께 도쿄를 거쳐 멀리 태평양을 건너갈 계획을 품고 있었다. 2, 3일 동안 마산 경치에 취해 여기저기 돌아다니다 보니 돈은 80전밖에 남지 않았고 그 돈마저 김해 가는 길목에서 야바위꾼을 만나 다 털리고 말았다. 김해 읍내로 가서 덮어놓고 주막에 들어가 잘 먹고 그 다음날 아침 두루마기를 벗어주려 했으나, H군이 돈을 구해 와서 위기를 면했다. H군은 그곳 학교조합에 가서 통사정하고 1원을 얻어 가지고 온 것이었다. 밥값으로 20전 주고 부산에 가서 한 달 후 치과 병원에서 청소와 의료기구 정리 등의 잡일을 했다. 이기영은 자기보다 사정이 더 딱하게 된 H군에게 그 자리를 물려주고 성주로 갔다. 거기서 아는 사람에게 가서 일본 가는 노자를 구하려

했으나 거절당하고 말았다. 할 수 없이 일본행 계획을 취소하고 다시 집으로 돌아왔다. 그해 가을에 장티푸스에 걸려 두 달을 죽도록 앓다가 겨우 일어날 수 있었다. 그는 그 후 오랫동안 10대에 마산과 부산에서 근대적 풍경을 보고 놀랐던 일을 잊지 못했다. 이기영은 그 후에도 두 번이나 달아났다가 중간에서 붙잡혀 돌아오곤 했다. 이때마다 이기영은 자신이 못났다고 한탄했다.[22] 18세 이후로 이기영에게는 방랑벽이 생기고 만다.[23] 이러한 방랑벽은 훗날 문학을 하게 된 원동력으로 작용했다.

스무살 먹든 해 겨울이었다.

나는 無錢旅行의 洋行을 中途에서 失敗하고 도라와서 그해 가을에 腸疾扶斯를 알코난 후 無聊한 歲月을 집에서 보내고 잇다가 한 번 맛드린 放浪性은 斷念할 길이 바이업서 이번에는 忠淸道의 西海岸을 도라단엿다. 그럭저럭 일년이 지난 겨울철에 나는 舊島에서 汽船을 타고 西海의 濁浪을 헤치면서 仁川港에 上陸하엿다. 仁川도 그때가 初面이다.[24]

그 길로 서울로 가 청진동에 있는 여관에 숙소를 정하고 취직 자리를 알아보았다. 일본인이 주인인 목탄상회에서 여러 명의 필생을 뽑는 데 들어가서 일본인 인솔자를 따라 경부선 열차를 탔다. 김천에서 내려 하룻밤을 자고 난 후 상주 읍내에 하숙을 정하고 한 달 동안 묵으며 토지조사에 필요한 도본을 팔러 그 일대를 다니는 일을 했다. 경상도 일대에 특허를 받은 것처럼 거짓말을 해 지주들의 호기심과 불안감을 자극하면서 한 필에 5, 6전 내지 10전을 받고 팔았다. 결국 이 일에 특허가 없다는 것이 들통이 나고 말았다.[25)]

이처럼 이기영은 남한 일대를 닥치는 대로 돌아다닌 끝에 다시 고향에 돌아와 예수를 믿게 되었다.[26)] 논산 영화여학교 교원으로 있었던 1918년에 친상을 당했다. 유행성 감기에 걸려 할머니와 아버지가 한 주일 간격으로 세상을 떠난 것이다. 할머니는 1918년 11월 7일 71세로 큰딸네의 행랑에서 사망하여 미락골에 묻힌 남편 규완과 합장되었고, 부친 이민창은 46세의 나이로 1918년 11월 21일에 세상을 떠나 13년 전에 죽은 아내와 딸의 옆인 엄리의 북향받이 산소에 묻혔다.[27)] 벌말로 옮겨간 그는 군청 고원으로 다니다가(1919. 1~1921. 8), 반년 좀 넘게(1921. 9~1922. 4) 호서은행에서 일했다.[28)]

주도적 프로 작가로서의 활동상
—1920년대

고학과 마르크시즘 학습의 도쿄 유학기

이기영은 호서은행을 그만두고 1922년 4월에 일본으로 건너갔다. 20대 후반의 나이였다. 사실 그때의 집안 형편으로는 도일하기가 어려웠다. 은행원의 박봉으로 간신히 집안 살림을 꾸려가고 있었는데, 그나마 직장을 그만두고 도일한다면 아우 식구까지 합쳐 5, 6명이 당장 생활하기가 곤란해지는 것이 아니냐는 걱정에 사로잡혔다. 다행히 농사일을 할 줄 아는 아우에게 소작 몇 마지기의 전답을 얻어주고 떠나버렸다.[1] 가족들이 울며불며 만류했으나 이기영의 뜻은 꺾이지 않았다.

1922년 일본에 간 이기영은 『사닌』을 비롯한 여러 서양 문학작품을 읽었다. 그는 『사닌』을 읽고 나서 문학을 동경하는 마음이 더욱 굳어지게 되었다고 고백했다. 낮에 사자생 노릇을 하며 도쿄 세이소쿠영어학교(正則英語學校)를 다녔다. 처음에는 낮에 학교를 다녔으나, 가진 돈이 떨어지자 할 수 없이 야간학교로 바꾸고 낮에는 사자생 노릇으로 돈을 벌었다.[2] 박영희의 진술에 의하면 이기영과 조명희는 일본에서 일찍이 무정부주의 단체인 흑도회(黑濤會)에 가입한 적이 있다. 물론 잠시 있다가 나오기는 했으나 이것이 하나의 계기가 되어 두 사람은 친구가 되었고 훗날 같이 카프 진영에 가담하게 되었다.[3] 1923년 9월 1일에 관동대지진이 일어났다.[4] 이기영은 그달 30일에 동아일보사의 제1회 구조선 홍제환을 타고 태평양 연안을 돌아서 일주일 만에 부산에 상륙했다.[5] 배를 타고 돌아오기 직전, 도쿄 히비야 공원 안 제2 연못 옆 육모정 벤치 위에서 말없이 깜박이는 성신(星辰)을 바라보며 죽음의 공포를 느끼기도 했다.[6]

이기영은 일본에 가 있을 때 친구와 함께 도쿄 교외인 이케부쿠로(池袋)에 셋집 한 채를 얻어 자취생활을 했다. 한 달이 못 되어 돈이 다 떨어져 구직을 했는데 간다쿠(神田區) 진보초(眞保町)에 있는 굉문사의 필생으로 취직했다. 각 상점과 회사의 광고 봉투를 쓰는 일로 한 매에 20전씩 받았는데, 하루 10시간을 써야 20원 벌이가 되었다. 한 달에 30원 정도의 벌이는 되어서 내내 필생으로 일하며 학교를 다닐 수 있었다. 하루에 10시간씩 일하기가 힘들어 졸도한 적도 있었다. 같은 방에 있는 친구는 일찌감치 노동자가 되었고 나중에는 직업적인 사회운동가가 되었다. 그가 얻어다 준 사회주의적인 서적 『자본주의의 기구』를 처음 읽으면서 마르크시즘에 눈을 뜨게 되었고 푸슈킨 · 고골리 · 톨스토이 · 투르게네프 · 체호프 · 고리키 등의 작품들을 읽었다. 이중에서도, 어린 시절을 가난과 압박 속에서 살아온 고리키로부터 큰 영향을 받았다.[7]

집에 돌아와 보니 집안 꼴이 말이 아니었다. 아우가 나무를 해서 팔아다가 겨우 연명해가는 형편이었다. 주위 사람들이 취직을 권하면서 면고원이라도 다니라고 했으나 이기영은 고민하던 끝에 취직하는 대신 장편소설을 쓰기로 했다. 아우에게 신세를 지면서 한겨울 내내 들어앉아 『死의 影에 飛하는 白鷺群』이라는 일천 수백 매의 장편소설을 썼다.[8] 이기영은 탈고하고 나서 스스로 기쁨을 이기지 못해 마을사람들을 모아놓고 밤을 새워 낭독하기도 했다. 이기영은 이 작품이 나카니시 이노스케(中西伊之助)의 『붉은 땅에서 싹트는 것』(1922)을 탐독한 데서 시작된 것임을 밝힌 바 있다. 이기영은 이 작품이 조선을 소재로 한 것이기에 마음이 끌렸던 것으로 고백하였으며 "이 장편에서 선희라는 여주인공을 통하여 동경유학생과는 연애 갈등을 취급하는 일방, 신구의 사상충돌과 내가 체험한 동경과 진재 등의 신화를 넣어 가며 불행한 주인공의 운명을 그려 보자는 것이었다"[9]고 밝혀놓았다.

상경하여 『조선일보』 편집국장을 찾아가 원고를 놓고 돌아왔으나 일주일이 지나도록 아무 소식이 없어 다시 찾아가니 편집국장은 원고를 도로 내주며 동아일보사에나 가보라고 하였다. 이기영은 『동아일보』 편집국장 홍명희를 사무실과 집으로 서너 차례 찾아갔으나 홍명희는 자기의 느낌을 분명하게 털어놓지 않았다. 이기영은 홍명희의 뜻을 알고 더 이상 부탁하지 않고 원고를 찾아 집으로 돌아왔다. 이기영은 당장 일간지에 연재될 것처럼 그동안 동네방네 떠들고 돌아다닌 것이 부끄러웠다. 이때 이기영은 문학을 계속할 것인가 아닌가로 크게 고민했다.[10] 진작에 문학을 때려치우고 면 임시 고원이라도 할 것을 잘못한 것이 아닌가 후회하기도 하였다. 그는 부끄러워 시골로 돌아가지도 못한 채 어느 목사 집에서 외상밥을 먹으며 장차 무엇을 할 것인가 고민했다.

나는 고향사람들이 부끄러웠다. 그러므로 집안 형편은 더욱 말이 아니었다. 아우는 소작농과 나무장사로 식구를 간신히 연명시켰다. 장자요 호주격인 내가 不顧家事하고 문학을 한다는 바람에 무고한 가족의 비참한 생활을 볼 때 나는 제깐에도 책임감을 느끼었으나 그것은 지금까지도

어찌할 수 없는 일이었다.[11]

장편 연재를 거절당하고 나서 전전긍긍하고 있던 차에 『개벽』에 난 현상문예 모집 광고를 보게 되었다. 그는 세 번째로 도전하기로 마음을 먹었다. 용두동에 살고 있었던 이기영은 인사동 도서관을 다니며 닥치는 대로 소설책을 읽었다. 그때 주로 읽은 것이 도스토예프스키 · 투르게네프 · 고리키 · 알스타시에프 등이었다. 이때 조명희와 최승일을 자주 만났다.[12]

등단, 카프 가맹, 창작집 『민촌』

이기영은 29세에 단편소설 「옵바의 秘密片紙」가 『개벽』(1924. 4) 현상공모에 당선되어 문단에 나왔다. 그때 상금으로 20원을 받았는데 그것으로 밀린 하숙비를 갚고 남은 돈은 가용에 보태어 썼다고 한다. 그때는 서울이 처음이라 아는 사람이 없어 상금을 한푼도 낭비하지 않았다고 한다.[13]

「옵바의 비밀편지」는 마리아라는 여학생의 시선으로 오빠의 행태를 훔쳐본 것을 기록한 것으로, 이 소설에서 마리아와 엄마, 마리아와 오빠, 마리아와 친구 영순 사이의 대화를 기록하는 데 큰 비중을 두는 태도는 훗날 이기영 소설의 서술방법상의 가장 큰 특징으로 굳어졌다. 기독교 신자이며 여성비하론자인 오빠에 의해 어려서부터 소외감을 느낀 마리아의 복수심은 오빠를 놀려먹는 쪽으로 가볍게 행사되었다. 이기영의 등단작은 소재면에서는 연애소설로, 형태면에서는 대화소설로 나타났다. 그런가 하면 페미니즘 소설의 색채도 비치고 있다. 염상섭은 「選後에」에서 응모작은 모두 41편으로, 신흥문단의 새 사람을 얻어보자는 계획은 어느 정도까지 충족되었다고 하면서 2등작 신필희의 「입학시험」이 가장 우수한 작품이고 이기영의 작품과 같은 3등인 최빙의 「사진구경」도 3등으로 놓기 아까운 것이라고 하였다. 이렇게 보면 염상섭은 이기영의 소설을 흔쾌하게 3등으로 뽑은 것이 아니다.[14)]

해방 이후 북한에서 간행된 『조선문학통사』(1959)에서는 「옵바의 비밀편지」에 대해 "일체의 위선적인 권위와 인권에 대한 부당한 속박을 반대하는 생기로운 젊은 세대의 정신을 반영하고 있다. 이 작품은 젊은 남매간의 갈등을 통하여 위선적 권위의 가면을 폭로하면서 인권옹호에로의 지향과 낡은 유제에 대한 증오를 선명히 표현한다"[15)]고 긍정적으로 평가했다. 여기서 "위선적 권위의 가면을 폭로하면서 인권옹호에로의 지향과 낡은 유제에 대한 증오를 선명히 표현한다"는 평가는 이기영으로서는 보기 드물게 가볍고도 익살맞은 분위기를 살린 「옵바의 비밀편지」를 의도적으로 무겁고도 심각한 쪽으로 끌고 간 것으로 볼 수 있다.

처녀작을 발표하고 1925년 여름에 서울로 아주 이주해온 이기영은 조선지광사에 취직하고 조명희의 소개로 카프에 가맹하였다. 김팔봉의 회고에 의하면 초기의 카프의 구성분자는 나중에 ML당파가 된 서울청년회파(김복진 · 박영희 · 임화 · 윤기정 · 한설야 · 이기영 · 박팔양 · 이익상 · 최승일 · 안석주)와 북풍회파(송영 · 이적효 · 김영팔 · 이호)로 이분되었다.[16] 이성렬이 찾아낸 자료에 의하면 홍진유는 박렬 · 김자문자(金子文子) · 정태성 등 조선인 일본인 합해 15인과 함께 1924년 8월 도쿄 경시청에 '불령사 사건'(不逞社 事件)에 연루되어 체포되었고(290쪽), 1925년 4월 말 무정부주의자 연합기관인 흑기연맹(黑旗聯盟)의 10명의 발기인 속에 섞여 체포되었다(332쪽, 333쪽). 이성렬은 이기영과 홍을순의 관계가 이 무렵 자연스럽게 진행되었던 것으로 추측하였다.

그녀는 우선 조선지광사로 민촌에게 달려가 그와 상의했을 것이다. 또는 이 모든 일들이 민촌이 보도를 보고 홍진유의 구속을 그네들에게 알려줌으로써 진행되었는지도 모른다. 몸바쳐 항일운동을 하던 분신과도 같은 친구가 투옥되고, 가난에 쫓겨 첩으로 팔려갔던 그의 누이가 첩생활을 청산하고 자신에게 달려와 오빠의 옥바라지를 하겠다고 나섰을 때, 민촌은 이 운명의 힘을 거역할 수 없었을 것이다. 홍을순은 우선 현선생의 집에서 머물렀을 것이다. 그녀가 거기서 면회다 탄원이다 하면서 민촌과 함께 경찰서로 법원으로 뛰어다니며 여러 달 지내는 동안 그들 사이는 깊어졌을 것이다. 이에 민촌은 노봉식에게 돌아갈 것을 완강히 거부하는 홍을순과 장래를 약속하고 그녀와 동거하기에 이른 것으로 보인다.[17]

유진오는 경성제대 재학 중 재동 네거리에 있는 조선지광사에 자주 갔었는데 이때 이기영을 만나게 되었다. 유진오의 눈에 이기영은 '운동'하는 사람 같지도 않고 말쑥한 신사 타입도 아닌 비승비속으로 비쳤다. 유진오는 이기영에게, 샌님이란 별명이 붙어다닌다고 하면서 공격을 당할 때도 칭찬을 받을 때도 별 반응을 보이지 않는 신념과 지조가 가장 굳은 사람이라고 했다.[18] 아비생(兒比生)은 「호화하든 문사와 청빈을 직히는 문인」이란 글에서 청빈을 지키는 문인으로 이기영·임화·채만식을 꼽으면서 이기영을 대상으로 하여 "조선지광사의 의자에 앉어 ××를 치고 있든 민촌의 청빈시대는 과연 눈물 나는 때이엿섯다"[19]고 묘사했다. 이기영을 진심으로 존경했던 민병휘는 이기영이 조선지광사에 근무할 때 윤기정의 소개로 알게 되었다고 했다. "당시 씨는 청진동에 있는 조광사〔朝鮮之光社〕의 아래채에서 살님을 꾸며 노코 가난과 싸오며 고난 속에서 나오는 『조선지광』을 맡아 일하기에 청렴한 문화인적 생활을 계속해 왓다"[20]고 묘사하고 있다.

「가난한 사람들」[21]은 도쿄 유학생 출신인 한 청년이 직장도 구하지 못하고 극빈에 시달리고 주위 사람들로부터도 도움을 받지 못하는 것이 복수심과 계급의식의 원인으로 작용하는 것을 보여주었다. 무직과 극빈이 복수심과 계급의식의 이념소로 기능하고 있다. 주인공 성호는 제사도 거부하고 기독교와 조혼제도도 부정한 점에서 젊은 시절의 작가 이기영의 자화상에 해당한다. 처음에는 자기합리화에 빠졌었던 성호는 남자 노릇 · 가장 노릇을 못하게 되자 불안 · 수치 · 절망 · 탄식 · 분노 등의 포로가 된다. 성호는 아내가 큰집 육촌형한테 쌀을 꾸러 갔다가 거절당하고 망신당하고 왔다는 말을 듣자 부에 대해 증오감을 갖게 된다. 이기영은 증오감이 계급의식이라는 이데올로기의 바탕이요 씨앗임을 입증해보이고 있다. 등단작에서 고개를 내밀었던 사랑이라는 소재와 낭만적인 분위기는 지식인소설이요 빈궁소설인 두 번째 작품에 와서 깨지고 말았다.

물론 이번일은 그 아주머니가 한일이니까 足히 타내여서 말할것도 못되는이 만치 그兄님에게 이런 感情을 가지랴는 것은 無理한 일이다마는 그러나 이번 일을 그 兄님과의 사이를 銳刀로 싹 베혀논 것가튼 무엇이 잇다. 그는 분명한 階級意識이엿다. 잇는자와 업는자의 편의 南極과 北極가티 相距가 씌여잇는 資本主義時代의 絶頂이 지금이다. 비록 親子兄弟間이라도 「잇고」「업는」 그편을 짜러 갈너섯다. 그럼으러 倫氣보다階級의 對敵이다. 이까닭에 親子兄弟間에 殺傷이잇고 仇讐가 되지안는가? 잇는자는 업는자의 敵이다. 업는자는 잇는자의 적이다. 일가이니 親戚이니! 그게 다 무엇이냐? 오즉 有無가 서로 싸워서 지던지 이기던지 勝負를 다틀 것이다. 그러나! 階級鬪爭이다! 하고 그는부르지젓다. 이! 大革命이 닐어나서 新人生의 洗禮를 밧지안코는 人間에는 決코 幸福이 업슬 것을 그는 直接的으로 깨다럿다.[22]

형과 형수를 향한 증오감은 있는 자/없는 자, 강자/약자, 정복자/피정복자 사이의 대립으로 발전된다. 지식인 성호의 내면 속에서 증오감은 빠르게 복수심 · 살인충동 · 계급투쟁의지 · 혁명의식으로 확대되고 있으며 재빨리 이런 의식이나 감정은 합리화된다. 이기영은 느낌표와 물음표를 의도적으로 많이 배치함으로써 주인공이 흥분상태에 있음을 드러낸다. 주인공 성호는 아내가 실성하여 아들을 칼로 찔러 죽이는 참상을 맞게 된다. 천둥번개를 동반한 소나기가 오는 것으로 끝을 내어 자기감정을 이입하고 있는 이 작품은 최서해의 「기아와 살육」, 「홍염」, 조명희의 「땅 속으로」 등을 연상케 한다.

> 伏魔殿가튼 거먹구름이 왼한울을 삽시간에 덥퍼 오더니 족음잇다가 우박가튼 비방울이 후다닥!후다닥와-하고는 큰비가 퍼붓는다. 그는 다시 精神을 차리여서 두주먹을 휘두르며
> 「그러타! 퍼부어라! 暴風雨다! 벼락쳐라! 地震해라! 죽어라! 죽여라!」
> 웨치고는 狂者와가티 펄펄쒸며暗黑을 뚤코나간다.
> 暴風雨! 暗黑! 雷聲霹靂! 우루루-쌘쩍![23]

이 소설에서 주인공 성호가 겪는 조혼, 아내에 대한 무관심, 방랑벽, 일본 유학, 연애충동 등은 이기영의 전기를 직접 반영하는 것들이다. 투쟁의지를 불사르고 있는 증오감 · 적대감 등과 같은 감정의 고조와 직접적인 표출은 경향문학의 한 특징이다. 이상화는 「지난달의 시와 소설」[24]에서 이성해

의 「흙의 세례」, 김동인의 「정희」, 나도향의 「계집하인」, 최서해의 「박돌의 죽음」, 김탄실의 「꿈묻는 날밤」, 임영빈의 「서문학자」, 한병도의 「동경」 등의 문제작에 이기영의 「가난한 사람들」을 포함시키며 "기교를 통하야서 오는 감흥이 아니고 전혀 말하자면 염치업서진 거러지의 타령하는 듯한 苦味를 讀想함에서 오는 것뿐이다"고 하면서 소설로는 부족한 것이 많아 차라리 수필이나 서간체로 썼으면 좋았을 것이라고 하였다.[25] 김팔봉은 「10년간 조선문예 변천과정」이란 문학사적 기술에서 특히 최서해의 「기아와 살육」, 주요섭의 「살인」, 이익상의 「광란」, 박영희의 「사냥개」, 이기영의 「가난한 사람들」 등을 높게 평가하면서 이들 작품들의 공통점으로 "비참한 생활을 하는 이들의 '현실', 비참한 생활을 하는 이들과 부유한 생활을 하는 계급과의 '대조', 비참한 생활을 하는 사람들이 부유한 사람들에게 증오감을 갖고 저항하거나 자포자기하여 광인이 되든지 하는 '사건', 불합리를 통격하는 작가의 '정신' 등"[26]을 들었다. 또 김팔봉은 이 글에서 카프 작가들의 작풍은 최서해 · 이기영 · 박영희 · 한설야 등으로 대표되는 리얼리즘 경향과 조명희 · 송영 · 최승일 · 이량 등으로 대표되는 로맨티시즘의 경향으로 나눌 수 있다[27]고 했다. 다소 오류가 있기는 하지만 1920년대 작가들을 대상으로 계열화를 시도한 것은 주목할 만하다. "작가 리기영은 「가난한 사람들」에서 불합리한 사회제도의 모순을 근로 인민의 생활정경의 묘사를 통해 폭로하며 근본적 혁신의 사상을 강조하는 데로까지 장성하고 있다"[28]고 한 『조선문학통사』의 평가에서 "근본적 혁신의 사상강조"는 과장심리의 소산이라고 할 수 있다.

「農夫 鄭道龍」[29]은 더위를 다각도로 묘사하고 더위를 강자에 비유하는 것으로 시작하여 악덕 지주 김주사의 횡포를 저지하는 것으로 끝을 내고 있다. 이 더위에 농부와 노동자는 땀과 눈물을 많이 흘리고 있다. 주인공 정도룡은 부자의 존재, 양반의 존재, 부자의 게으름, 무위도식, 용쇠가 딸을 팔아 먹는 행위, 문명인, 법률, 현실을 모르는 목사, 학교와 교회, 악덕지주 등을 부정하고 있으며 약자 · 빈자 · 가족 등을 긍정하고 있다. 이 소설은 김주사의 입장에서 보면 개심의 플롯이 되나 정도룡의 입장에서 보면 성공의 플롯이 된다. 「농부 정도룡」에서 농부는 농민소설을, 정도룡은 영웅소설을 열어준다. 정도룡은 농민에서 농민영웅으로 성장한 점에서 김희준과 같은 귀농 지식인과 대조가 된다.

「박선생」[30]은 약 6개월 후에 발표된 「復興會」[31]와 거의 같은 작품으로, 「부흥회」가 「박선생」보다 끝부분이 조금 늘어난 것에 불과하다. 「박선생」에서는 부흥회 때 사기꾼 박이 목사에서 평신도까지 모두 자복시켜놓고 토머스 목사 앞으로 메모지 한 장 남기고 사라지는 것으로 끝을 맺었는데 「부흥회」에서는 메모 내용도 달라졌고 토머스 목사가 충격받은 것으로 그려놓았다. "이때! 뒷산 솔밧 속에서는 부흥! 부흥! 하는 부흥이 우는 소리가 들리엿다"는 「부흥회」의 끝구절은 부엉이 우는 소리의 이중의미를 활용함으로써 기독교 교역자를 비꼬는 효과를 갖는다. 이 소설은 신자들 사이에서 인기 높은 점을 이용하여 목사 · 전도사 · 신자에게 사기치는 박선생을 악인으로 내세우면서도 기독교 자체를 냉소하는 태도도 보여준다. 김목사는 사회주의를 은근히 비난하는 설교를 한다. "부지런히 일하는 사람은 잘 살게 되는 것이요 게으르디 게으른 사람은 가난방이로 못 살게 되는 것"이라는 요지의 설교를 하는 데서 알 수 있는 것처럼 김목사는 자본주의 편을 들고 있다. 「박선생」은 기독교 교역자를 사기당하는 자로 그리는 동시에 일반신자들을 향해 사기치는 존재로 그린 기독교 비판소설이라고 할 수 있다. 이기적이고 탐욕스러운 부자 다음으로 기독교 교역자를 부정적 존재로 제시하는 시각과 태도는 이후의 몇몇 작품에서도 계속된다.

김기진이 「문예월평」[32]에서 "이기영씨의 작가로서의 결점은 소설이 요구하는 요건의 구체적 표현이 부족한 점이며 구싱이 개념적인 섬에 있다"고 하면서 "풍자할 재료를 가진 사건만을 표시하는 것만으로 소설이 성립되지 않음은 물론이다. 그런 것은 저급한 가십문학의 명칭으로 포괄할 것"[33]이라고 한 것은 「박선생」을 실패작으로 본 것이 된다.

「장동지 아들」[34]은 콩트 정도의 길이로 된 작품이다. 원래 장동지는 집에서는 농사를 지으면서 읍내에서는 포목상을 하여 부자가 되었으나 구두쇠로 소문이 나 있다. 학교도 그만두고 장가들어 을나를 첩으로 둔 장동지 아들이 술먹으러 나갔다가 비탈길에서 미끄러졌을 때 구해준 사람에게 겨우 2원을 주었다는 이야기를 금향이로부터 들은 을나가 환멸을 느끼고 나가버리는 것으로 이 소설은 일단 마감된다. 작가가 장동지 아들의 무지함과 인색함을 그리는 데 초점을 맞춘 것과는 달리 독자들의 관심은 을나에게 가 있다. 제목은 '장동지 아들'이 아닌 '을나'로 잡는 것이 나을 뻔했다. 「장동지 아들」에서는 몰인정하고 탐욕스러운 부자에 대한 증오심을 확인할 수 있다.

「쥐니야기」[35]는 이기영 소설에서는 보기 드문 소설 유형에 속한다. 곽쥐가 의인화되어 생각하고 말하는 점에서 우화소설이 되었다. 곽쥐가 공격 대상으로 삼는 김부자와 원조 대상으로 삼는 수돌이네가 대조적으로 설정되고 있기는 하지만 이 작품에서 인간은 수동적인 존재로 그려지고 있다. 이 소설의 중심 사건은 곽쥐가 부자의 욕심과 빈자의 무능을 동시에 나무라면서 김부자에게서 돈 100원을 훔쳐 수돌이네에게 전해주는 데서 찾을 수 있다. 곽쥐는 자본주의 제도의 모순을 효과적으로 지적해내는 장치가 되고 있다. 지주의 이기적 · 탐욕적 태도를 보고 도둑놈이라고 공격하면서 소작인 수돌이네를 향해서는 "잘못하는 자에게 굴복하는 것은 그 잘못된 것을 더욱 조장시킬 뿐이야"[36]라고 한다. 이기영이 부자의 탐욕을 공격하는 것보다는 빈자의 무능과 체념을 나무라는 쪽에 무게를 싣고 있는 점에서 작가적 변화를 감지할 수 있다.

윤기정은 「무산문예가의 창작적 태도」에서 「쥐니야기」에 대해 "계급의식을 고취하는데 가장 교묘한 듯하면서도 가장 힘있는 작품"이라고 긍정평가하면서 이후로 이기영의 대부분의 작품은 "프로레타리아가 아사하는 데까지 이르는 비참한 생활의 원인이 사람의 팔자소관이라든가 소위 운명이라는 데 있는 것이 절대로 아니라 그 원인이 다른 곳에 있다는 것을 계급적 입장에서 우리에게 보여 주려고 노력하며 왔다"[37]고 확대해석하였다.

「五妹 둔 아버지」[38]는 이기영의 삶이 직접 반영된 자전적 소설의 범주에 넣을 수 있다. 주인공 '그'가 보여준 은행소 근무, 3년간 도쿄 유학, 도쿄 대진재로 인한 귀국, 소설가로 활동, 무직, 3년 동안 10원밖에 보내지 못함 등의 이력은 이기영 생애의 한 부분과 일치한다. 작중 '그'가 주위 사람들로부터 냉대를 받고 농민인 동생이 가족들을 보살피다가 떠나가 버리자 할 수 없이 낙향하는 등등의 사건은 이기영이 직접 겪은 것이기도 하다. 소설 후반부는 굶어 죽고, 태독으로 죽은 세 딸이 귀신이 되어 대화를 나누는 것과 같은 환상적인 장면을 보여준다. '그'가 아들과 함께 나무하러 갔다가 오고 그 부인이 만족하는 표정을 짓는 것으로 끝나는 이 소설은 자전적 소설 · 소설가소설 · 빈궁소설 등이 결합된 것으로 볼 수 있다. 「오매 둔 아버지」에서 이기영은 제대로 자신을 성찰하는 기회를 갖고 있다.

「天痴의 論理」[39]에서 주위 사람들로부터 무식한 것 때문에 또는 소같이 순진한 것 때문에 천치라고 놀림을 받는 학성이는 아들 하나 데리고 사는 주인아씨가 도쿄에 유학 간 남편이 오랫동안 소식도 없고 안 돌아오는 것을 가엾게 여긴다. 이 작품에서의 원인적 사건은 남편이 갑자기 돌아와 아내와 부부싸움을 하는 것에서 찾을 수 있다. 학성이는 주인아씨에게 나리가 불쌍한 사람들을 위해 일하는 모임의 회원으로 활동하고 있는 만큼 참으라고 한다. 이러한 원인적 사건은 천치라고 불리는 학성이가 장곤과 순식 엄마에게 무식하고 무지한 사람은 힘을 합쳐 살아야 한다고 하면서, 무식한 사람은 인간의 거름으로 살자고 일장연설하는 것으로 이어진다. 이 소설은 서울로 올라온 장곤이 서울로 올라와서

북쪽으로 먼길을 떠나 투사가 되는 것으로 끝을 맺고 있는 만큼 주의자소설의 범주에 넣을 수 있다. 장곤은 진정으로 민중을 위하는 투사로 변신하여 북으로 가게 된다. 이기영은 장곤을 이제까지 민중을 위한 운동을 한답시고 민중의 피땀을 빨아먹은 것에 부끄러움을 느끼는 쪽으로 몰아가고 있다. 각성의 플롯을 설정하되, 무식한 하인이 도쿄 유학생 출신을 계몽한다는 독특한 플롯을 보여주고 있다. 전도된 사제관계의 소설이며 특이한 주의자소설이요 계몽소설이다.

김기진은 「문예월평」[40]에서 「천치의 논리」에 대해 전반에 내세운 주인공과 후반에 내세운 주인공이 다르게 보이는 점이 가장 큰 결점이라고 하면서 "작자의 최후의 목적은 일부 지식계급자를 풍자함에 있었다. 다만 그 목적만을 이루기 위해서 장곤이라는 인물이 작자가 쓰는 인형 모양으로 나왔던 까닭으로 장곤이가 주인공인 거나 같이 보인다. 그러나 작중에서 사람으로 산 사람으로 나타난 인물은 학성이인 것이 사실이다"[41]와 같이 하인 학성이가 진정한 주인공이라고 주장하였다.

민병휘는 군기(群旗) 사건으로 이기영과 소원해지기는 하였으나 그의 작품을 잊지 않고 읽었다고 하였다. 특히 『고향』에 대해서는 아낌없이 찬사를 보냈다. 민병휘는 「이기영의 作風」[42]에서 1927년경 카프 개성지부 주최 문학강연회에 이기영이 박팔양·조중곤·윤기정 등과 함께 내려왔을 때 처음 만났다고 했다.

그때에 우리들이 처음으로 바든 인상은 샌님이란 것이엿다. 문단에 잇서서의 샌님으로서의 대표적인 두분 박팔양과 이기영씨를 우리는 한 자리에 잇게 하고 '샌님'이라고 놀니여 대든 것을 지금도 잘 기억하고 잇다. 과연 이씨는 샌님이다. 온종일 안저잇스나 별로 이약이가 업다. 그러나 때로 한마듸식 끄내는 말에는 사람을 찌르는 유모어가 숨어잇다. 따라서 그만큼 침묵을 직히는 분이나 방랑시대에 어든 경험이 만은 만큼 씨에게는 여러 가지 독특한 취미가 잇다. (……) 醉後의 이기영씨는 이야기도 만치만 조선의 古來雜歌도 잘 부르는 것이다. 평시에 샌님이요 이약이업는 이씨 일배후면 씨에게서 차저볼 수업는 쾌활이 첫 번 당하는 사람의 눈을 크게 뜨게 하는 것이다. 그러나 평시 집무에 대하야는 지나치게 정직하다. '조광' 편집 당시에 누구라 차저가든지 '오섯써요' 일언으로 인사를 치를 뿐이요 눈도 거듭떠보지 안코 하는 일만 골독이 하고 잇다. 더욱히 자신의 생활이 곤경에 들엇쓸 때로 자신의 이약이를 누구에게든지 하는 일업시 잡지발간의 느짐만을 한탄하는 것이다. 그럴때마다 씨의 열성에 우리들은 갓금 감격하여 마지 앗는 것이다. 그리고 씨의 정직하고 겸손하고 개결하는 태도에 경의를 표하면서도 '너무 문사답지안타' 라고 귀속 이약이를 하는 때도 잇다. 그만큼 씨는 샌님이시다.[43]

소설「十年後」[44]는 이기영이 등단 직전과 조선지광사 시절에 어떻게 지냈는가를 잘 일러주는 자료적 가치를 지니고 있다.

그래 그는 몇차례를 올나와서 헛물만 켜고 나려갓다. 돈없고 발년없고 학력조차 박약한 그를 누구나 채용해주지 안엇다. 마참내 그는 실망한 끝에 할수없이 단렴하랴든 차에 그때 마침 지금있는 잡지사에서 모집하든 현상문예에 응모한 것이 요행으로 당선되자 그런 발년으로 기자란 직업을 얻게 된 것이다.

그러나 그야말로 식소사번이다. 원고쓰랴 편집하랴 교정보랴 발송하랴 도모지 빤한 틈이없다. 그것은 실직의 비애를 면한 대신에 다시 취직의 비애를 늑기게 할뿐이다. 집에 들면 생활난이 파고들고 박게 나가면 또한 남의 지배빝에서 마차말같이 부림을 받지 안는가? 마음의 자유도 몸의 자유도 없는 생활은 오직 초조와 번민을 자아내게 할

뿐이다. 이것이 인간의 생활이냐? (264쪽)

송영은 「무언의 인 이기영군」[45]에서 「옵바의 비밀편지」를 보았을 때는 묘재사(妙才士)로 느꼈다가 「가난한 사람들」, 「오매 둔 아버지」 같은 빈궁폭로소설을 읽을 때는 걸사(乞士)처럼 느꼈다고 했다. 이기영을 처음 만났을 때는 성난 사람처럼 거북하기도 하더니 사귀어나갈수록 친근감을 느꼈는데 그것의 실체를 "길게 단단하게 얽으러져 가는 것은 경과 신과 애의 세 감정의 합치였다"로 풀이한 것이라든가 "실제에 있어서는 무언의 인이면서도 작품에 있어서 대화가 묘하다. 이것을 보면 보통생활의 말은 잘 아니하는 것이 작품의 대화를 더 강화시키기 위한 계획적 음모인지도 모르겠다"고 날카롭게 지적한 것[46]은 이기영 소설에서 대화가 남달리 많은 현상을 재미있게 풀어주는 한 열쇠가 된다.

「민촌」은 벼 한 바리와 돈 쉰 냥에 박주사 아들에게 팔려가는 점순과 지주 아들이면서 동척회사 마름, 면협 의원, 금융조합 평의원 등의 직함을 갖고 있으며 끊임없이 첩을 갈아치우는 박주사 아들, 그리고 서울에서 공부하고 내려와 마을 사람들의 신망을 한몸에 받으며 선비농사를 짓는 가운데 농민들을 계몽시키려는 창순 등이 주요인물로 나온다. 민촌인 향교말 농민들의 소박하면서도 가난에 찌들리고 굴종적인 모습들이 배경음악처럼 깔리고 있는 이 소설은 지주의 횡포, 소작인의 굴종, 소작농의 매녀, 지주의 음란, 지식인에 의한 농민들의 각성, 기독교 비판 등과 같이 인과관계로 묶이는 모티프에 의해 이끌리고 있다. 서울댁 창순은 '노동하는 자가 소유해야 한다'는 관념을 갖고 있다. 창순은 젊은 남녀들에게 자신들이 처한 비참한 현실이 빚어지게 된 원인과 과정을 제시하는 동시에 그것을 극복하는 올바른 방안을 제시하였다.

> 못먹고 헐벗으며 게딱지만한 옴막사리 속에서 모기 빈대 벼룩에게 뜻겨가며 이렇게 하루살기가 지겹도록 고생고생하게 된 것은 그게 모두 몇 놈의 악한 놈들이 돈을 모두 독차지해가지고 착하게 부지런이 일하는 많은 사람들을 가난의 구렁으로 잡아쳐 넣은 까닭이다. 아! 지금 저 달이 밝지마는 우리에게 좋은 것이 무엇이며 지금 이 바람이 서늘하다마는 우리의 가슴은 더욱 답답하지 않으냐?[47]

점순이는 창순으로부터 감화를 받아 자기가 처해 있는 현실이 비참함을 깨닫고, 부자들에게 증오감을 갖게 되면서 이런 현실을 긍정적으로 보는 존재나 관념에 대해 부정한다. 점순이는 소수의 부자가 다수의 빈민을 억압하는 세상을 찬미하는 교회를 부정한 나머지 하나님에게 이 땅에 유황불을 던져 달라고 한다. 아버지를 구하기 위해 팔려가는 점순이에 의해 악한 부자와 교회는 동일시되고 있다. 이 소설은 집안 식구는 전부 굶고 아버지는 병석에 누운 현실을 이겨내지 못한 채 쌀 두 섬을 받고 점순이 팔려가는 것으로 끝을 낸다.

창작집 『민촌』은 「민촌」, 「외교원과 전도부인」, 「쥐니야기」 등 세 편을 묶은 것으로 1927년 4월에 초판을 발행했고 1946년 6월 30일에 재판을 발행했다. 윤기정은 「이기영씨의 창작집 『민촌』을 읽고」라는 북리뷰에서 "이씨의 작품을 또 다시 읽음으로써 과거의 우리운동을 돌이켜 볼 수 있는 것이다. 과거에 있서서 우리의 무산계급예술운동을 다시 한번 돌이켜 봄으로써 현재의 우리들의 운동을 어떻게 움직여 나아가야만 하겠다는 것과 장래할 예술운동을 여하히 진전시켜야 하겠다는 방책을 다소간 세울 수 있는 것이다"[48]라고 의미를 부여했다.

안함광은 「농민문학 제문제」에서 「민촌」의 내용을 면밀하게 검토한 다음, 특히 결말 처리방법을 보고 "이 작품이 가지는 사회적 의의는 백 퍼센트로 소부르조아의 윤리관으로부터 오는 왜곡된 결론에 의하여 결정되고 만 것"이라고 부정적인 반응을 내보였다. 점순이를 가정을 위한 희생자로 그린 것은 "부르의 승리와 프로의 굴복"을 뜻하는 것으로 이것은 이 작품의 치명적 결함이라고 하였다. 그리고 형식상의 특징으로 "컴퍼지션의 무연락, 번쇄한 사자(寫字)의 과다, 묘사의 신비성" 등을 들었다.[49]

안함광이 희생자인 점순이를 주목한 대신 『조선문학통사』는 지도적인 인물 '서울댁'에 관심을 집중시켰다.

> 이 작품의 기본사상을 해명해 주고 있는 위치의 인물인 '서울댁'은 이 작가의 그후의 작품들, 례하자면 「제지공장촌」, 『고향』 등에서 보다 높은 형상으로 계속 장성하고 있다. 「농부 정도룡」이나 「민촌」은 그 당시 사회적 중심문제로 남아 있던 농민문제를 자기의 쩨마로 취급하면서 농민들의 계급분화와 빈궁화과정, 그 태내에서 새 력량의 장성 등 당대의 현실적 특징을 반영하였다. 그러면서 일방 지주계급의 정신적 불구성과 악덕을 여지없이 폭로하고 있다.[50]

「失眞」[51]의 제목 '실진'은 1920, 30년대에 많이 사용되었던 것으로 '미쳤다'는 뜻이다. 경식이라는 지게꾼은 벌이는 전혀 되지 않는데다 집에 있는 어머니와 누이의 앙상한 몰골을 자꾸 떠올리며 못 견디어 한다. 2년 전에 발표되었던 「가난한 사람들」이 굶주림에 견디다 못한 남주인공이 뒷부분에 가서 포악스러워지는 식으로 변하는 것으로 그려놓은 데 비해 이 소설은 서두에서부터 모멸감 · 분노 · 절망감 · 복수심을 견디어내지 못하는 것으로 서술하고 있다. 「가난한 사람들」이 농촌소설인 데 반해 「실진」은 일단 서울을 배경으로 삼고 있다. 농촌 출신으로 아버지를 여의고 상경한 경식은 굶주림을 견디다 못해 골목에서 쌀자루 갖고 가는 노파를 쳐서 죽이고는 쌀자루를 빼앗아 달아나다 집에 와 어머니에게 고백하고 잡혀간다. 모친은 자기 때문에 아들이 그렇게 되었다고 생각한다. 아들과 어머니의 대화 부분이 지나치게 길게 처리된 것도 문제이며 결말이 신파극처럼 끝난 것도 문제다.

「어머니의 마음」[52]은 생선장사하는 정첨지 내외가 가난을 견디지 못해 딸을 안집 주인 일본인에게 팔고 10년을 지내고 난 후 그 딸이 자기의 생모를 몰라본 채 개고기 먹는다고 면박을 준다는 이야기를 들려주고 있다. 매녀 모티프는 이기영 소설에서 이따금 보이기는 했으나 이 작품처럼 일본인에게 딸을 판다는 것은 유례가 없다. 이 소설은 딸을 판 고통, 그 딸에게 당한 망신 등을 화제로 남편과 아내 사이에 오고가는 대화를 들려준다. 울음을 그치지 않는 마누라에게 남편은 폭력을 휘두르며 "아 자식을 파러 먹는 놈이나, 제 근본을 이저 버리는 놈이나" 하고 자탄한 끝에 일본인 집에서 이사가는 것으로 끝맺었다.

1926년 12월 1일 작으로 「농부의 집」 속편이란 부제가 붙어 있는 「아사」[53]의 첫 장면은 정첨지가 굶주림과 병에 시달리면서 딸을 최주사집 첩으로 팔려는 아내와 갈등을 일으키는 것으로 되어 있다. 그리고 정첨지가 현실적 조건을 이겨내지 못한 채 마침내 딸을 파는 것을 허락하고 죽는 것으로 마무리었다. 정첨지는 소작농으로 농사지은 것이 홍수에 다 떠내려가 철로품을 팔던 중 무거운 돌에 왼편 다리를 다쳐 장기간 치료를 받게 된다. 양식 문제를 해결하고 병을 치료하기 위해 최주사 아들에게 집문서를 잡히고 빚을 내었으나 빚은 점점 늘어갈 뿐이었다. 최주사 아들이 빚 대신 딸을 첩으로 달라고 하는 데서 이 소설의 중심 사건은 발생한다. 정첨지가 "죄를 짓고 사는니보다 올흔 도리로 굴머 죽자!"고 하자 아들 억돌은 "죄업시 굴머 죽는 것은 결단코 올흔 도리가 아니겟지요! ─만일 노름하는게 죄라 하면 노름을 하지 안코는 살수업게 마련된 이 세상이 더 죄가 되앗지라우!"[54] 한다. 이 소설은 다음과 같이 화자가 탄식하는 것으로 끝나고 있다.

과연 정첨지는 병으로 죽엇다는 이보다 굴머서 죽엇다. 아! 사람이 병드럿다는것만도 얼마나 불행한일이랴마는 병드러굴머죽엇다함은 더얼마나 참혹한 일이냐!? 정첨지가 죽던 몇칠 후에 복술이할머니도 이세상을 마저 써나고 마렷다.

억돌이집 세식구! 그들은 장차 어듸로 갈고?—그들의 원한(冤恨)은 구천에 사모칫다.[55]

이처럼 작가의 감상과 연민이 잔뜩 실린 이 결말 처리방법은 최서해의 「홍염」, 「탈출기」, 「박돌의 죽음」과 이효석의 「노령근해」를 떠올리게 한다.

저항적 이데올로그소설의 주류화

「호외」[56]는 C제철소의 노동자들이 조합을 만들 것을 의논하는 것으로 시작된다. 늙은 노동자 장수백의 집에 모여 조합의 운영방법, 노동운동의 방법 등에 대해 논의한다. 이들은 "누구는 편하게 놀면서도 부자로 잘 살고 누구는 밤낫 일만 하여도 입에 풀칠하기가 어려워서 굴머 죽게 되는가"라는 의문을 나누는가 하면 "우리 무산계급에 공적이 되는 놈은 사정없이 박멸해야 될 것"이라고 해결책을 교환하기도 한다.

이 소설의 중심 사건은 공장에서 감독에 반대하는 노동자들을 해고시키자 노동자들이 들고 일어난 것에서 찾을 수 있다. 작가 이기영은 작중의 노동자들과 완전히 호흡을 같이하고 있다. "독자제군! 과연 인간에는 종교 이상의 신앙을 갓게 할것이 업슬가?"(196쪽) 하는 식으로 독자를 직접 잡아당기는 방법을 쓰고 있다. 이 작품은 인쇄과정에서 가운데 점을 찍는 식으로 강조어들을 내세우고 있다. 가운데 점이 찍힌 단어들로는 계급의식 · 정의 · 냉정 · 파업 · 지상운동 · 권위 · 투사 · 착취 · 향락 · 기생충 · 자취 · 투쟁 · 승리 · 당연 · 지위 등이 있다. 만일 원고에서부터 가운데 점을 찍었다면 「호외」는 매우 특이한 담론을 보여준 것이 된다. 농촌을 배경으로 하여 "부자 = 악"이라는 등식을 거듭 제시했던 이기영은 이제는 도시의 공장을 배경으로 하여 "부리는 자 = 악"이라는 공식으로 바꾸어갔다.

이 소설은 거의 끝부분에 가서 제철소 공장문을 굳게 닫게 한, "중경상자 수십명과 팔십명의 폭행자 검거"라는 호외의 내용을 소개하고 이어 이것이 전기회사를 비롯한 여러 공장에 파급효과를 가져오게 된 것으로 결말을 맺었다.

「밋며느리」(『조선지광』, 1927. 6)[57]에는 '금순의 소전'이란 부제가 붙어 있다. 여섯 살 때 민며느리로 가서 13세 때 나이 21년이나 연상인 남편과 결혼한 금순은 한 집에 사는 도쿄 유학생을 사모한 것 때문에 남편과 시댁 어른들로부터 가혹한 고문을 당한 뒤 집을 나와 제사공장 여공으로 취직한다. 금순은 도쿄 유학생한테도 외면당하나 쓰러지지 않고 '노력하는 인간'이 되기로 결심하여 사랑 따위는 걷어치우고 오직 가난한 사람들을 위해 투쟁하는 존재가 되기로 한다. 봉건제도에 복종하면서 팔자론을 곱씹고 살던 10대에서 가난한 사람들을 위해 투쟁하는 20대로 바뀐 점에서 이 소설은 여성을 주인공으로 한 성장소설로 볼 수 있다. 「밋며느리」는 이기영 소설로는 예외라고 할 정도로 대화체가 적은 대신 서술이 많은 편이다. 복자처리 된 곳을 여러 군데서 발견할 수 있다. 황선달의 큰아들이 감옥에 잡혀 간 데 대한 설명이 복자처리된 것이 그 좋은 예다. 끝부분에서 금순이 가난한 사람들을 위해 싸우겠다는 결심을 굳히는 과정과 다시는 사랑 따위는 하지 않겠다는 각오를 내보이는 무산계급론 중심의 투쟁의식의 골자도 복자처리되었다. 이러한 성장에의 의지는 단문주의의 지지를 받으면서 더욱 빛이 나게 된다. 「밋며느리」가 여주인공이 투사가 되기로 결심한 것으로 끝나고 있는 데 반해 「해후」는 전위소설, 주의자소설의 첫 작품이라고 할 수 있다. 윤기정은 「최근 문예잡감」[58]에서 이기영의 「농부의 집」, 「실진」, 「밋며느리」 등을 금년 창작 중의 뛰어난 작품이라고 평하였다.

「해후」[59]는 거물주의자 B가 3년 형기를 마치고 출옥하는 것으로 시작한다. 이 소설의 프로타고니스트는 3년 전에 B를 사무했다가 거절당하고 난 후 열심히 노력하여 여자청년회중앙집행위 상무위원이 된 S라고 할 수 있다. S는 4년 전

17세 때 전화교환수로 있을 때 B가 ××농장 소작쟁의사건의 진상을 조사하러 온 ××총동맹 특파원으로 와 지주 ×× 연설을 했을 때 알게 된다. S는, 그 연설로 한 달 구류를 살고 나와 건강이 나빠져 병원에 입원한 B를 매일 문병하고 러브레터를 보내었으나 거절당한다. 남자에게 거절당한 것이 투사로 전신하는 동기가 되었다는 점에서 S는 「밋며느리」의 금순과 같다. 이 소설은 한 평범한 처녀가 투사로 성장하기까지의 과정을 그린 점에서 발전소설이요 주의자소설이 된다. B의 출옥 후 S가 B와 대화를 나누면서 옛날을 회상, 당시의 운동 현황과 방법을 검토하는 것으로 끝난 점에서 이념소설이나 토론소설의 색채가 짙다. 「해후」에서도 "이하 15행략"(118쪽), "이하 일행략"(121쪽), "이행략"(127쪽) 등과 같은 상처를 쉽게 찾아볼 수 있다. 운동 실패의 원인을 지력의 부족이라든가 기분에 흐른 운동 가담자들에게서 잡아 조직적 운동과 의지의 필요성을 주장하고 있는 것은 당대 투쟁방법을 비판한 것이라고 할 수 있다. 이 소설은 B가 말한 것과 같이 "××××과 련애 운동은 수화와 갓튼 상극"임을 입증하기 위한 것으로 ××××는 "계급운동"을 생략해버린 것으로 볼 수 있다.

이기영은 1928년 6월에 조선지광사 사건에 연루되었다. 조선지광사 관계자 여러 명과 함께 종로경찰서에 붙들려가

며칠간 조사를 받고 난 후 6월 25일에 김동혁 · 김복진 · 김소익 · 오재현 · 권경득 등과 함께 석방되었다. 이 무렵 김동혁은 조선지광사 편집인 겸 발행인이었다.[60)]

한설야는 「포석과 민촌과 나」란 글에서 자신이 두 사람을 알게 된 것은 1927년경이었고 세 사람 다 서북쪽 서울 골목 안에서 살아 자주 만났다고 했다. 한설야는 포석을 가리켜 "침착한 정열을 가진 시인형"이라고 했고 민촌에 대해서는 "냉락하고 고담한 산문적인 사람"이라고 했다. 한설야가 이들과 자주 만나면서 문학에 대한 이야기라든가 조직에 관한 이야기를 나누고 있을 그 무렵에 포석과 민촌은 한집에서 방을 갈라 살림하고 있었다. 그들의 집은 하도 좁고 어두워서 한설야는 그 집을 일컬어 "태양이 없는 집"이라고 하였다. 민촌은 평소에는 조용했지만 술 먹는 시합에서는 말없이 두주불사하여 주위 사람들을 기죽게 하기도 하였다. 이 무렵 포석은 팥죽장사를 했다가 손님이 없어 걷어치우고 말았으며 과일행상을 계획하기도 했다.[61)] 이때 이기영과 조명희가 맞았던 가난은 바로 한설야에게 닥친 냉엄한 현실이기도 했다.

> 貧困이 사람에게 주는 沈鬱한 그림자는 油畵와 같이 濃厚한 것이었다. 우리는 모다 생활고에 묵철〔鉛〕같이 무거

운 壓迫을 느끼었스며 濁酒와 같이 흐린 분위기 중에 있었다. 다만 이것을 일시라도 물리칠 수 있는 것은 문학에 대한 熱慾이었다. 그러한 중에서도 우리는 창작의 붓을 잊어버리지 않었고 독서의 시간을 없애랴고 하지 않었다. 나는 지금도 서두안친 책을 들고 參禪하는 사람같이 黠黠히 앉은 抱石의 모습을 彷彿히 머리에 그리고 있다.

그러나 우리들 사이의 그러한 모임도 오래지는 못하였다. 나는 시골로 가지않을 수 없었고 抱石은 『동아일보』에 발표한 「原稿商廢業」 등 이삼의 수필을 마지막으로 어디론지 종적을 감추고 말았고 民村 혼자가 서울에 남아서 淸貧의 孤壘를 지키고 있었다.[62]

1927년에 이기영은 박영희가 간사로 일한 '문예가협회'의 노력으로 원고료를 받은 사건을 보여준다. 이기영은 1927년 3월호 『현대평론』에 최서해의 청탁으로 「호외」라는 제목의 소설을 싣기로 예정되어 있었으나 내용이 불온하다는 이유로 압수조치당하고 말았다. 압수된 원고에 대해서는 원고료가 없다는 잡지사측의 주장은 문예가협회가 성명서를 내고 『조선일보』에 사설을 싣는 식의 계속적인 투쟁 앞에서 꺾이고 말았다. 마침내 박영희는 원고료로 40원을 받아내 이기영에게 전달했다. 문예가협회는 이기영의 원고료를 받아내는

일을 유일한 사업으로 하고 해산되었다고 한다.[63]

카프 제1세대의 선두주자였던 박영희는 카프의 실질적인 지도자는 이기영이었음을 지적하면서 이기영이 이러한 위치에 올라설 수 있었던 힘을 다음과 같이 분석한 바 있다.

> 민촌은 서해와 같이 고생을 많이 한 작가이고 포석과 같이 말없는 사람이었다. 서해는 말이 많고 목소리가 컸다. 그러나 민촌과 포석 두 사람이 있을 때는 늘 조용하였다. 온 하루 동안의 이야기란 헤일 만큼 적었다. 그러나 책임과 의무감이 강한 사람인 동시에 표면으로는 잘 적을 대항하지 않으나 내심은 극히 단단하여 좀처럼 머리를 숙으리지 않는다. 따라서 그가 카프의 일원으로 카프에 대한 태도는 물론 전적으로 카프 정책에 따라 왔다. 그는 묵묵한 가운데서 자기의 작품을 그 정책에 맞도록 창작하기를 노력하였었다. 그러나 어떠한 작가고 다 그랬지만 자주 변하는 정치성이 있는 정책이 그대로 작품이 되기도 어렵고 또 그렇게 된다고 해도 문학적 가치를 갖기가 어려웠다. 따라서 민촌의 작품도 카프의 정책적 문학방법과는 달리 자신의 독자적인 발전을 서서히하여 왔다. 그러나 결과로 본다면 계급의식에 대한 신념과 그것의 작품 하에 있어서 카프 작가의 일인자로 되었다는 것을 말하지 않을 수 없다.[64]

이기영은 남다른 실천력과 책임감을 통해서 사상가로는 카프에 충실하면서도 작가로서는 독자성을 갖추어나갈 수 있었다. 이기영은 소문날 정도로 조용하고 말이 없는 사람이기는 했지만 카프의 지도자로 나설 수 있는 내공을 착실하게 쌓아가고 있었다.

「彩色무지개」[65]는 대화체소설의 전형이다. 소작쟁의에 가담했다가 감옥에 간 김선달의 아내와 딸 옥숙이 대화를 나누는 장면, 오빠 경식이와 여동생 옥숙이 일본 유학생 출신이며 정진사 아들인 정형조의 진실치 못함을 지적하는 장면, 동생 옥숙이 정형조를 만나 서로의 입장을 확인하는 장면, 오빠가 옥숙이를 야단치는 장면 등으로 짜여 있다. 이 자리에서 옥숙은 형조를 "채색무지개"라고 하면서 그 동안 "정진사집 움물 속에 박힌 채색무지개"에게 홀렸던 자신을 용서해달라고 한다. 이 작품에서는 빈자와 부자, 프로와 부르의 갈등이 분명하게 나타나고 있다. 오빠의 충고에 의해 또 아버지의 실천력을 동반한 모범 제시에 의해 옥숙이가 부르주아지와의 사랑에서 빠져나오는 것으로 끝처리되고 있다. 「민며느리」의 금순, 「해후」의 S, 「채색무지개」의 옥숙은 사랑에 실패한 것이 오히려 약이 되어 특정한 신념의 포회에 성공한 공통점을 지닌다.

『조선문학통사』에서는 "옥숙은 「오빠의 비밀편지」의 주인공 마리아의 발전된 모습인 동시에 장편 『고향』의 여주인공 들의 전신이기도 하다. 작가는 옥숙, 정형조 등의 생활적 환경과 기초의 제시로 하여 그 갈등의 현실적 기초를 명확히 강조했으며, 이미 한 가족 전체가 혁명전선에로 나선 발전된 현실의 모습을 발견하였다"[66]고 해석했다. 옥숙을 마리아의 발전적 모습으로 본 것은 견강부회로 볼 수 있다.

「苦難을 뚫코」[67]는 투쟁경력이 화려한 김종(金鍾)이 출옥 후에 딸을 찾아다니는 모습을 보여주고 있다. 김종은 18세에 일본으로 건너가서 먹고 살기 위해 여러 공장을 전전하였으며 관동대진재 통에 ××사건에 연루되어 5년간 옥고를 치른 바 있다.

> 그뒤로는 관동대진재 통에 ○○사건으로부터 감옥생활이 전후 오년, 류치장 출입이 십여차—어려서부터 가진 고생, 가진 로동, 가진 고통에 시달린 그는 인제는 모든 것이 다 시들해 보이엇다. 과연 그는 지금 단두대에 올나서라 하드래도 조금도 겁날 것은 업섯다.[68]

김종은 영웅적인 투사로서의 면모를 보이나 비극적 인물로 그려지고 있다. 자기 때문에 어머니와 누이가 희생되고, 아내는 자기를 배반하고 친구 정근과 동거한다. 딸 경애는

다른 사람에게 주어버렸다. 김종은 여기저기 수소문한 끝에 딸이 남의 집에 가서 살고 있는 것을 알게 되어 그 집에 가서 빼내어 오려 했지만 결국 딸의 장래를 위하여 포기하고 만다. 이 소설은 김종이 동지 H와 함께 북행열차를 타고 가면서 모든 고난을 한결같이 뚫고 나갈 것을 결심하는 것으로 끝내고 있다. 「밋며느리」, 「해후」, 「채색무지개」 등과 같은 작품에서 여주인공들이 남자와의 사랑에 실패한 것으로 그려진 것과는 달리 「고난을 뚤코」의 남주인공은 가족해체를 맞게 된다. 가족해체는 주의자들의 공통적인 비극으로, 주의자로서의 활동의 결과가 되기도 했지만 동시에 차후의 투쟁의욕 강화의 원인으로 기능하기도 하였다. 이기영 소설에서는 주의자라든가 투쟁적 인물의 결의가 가장 굳건하게 그려져, 행동묘사와 내면묘사가 이 작품만큼 균형을 잘 이루고 있는 것도 흔치 않다.

『조선문학통사』에서는 "리기영은 단편 「고난을 뚫고」에서는 직업적인 혁명투사 김종의 성격창조를 중심으로 당대현실에 대한 자기의 미학적 평가를 보여 주었다"(48쪽)고 높게 평가했다. 김종이 투사로서 가족들에게 양해를 구하고 은근히 자기의 동지가 되지 않겠냐고 하는 대목을 인용하면서 "이러한 행로에서 얼마나 많은 보다 높여진 새로운 인간이 그후의 우리문학의 전야를 풍부히 하였는가! 「원보」의 석봉,

「제지공장촌」의 샌님 등에서도 우리는 동일하게 당시 현실 생활의 력사적 과정에 의하여 규정되는 보다 발전된 새로운 인간들의 특질을 발견한다"고 「고난을 뚫코」의 가장 큰 의의를 새로운 인간형의 제시에서 찾았다.[69]

「元甫」[70]는 일명 "서울"로 되어 있다. 시골에서 교통사고를 당해 다리를 다친 원보는 서울로 치료받으러 왔으나 다리를 절단해야 하고 돈도 많이 든다는 바람에 포기하고 만다. 원보 내외는 여관방 주인에게 속아 여관비를 다 주고 쫓겨나, 시골 내려갈 돈이 없어 다리 밑에서 거지 노릇하다가 죽고 만다. 여관방과 다리 밑에서 석봉이 · 원보 · 원보 부인이 나눈 대화를 통해 굶주림 · 압박 · 모순으로 점철된 1920년대의 현실을 파악할 수 있다. 노인이 죽어 수철리 공동묘지에 묻히는 것으로 끝나는 이 소설에서 화자는 "과연, 서울은 그들에게 무엇을 주엇든가?"하고 묻고 있다.

미완성작인 「자기희생」[71]은 강백이 병 때문에 형 집행정지가 되어 나오는 것으로 시작된다. 딸 영순이 남들은 놀면서도 잘만 사는데 아버지는 사회주의 운동을 한 대가가 무엇이냐 하고 사회주의 운동의 한계를 지적하는 데 대해 아버지는 이 세상에는 나보다 더 참혹하게 희생하는 사람도 많다고 하면서 끝까지 투쟁해줄 것을 당부한다.

희곡창작을 통한 자기세계 확대

이기영은 해방 이전에 「그들의 남매」, 「월희」, 「人神教主」 등 세 편의 희곡을, 해방 직후에는 「닭싸움」과 「해방」을 발표한 바 있다. 1929년 1월호 『조선지광』에 발표된 「그들의 남매」는 '일명 월희'로 되어 있는 만큼 「그들의 남매」와 「월희」는 한 편의 희곡이라고 할 수 있다. 「그들의 남매」는 서양식으로 꾸민 카페를 무대로 하여 카페 여급 월희(오쓰기), 뽀이인 잇지로(一郎), 쿡인 긴상, 카페 여주인, 주객 1, 주객 2를 등장시키고 있다. 이 작품의 앞부분은 손님 맞을 준비를 하면서 월희와 잇지로와 긴상이 더위, 「사의 찬미」라는 노래, 월희를 사모하는 애인, 돈, 복, 훌륭한 인물, 잘난 사람 등을 화제로 삼아 대화를 나누는 것으로 짜여져 있다. 월희는 집안식구를 먹여 살리기 위해 여급이 되었음에도 데상이란 손님으로부터 팁으로 받은 10원을 태워버릴 정도로 돈의 노예가 되기는 싫어하는 태도를 보이는가 하면, 말과 행실이 일치하는 사람이 훌륭하다고 하면서 쿡인 긴상에게 "당신이나 잇지로의 생활에는 조곰도 거짓이 업지 안어요? 말과 갓치 일하고 일한 갑스로 먹고살고—거긔는 아모 죄도 허위도 업지 안어요? 그야말노 진실한 생활이 안이어요? (미소)"[72]라고 하여 '노동자생활 = 훌륭한 생활'이라는 등식을 암시한다. 그리고 세상에 잘났다고 하는 사람들은 돈노름, 권리다툼,

잘난 척만 하지 실제 하는 일이 없다고 하였다. 제2장은 두 손님이 월희의 환심을 사기 위해 노력하면서도 홀림 · 아름다움 · 별 · 종교 · 술 등에 대해 이야기를 나누는 것으로 되어 있다. 손님끼리도 야유와 신경전을 벌이고 월희와 손님들 사이에서도 가벼운 언쟁이 벌어지는 것으로 묘사되고 있다. 직업이 교사인 '주객 1'이 '주객 2'와 월희로부터 "한 입으로는 술을 먹으며 또 한 입으로는 술을 저주하는" 모순과 이중성을 보인다고 공격받자 월희에게 괘씸하다는 반응을 보인다. 월희는 교육자가 밤이면 열심히 술을 마시러 다니는 행태를 마땅치 않게 여기던 터였다. 월희가 미 · 과학 · 우주 · 미신 등을 논하는 지식인인 주객들 사이에 끼여 밤하늘의 별을 보면 믿을 것이 아니라 느껴야 한다고 하자 주객 2는 "그 예수 밋는 놈들이 마치 저 달갓치 몽롱한 한우님을 밋는단 말이지—유성의 시체갓튼 것을—"[73]이라고 독설을 내뱉는다. 한마디로, 월희는 이기영 사상의 대변자가 되고 있다. 『조선지광』 1929년 2월호에 발표된 「월희」(제2막)에는 '그들의 남매(續)'라는 부제가 붙어 있다. 「월희」 제2막은 월희 어머니 이숙경과 외할머니 박씨와 월희 남동생 강옥진이 함께 사는 월세방 한 칸을 무대로 삼고, 월희의 결혼문제를 놓고 숙경과 월희가 갈등을 보이는 것을 중심 사건으로 설정하고 있다. 이 과정에서 숙경이 부잣집 첩으로 가서 애를 낳아 네 살 때 던져두고 나온 내력, 월희 아버지가 노동학교 교사로 있다가 감옥에 들어가는 바람에 가세가 기울어 월희가 카페에 나가지 않을 수 없는 사정 등이 밝혀진다. 한 개인의 인생관은 그의 경험법칙이 굳어진 것이듯이 숙경은 첩생활에 한을 품고 가난을 지긋지긋하게 생각하긴 하나 딸이 카페에 나가는 것을 창피하게 생각하고 부잣집 아들에게 시집가라고 하는 대신, 월희는 카페에 나가서 이 세상을 많이 공부하게 되었다고 하면서 어머니처럼 첩생활한 것이나 자기처럼 여급생활하게 된 것을 부끄럽게 생각할 필요가 없다고 했다. 우리보다 비참하고 불쌍한 사람들이 많다는 뜻도 포함되어 있다. 월희는 그러면서도 부잣집 첩으로 가느니 차라리 공장에 다니겠다고 하였다. 외할머니도 월희의 신세를 생각하여 부잣집에 시집가라고 하였다. 숙경과 월희 모녀가 '이 세상은 부자들만의 세상'이라는 인식을 같이하는 것으로 제2막은 끝나고 있다. 「월희」 제3막은 1929년 4월호 『조선지광』에 발표된 것으로, 2막의 극중 인물에 월희의 애인인 김형준이라는 화가 지망생이 추가된 변화를 보인다. 김형준은 월희를 모델로 하여 북악산 소나무 숲에서 그림을 그리면서 결혼 제의를 했으나 월희는 두 사람의 처지가 크게 다르므로 결혼할 수 없다고 한다. 월희가 "당신같은 방탕한 부잣집 아들을 사랑하느니보다는 착실한 노동자를 사랑하고 싶다"(132쪽)든가 "진실한 사랑은 서로 자유스런 환경과 자유의지에서만 있다 하지 안습닛가"(133쪽)라고 하자 형준은 이내 마음을 정리하기 시작한다. 이때 산에 약수 마시러 올라온 월희 조모 박씨와 월희 모친 숙경은 형준과 월희를 우연히 만나게 된다. 제3막은 형준이 숙경이 낳은 아들임이 인지되는 과정을 보여주고 있다. 김형준과 월희는 아버지가 다른 남매 사이라는 것을 달게 받아들인다. 형준은 월희에게 오라비가 될 것을 맹세하면서 생부를 대신하여 생모 숙경과 월희에게 용서를 빈다. 「월희」 제4막은 『조선지광』 1929년 6월호에 발표되었다. 형준이가 돈을 대어 월희네는 조금 큰 셋집으로 이사간 후 월희는 카페를 그만두고 동대문 밖 방적공장에 여공으로 취직한다. 월희는 공장에서 퇴근하여 집에 와 외할머니 박씨와 이야기를 나누는 자리에서 가진 자와 사용자에 대한 증오심을 펼친다. 형준에게도 변화가 일어났다. 형준은 생모네 집에 너무 자주 다닌다고 생부에게 야단맞자 화가 나 월희네로 거처를 옮기고 만다. 외할머니 박씨가 빈자소인이라고 하는 것에 반해 월희는 가난한 사람은 죽어서는 천당간다는 식으로 대조적인 생각을 펼친다. 제1장과는 2주 정도의 시간차를 두고 있는 제2장에 와서 형준은 인쇄소 문선공이 되며 월희와 함께 서로 토론하는 장면을 보여준다. 월희가 조합일도 열심히 하면서 노동자가 된 기쁨을 드러낸 반면 형준은 인생은 허무하다고 하면서 노동자로서의 삶에 회의를 표시한다. 그러자 월희는 형준이 여전히 부르주아적 태도에서 벗어나지 못했다고 하면서 노동자는 가난한 대신 진실이 있다고 하였다. 그러자 형준은 월희와 연애할 수는 없게 되었지만 월희를 다른 사람에게는 주고 싶지 않다는 솔직한 심정을 털어놓기도 했다. 월희는 "옳은 도리로 살자면, 자기를 희생해야 한다"(51쪽)고 하였다. 형준은 월희가 조합에서 연락을 받고 급히 나가는 것을 보면서 노동자들은 희망에 사는 것임을 확인했고 노동 하나도 똑바로 못한다고 자책하면서 스스로를 "기생충"이라고 자학한다. 「월희」 제4막은 형준이 개인주의라든가 반노동주의자에서 벗어나지 못하는 "유산자적 의식"의 포로임을 자각하는 것으로 끝내고 있다. 이 작품은 "次號 完"으로 끝나버린 채 더 이상 이어지지 않았다.

이기영의 「부인의 문학적 지위」(『근우』, 1929. 5)는 동서양에서 여성이 천대받았던 역사를 일깨워주면서 삼종지의를 주장하는 사람들을 향해 "여자와 술을 동일한 요마로 보고 또한 여자와 술을 합한 것이 문학인 것처럼 여자+술=문학이라는 공식을 세웠다"고 비판했다. 그리고 부인과 노동자는 공통적인 운명을 가졌다고 전제한 다음, "노동계급이 해방되지 않고서는 부인해방도 바랄 수 없는 것과 마찬가지로 프로 문학이 아니고서는 완전한 여성문학을 세울 수가 없는 것이다"고 하면서 여성문학과 남성문학의 대립은 부르 문학 대 프로 문학의 대립구도로 바꾸어야 한다고 했다. 같은 여성들 중 부르에 편드는 사람이 있으면 계급적 견지에서 그녀와 투쟁해야 한다고 목청을 돋우기도 했다. 이기영은 여성들을 향해 "우선 남존여비의 봉건사상과 싸우고 여자를 가정지옥과 문맹과 남자에게 예속시킨 현대 사회제도에서 해방하려는 투쟁문예 다시 말하면 열렬한 인류해방운동에 합류하지 않으면 안될 것"[74]이라고 고취하였다.

프로 작가로서의 고난과 성취와 모색
—1930년대

애농애민사상과 풍자정신의 발현

1931년 1차 카프 검거 사건으로 구속되어 기억력에 의존하여 일어로 진술했다고 하는 안막의 「조선프롤레타리아 운동약사」[1]에는, 1930년 4월 중 조선지광사에서 카프 중앙위원회가 열려 중앙위원 보선, 회칙개정, 조직개편 등의 의안을 가지고 회의한 결과 중앙위원으로 권환 · 안막 · 엄흥섭 3명이 선출되었으며 카프 조직을 변경한 끝에 이기영은 박영희 · 윤기정 · 임화 · 송영 · 김기진 · 한설야 등과 함께 중앙위원회에 들어가서 출판부 책임을 맡기로 하였고 동시에 기술부 산하의 문학부(책임자: 권환)에 중앙위원회 회원 대부분과 함께 편성되었다고 되어 있다.[2]

이기영이 북한에서 『조선문학』 1957년 8월호에 발표한 「카프시대의 회상기」에서는 다음과 같이 당시 분위기의 일단을 전해주고 있다.

날이 갈수록 카프에 대한 일제경찰의 탄압은 혹심하여 갔다. 카프의 회관이 견지동 시천교당 앞 2층집 중에 있었는데 종로경찰서의 형사들은 날마다 사무실로 찾아와서 성가시게 굴었다. 그 집에는 비단 카프만이 있지 않았다. 노총, 청총 등—사회단체의 간판들이 거의 다 한 건물 속에 붙어있었는데, 그래 형사대는 밤낮없이 이 집을 감시하고 있었다. 놈들의 성화에 견디다 못하여 카프서기국은 정상적으로 일을 할 수 없어 나중에는 사무실문을 채워 버리고 비밀회합을 가졌다. 그것은 카프맹원의 주택으로—예하면 팔판동의 안막, 사직동의 윤기정 집 내실에서 회합을 여러 번 가졌다. 그 무렵에는 두 사람 이상만 모여도 비밀회합으로 몰리었기 때문에 이런 방법을 취하지 않고서는 서로 의사를 교환할 수도 없었다.[3)]

1930년에 들어 카프 맹원들이 카프의 볼셰비키화를 추진하는 일환으로 신간회 해체와 조선공산당 재건을 기도하는 것을 간파해낸 조선총독부는 카프 맹원을 체포하기 시작했다. 이 사건의 연루자 35명 중 박영희 · 윤기정 · 이기영 · 김기진 · 임화 · 김남천 등 17명만 체포되어 구속되었다. 이기영은 1931년 8월 12일에 안막 · 송영 · 권환 · 윤기정 등과 함께 종로경찰서 고등계 형사들에게 체포되었다. 이기영은 구속자 중 36세로 최연장자였다. 고경흠 · 김삼규 · 황학로 · 김남천 등 4인을 제외한 13인은 불기소처분으로 10월 15일에 석방되었다.[4)]

「享樂鬼」[5)]는 여자와 술에 탐닉하면서 가난한 사람들은 조금도 도와주지 않는 T군의 지주 김진사 집안을 그리고 있다. 김진사는 80 고령인데도 첩이 둘이나 되고 그의 아들들도 첩질에 미치고 딸은 14세에 시집가서 과부가 되어 왔다가 총각 머슴하고 눈이 맞아 도망갔다. 큰 손주는 요릿집에서 거액의 빚 때문에 더 이상 술을 주지 않자 자기 집에 들어가 강도짓을 한다. 한마디로 김진사 집안은 겉만 부자일 뿐 속은 난륜 그 자체였다. 이제 이기영은 지주 비판으로 나아가고 있다. 이 소설은 소작인 수백 명이 김진사를 보고 "향락귀"라고 하면서 쳐들어오는 것으로 결말 처리되고 있다. 수재와 한재가 났는데도 김진사가 기부금 한 푼도 안 내고 기생들을 불러 연회를 벌이자 마을 청년회원들이 몽둥이를 들고 습격했다. 「향락귀」는 악덕지주 고발소설의 전형이라고 할 수 있다.

「조희쓰는 사람들」[6)]은 성거산인(聖居山人)이라는 필명의 이기영이 쓴 것으로 되어 있다. "쒸! 쒸! 쒸……"와 같은 공장 사이렌이 울리는 것으로 시작하여 "과연 샌님은 황은이라는 일개 무명한 문학청년이다"로 끝나고 있다. 이 소설은 농민들이 노동자로 전화하여 '로동지옥'과 같은 악조건에서 일하다가 비록 성공하지는 못했지만 임금인상 투쟁을 하는 모습을 그리고 있다. 여기서 노동자들은 자력으로 각성하고 투쟁하는 것이 아니라, 소설의 끝에 가서 황은이라는 문학청년으로 밝혀진 샌님의 지도로 각성하고 투쟁하는 것으로 그려놓았다. 지식인이 교사적 존재요 원조자로 설정되고 노동자들이 배우고, 도움받고, 행동하는 것으로 설정되는 것은 프로 소설의 정석이다. 이기영은 농민들이 제지공장의 노동자로 전화되는 과정과 노동자들의 무의식세계를 그려냈다. 그런 가운데 제지공장의 작업과정, 제지공장의 구조 등에 대한 지식을 드러내보이기도 하였다.

—아모런 희망도 업시사는 판에 박은 그들의 생활—어제나 오날이나 쏘는 래일이나 한결갓튼 로동의 묵어운 운명애를 메고 쉴새업시 허덕이는 그들—그래서 나날이 뼈를 갈니고 피를 말니고 살을 깍기며 점점 피로(疲勞)만 해가는 그들—집에 들면 주림과 헐버슴과 질병과 부채와 처자의 푸념과 늙은이의 잔소리와 팔자한탄 밧게 듯지못하는 그들—그러타고 압흐로 무슨 소망이 잇는것도 안인 다만 앗가운 청춘을 속절업시 로동지옥에서 늙히고 늙고

마는 그들! 과연 그들에게는 이 막걸니 한잔밧게 인생의 쾌락이라고 또무엇이 잇든가? 술과 여자! 이것은 다시 업는 그들의 진통제이다.[7]

노동자들을 모아놓고 계급 없는 사회, 사회주의, 유토피아론을 강의하던 샌님이 잡혀 감옥에 갇히게 되자 노동자들은 투쟁파와 타협파로 갈린다. 「조희쓰는 사람들」은 이기영으로서는 처음으로 쓴 본격적인 공장노동자소설이다. 그런가 하면 사회주의 이론을 내세우며 노동자들을 의식화하는 지식인을 형상화한 점에서 지식인소설로 볼 수도 있다.

권환은 「조선예술운동의 당면한 구체적 과정」에서 "자연발생적으로 혹은 의식적으로 적대계급과 투쟁하는 노동자 농민의 생활을 그리기 시작한 작품"을 긍정적으로 보면서 이러한 작품의 예로 이기영의 「조희쓰는 사람들」과 「소작농」, 송영의 「교대시간」을 들었다.[8] 함일돈은 「창작계의 이삼고찰」에서 공장노동자를 취급한 작품으로 이기영의 「조희쓰는 사람들」과 이효석의 「깨트러진 홍등」을 주목하면서 「조희쓰는 사람들」은 "원시적 수공업이 근대적 기계문명으로 말미암아 몰락되엇다는 것, 또 근대적 공장이 무산자의 노동력을 착취하는 가혹한 수단, 또 노동자의 동맹파업으로 노동자의 항쟁 등을 표시하였다"[9]고 해석했다.

이기영은 「반동적 비평을 매장하자」[10]에서 "비평가는 역시 위대한 창작가라 할 수 있다.—그는 지식이 해박해야 되고 일반 예술이론에 침투해야 되겠지만 그밖에도 명철한 이론에 비추어서 현실을 정확히 비판하는 독창력—다시 말하면 비평가로서의 반드시 가져야 할 창작력이 있어야 하겠다" (176쪽)고 하여 비평도 창작이라고 주장하였다. 이기영은 프로 비평가의 존재를 의식하기도 했고 특별히 프로 비평가가 해야 할 일을 제시하기도 했다. 그러면서 작가를 광부로 비유했고 비평가를 광부가 캐낸 광석 중에서 황금덩이를 파내는 기사로 비유했다. 비평가는 수많은 작품 가운데서 좋은 작품을 가려내는 일뿐만 아니라 광맥을 똑바로 파도록 지도하는 일도 한다고 설명했다. 「반동적 비평을 매장하자」는 함일돈이라는 비평가를 공격하기 위해서 쓴 글이었다.

「홍수」[11]는 박건성이 고향 T촌에 귀향하는 것으로 시작한다. 박건성은 보통학교를 졸업하고 모친의 병을 고치기 위해 일본에 유년 직공으로 팔려가 정의단에 가담한 것 때문에 공장에서 쫓겨나고 감옥까지 갔다왔다. 이 소설은 소작료 압박 · 불경기 · 산업합리화 · 실업사태 · 기근 등과 같은 상황과 금광투신 · 노름 · 밀주제조 등과 같은 대응방식을 보여주고 있다. 건성은 마을에 돌아와 열심히 농사지으면서 농민들에게 농민이 가난할 수밖에 없는 이유를 설명하고 빈부 차이의 심화, 공장노동자의 비참한 생활, 노동단결의 필요성 등을 역설한다. 평소 야학활동으로 농민들의 환심을 산 건성은 T촌에 홍수가 나자 주도적으로 홍수를 극복한 것을 계기로 농민들과 함께 농민조합 결성의 필요성을 느낀다. T촌 최대 지주 정고령을 상대로 수확동맹과 소작료동맹을 주도한 건성이는 잡혀갔으나 농민들에게는 홍수 같은 힘이 생겨나게 된다. 「홍수」에서 보이는 농민계몽 · 야학 · 홍수극복 · 농민조합 결성 · 소작동맹 등의 모티프는 3년 후에 나타나는 장편소설 『고향』을 예고하게 되었다. 「조희쓰는 사람들」에서 문학청년 황은이 공장노동자들과 하나가 되어 공장파업을 조종할 때 「홍수」에서는 일본에서 노동자였으며 주의자였던 박건성이 지주를 대상으로 한 소작투쟁을 주도한 것으로 그려지고 있다. '극히 간단한 보고로서'라는 부제가 붙은 「1930년 조선푸로예술운동」에서 박영희는 1930년도의 주목할 만한 작품들 20편에 이기영의 「조희쓰는 사람들」, 「남경충의 총동원」, 「월희」, 「홍수」 등과 같은 소설과 희곡 4편을 포함시켰다. 박영희는 1930년도에 이기영이 문제작을 가장 많이 남긴 것으로 암시한 셈이다.[12)]

박영희는 「카프 작가와 그 수반자의 문학적 활동」에서 특히 주인공 박건성이 귀향한 후 농민들의 의식화에 성공하기까지의 과정에 주목하면서 "이 소설은 예술의 그것보다도 계몽의 그것에 가까웁다. 무의식의 농민들이 읽어서 반드시 그들의 각성이 큰 줄로 안다. 집단의 효과를 알게 하였다"[13] 고 평하면서 이어 이 작품의 장단점을 제시하였다. 그리고 주인공 건성이 "계급적으로 부여된 자기의 임무를 달성하기 위해서" 술 · 담배 · 여자를 멀리하는 성격으로 그려진 것이 마음에 든다고 하면서도, 다만 건성의 소개로 완득과 치백의 딸이 결혼하게 된 것은 비사실적이며 또 결혼식 장면을 장황하게 묘사한 것도 불필요하다고 하였다. 홍수가 났을 때 건성이 마을 사람들에게 집단의 힘을 역설하는 장면에 주목하여 "물이라면 진저리가 난 그들에게 물을 가지고 단결력을 고취케 하는 것은 객관적 심리적 근거에서 효과가 적으리라 생각된다"[14]고 평가한 것은 예리하기는 하지만 설득력은 크지 않다.

「光明을 잇기까지」[15]는 쥐를 의인화한 점에서는 우화소설이 되고 곽쥐를 영웅적 존재로 부각시킨 점에서는 영웅소설이 되고 계급투쟁의식을 부추긴 점에서는 프로 소설이 된다. 김진사 집에서 일백 원이라는 거금을 훔쳐 가지고 온 곽쥐는 쥐들을 모아놓고 우리는 동물계의 프롤레타리아라고 하면서 우리가 자유를 쟁취하기 위해서는 그놈들과 싸우지 않으면 안 되며 자고로 생활은 투쟁인 만큼 서족 노동자들은 단결하라고 웅변한다. 쥐들 사이에서 지도자로 부각되는 곽쥐는 김진사가 쥐덫을 놓거나 고양이를 풀어 희생자를 늘리는 것을 보고 김진사에 대한 저항의 일환으로 김진사집 신주를 훔쳐 내오기로 한다. 김진사가 강하게 나오자 곽쥐도 강하게 나가기로 하였던 것이다. 정작 곽쥐가 강하게 나가자 김진사는 급격히 약한 모습을 보이게 된다. 그러자 곽쥐도 김진사를 더 이상 공격하지 않기로 한다.

> 이 최후의 승리와 자유를 어든 쥐들은 참으로 개선가를 부르고 큰 잔체를 베푸럿다. 그래 그들은 모다 곽쥐주의를 례찬하고 곽쥐를 참으로 위인으로 알게까지되엿다. 이 잔체에 임한 곽쥐는 늠늠한 긔상으로 군중에게 대하야 일장의 연설을 토하엿다. 「동지제군! (……) 과연 우리가 광명을 앗기까지는 참으로 피투성이로 용감히 싸운 결과이다!」[16)]

"곽쥐주의"라는 재미있는 신조어는 투쟁주의라는 말로 대치할 수 있다. 4년 전에 발표한 「쥐니야기」가 쥐가 악덕부자와 직접 대립하는 양상을 보이지 않은 것에 비하면 「광명을 앗기까지」는 적극적인 편이라고 할 수 있다.

1931년에 들어오면 이기영은 조선의 프로 문단에서 노장이면서 가장 꾸준한 작가로 평가되었다. 그런데 조선지광에 근무했던 때와는 달리 1931년경에는 작품을 잘 쓰지 않는다는 평을 듣기도 했다. 「조선문인의 푸로필」[17]에서 이기영의 창작활동이 전 같지 않게 된 한 요인으로 "주의와 주장이 맞지 아니하는 신문이나 잡지에는 작을 실니지 아니하자는 주견인듯하다"고 추리했다. 이러한 태도는 아름다운 일이기는 하나 단 한 명의 독자라도 의식해서 열심히 쓰는 것이 어떠한가 하는 충고도 아끼지 않았다. 작가로 등단한 그 짧지 않은 시간에 비해 작품의 진보는 매우 더디다고 일침을 가하기도 했다. 이 잡지의 편집자는 이기영이 서울에서 출생했다고 잘못 소개하기도 했다. 이기영은 보기에 안타까울 정도로 말랐으나 대단한 주호였다고 했다.

「時代의 進步」[18]는 한 여학생이 진보적인 선생을 좋아하다가 사랑하는 사이가 되었으나 주위 사람들 사이에서 들통나 헤어지는 것으로 시작된다. 그러나 5년 후에 다시 나타난 최선생은 혜숙의 눈에 타락한 소부르주아로 비치고 만다. 그 여학생은 선생과 헤어지기로 하고 다시 투쟁 대열에 나선다. 혜숙은 소부르주아 생활을 청산할 수 없다고 하는 최선생의 말에 "소뿔조아의 말로! 시대의 진보"를 느끼게 된다. 혜숙은 최선생과 헤어지고 난 후 투쟁의지를 더욱 다져 임금저하 반대운동을 강구하게 된다. 혜숙은 결국 사랑보다는 이념을 택한 점에서 「밋며느리」, 「해후」, 「채색무지개」의 여주인공과 동일한 범주로 묶여진다. 이들 존재들은 사랑의 실패를 주의자로서의 각성의 계기로 살려 여성의 위치와 빈자의 위치에서 한꺼번에 벗어나려 한다.

「賦役」[19]은 악덕지주에게 농민들이 집단적으로 저항하는 것을 그린 것이다. 중심 사건은 강참봉의 강요로 곡물창고 부역을 나온 농민들이 일하던 중, 근행이 비계에서 떨어져 팔을 다치는 데서 시작된다. 지주 강참봉이 조금만 보상해주자 농민들이 강참봉 집에 몰려가 부역시키지 말 것, 사음을 없앨 것, 박근행의 치료비를 물어줄 것, 농자금을 무변리로 대부해줄 것, 소작권은 상당한 이유 없이 이동치 말 것, 소작료는 4할 이내로 할 것 등을 요구했으나 강참봉은 한 가지도 들어줄 수 없다고 한다. 이들 농민들이 다 잡혀간 후에도 농민조합의 투쟁의지는 꺾이지 않는다. 근행이 정첨지 집을 잡혀 마련한 이십 원으로 입원하여 팔을 절단하게 되자 격분한 농민들은 단결의 필요성과 농민조합 결성의 필요성을 공론화한다. 그리하여 "우리들의 무기는 단결이다", "농민은 농민조합으로!"라고 외친다. 이 소설은 팔병신이 된 근행이 연락책이 되어 마을의 농민조합과 읍내의 농민조합을 연결하는 것으로 끝내고 있다.

이갑기는 「프롤레타리아 예술운동」[20]에서 "민촌 이기영의 「부역」을 위시한 무든 소설은 씨를 가진 바 노련한 수법으로 근자와서 덕영직(德永直)의 필치를 가미한듯한 군센 맛은

씨의 미지자(未知者)로서는 능히 씨의 학자적 타잎을 상상키 어렵게 하는 듯한다"[21]고 우려를 나타냈다. 함일돈은 「구월 창작평」에서 「부역」의 스토리를 소개하는 데 힘쓴 다음, 대화 부분을 통한 아지푸로의 효과 살리기를 지적하면서 다음과 같이 고평했다.

> 하회에 잇서서는 부호 강참봉의 쁘르조아의식과 부상자의 고통 곤경을 좀더 전개시키여 양방의 계급적 색채를 명확히 대립시키는 동시에 수백명 작인 노동자들에게 계급적 반항의식을 추출할 수법을 취할 줄 알며 또 그러케 함으로써 이 작품은 훌늉한 프로레타리아 작품이 될 것을 우리는 밋는 바이다.[22]

『혜성』(1931. 9)에서는 이기영의 작품이 몇 달에 한 번밖에 보이지 않는 것을 안타까워하면서 "설마 벌서 씨의 창작적 소명이 다하엿슬이는 업고 생각건대 주의와 주장이 맛지 아니하는 신문이나 잡지에는 작을 실니지 아니하자는 주견인듯하다"(70쪽)고 옹호발언을 하였다.

신유인은 「문학창작의 고정화에 抗하여」[23]에서 이기영의 「삼중국적자」의 발표를 알리면서 "리얼리즘의 길을 걸어오는 유일한 작가로서 생각되던 이 노대가는 이 「삼중국적자」

에서 반대로 프로 문학의 묘지를 파고 있다"고 비판했다. 그는 일반 노동계급의 현실에서도 떨어져 있고 작품에는 근로대중도 없고 계급도 없다고 했다.[24] 이와는 대조적으로 이갑기는 「예술운동의 전망」[25]에서 1931년도 작품 중 "엄격한 노력대중적 견지에서 관찰하여 그 테마나 표현기술의 모든 것이 노동자나 농민에게 주었으면 할 만한 작품은 김남천의 「공장신문」, 권환의 「목화와 콩」, 민촌의 「부역」, 「이중국적자」, 송영의 「호신술」 등"이라고 하였다.[26]

1930년대 전반기의 극빈한 생활은 「이사고난기—세방살이」[27]에 잘 나타나 있다. 이기영은 서울에 온 지 10년 동안에 제때 방세를 내지 못해 쫓겨다니기 일쑤인지라 기본적으로 일 년에 한두 차례 이사를 다녔고 한 달에 여러 차례 다닌 적도 있었다. 심지어는 집세를 내지 못해 집주인에게 고소를 당한 적도 있었다. 이기영은 가장 절박했던 시기를 1932년경으로 꼽았다. 『조선지광』이 폐간되어 잡지기자를 그만두게 되었고 『중앙일보』에 1931년 11월 28일부터 연재되었던 처녀장편 『현대풍경』은 1932년 4월 27일 이후부터 신문 휴간과 함께 휴재하게 되었다. 집 전체를 월세 9원에 얻어 학생 하숙이라도 쳐서 연명할 계획이었다. 그러나 일이 뜻대로 되지 않고 오히려 재판만 걸리는 꼴이 되고 말았다. 그때 엎친 데 덮친 격으로 이기영은 아이를 잃었다. 태어난 아이는 단독에 걸려 55일 만에 죽고 말았고 그 위의 아이는 눈병을 오래도록 앓아 "그날의 호구도 무책인데 우환까지 쌍나발을 부는 곡경으로 지날 판"[28]이었다. 그러니 9원 낼 돈이 어디 있으랴. 이기영은 이때의 일을 「돈」이라는 작품으로 형상화했다.

「猫·養·子」[29]에서 동아제사회사 사장인 김중호는 아이를 낳지 못하자 입양도 거부하고 황금만능주의를 더욱 적극적으로 살려나가기로 하고 공허감을 메우기 위해 아기 고양이를 갓난애기보다 더 아끼고 챙긴다. 고양이는 황금목도리와 방울을 차고 있으며 전용 시중을 두었을 정도로 김중호 부부는 고양이를 광적으로 애지중지한다. 고양이가 점심을 먹으려고 하지 않자 김중호는 고양이를 잘못 돌보았다고 하면서 하녀 삼월이의 머리채를 끄집는다. 이기영은 김중호의 행태를 그리면서 말세가 아니냐고 노골적으로 작가적 간섭을 하였다. 김중호가 이렇듯 고양이를 과보호하고 동물학대방지위원회를 만들면서 직공들의 삯전을 깎으려고 하자 노동자들이 들고 일어난다. 이기영은 김중호를 "잔인한 행동", "비인간적인 행동", "가난한 사람들을 즘승이상으로 학대하는 심사" 등과 같이 노골적으로 비난하면서 자본주의 사회의 병폐를 지적하였다. 이 소설은 김중호는 달아나고 삼월이가 고양이를 죽이는 것으로 끝나고 있다. 앞의 소설들이 빈자와 부자, 노동자와 자본가, 소작인과 지주 사이의 팽팽한 대립을 그리는 데서 멈추는 반면 이 소설은 약자의 승리와 강자의 패배를 제시하고 있다.

민병휘는 「조선푸로작가론」[30)]에서 프로 작가로 최학송 · 김영팔 · 이량 · 이익상 · 유완희 · 김기진 · 최승일 · 유진오 · 한설야 · 송영 · 엄흥섭 · 최정희 · 송계월 · 조명희 · 김남천 · 이효석 등을 거론하면서 이러저러한 이유로 이기영이 진정한 프로 작가에 들어간다고 하였다(493쪽). 민병휘는 「가난한 사람들」, 「오매 둔 아버지」, 「박선생」, 「전도부인과 외교원」, 「원보」, 「제지공장촌」, 「해후」, 「시대의 진보」, 「현대풍경」 등을 문제작으로 꼽으면서 농촌생활에서 테마를 취하는 점, 로맨티시즘을 주입시켜 흥미를 느끼게 하는 점은 당대 제일이라고 하였다(493쪽). 그러나 「원보」, 「제지공장촌」, 「현대풍경」은 수확에 속하지만 「시대의 진보」는 작가의 이름에 때를 묻히는 것이라고 하였다. 민병휘는 이기영의 생활태도에 대해서도 장단점을 고루 들어 "씨는 가장 가난한 생활가운데서라도 그의 주지를 동요하지 앗는다. 결백한 맑쓰주의자이다. 그러나 盃後면 亂場이 되시는게 험이다"(493쪽)라는 재미있는 표현을 썼다.

이기영은 「송영군의 인상과 작품」[31)]에서 송영의 외양과 염군사 시절의 활동상을 소개하면서도 그의 작품을 인정에 따라 좋게 보는 식의 태도는 취하지 않았다. 우선, 이기영은 송영이 글을 쉽게 쓰는 단점이 있음을 지적하고 나서 "모름지기 군의 작품에는 누심각골의 공적이 있기를 바란다"고 기대감을 표시했다. 이기영은 "군의 예전 작품으로는 「용광로」, 「군중정류」, 「석공조합대표」 등 모두 공장지대와 농촌을 배경으로 한 심각한 작품이었음"을 상기시킴으로써 작가의 창작의욕을 북돋아주는 결과를 가져오고 있다.[32)]

안재좌(安在左)는 「신구문인 언 파레드」에서 "춘원의 예술과 회월의 사상", "요한의 치밀과 팔봉의 웅건", "동인의 침착과 포석의 放漫", "빙허의 호방과 기영의 침착", "상섭의 횡설과 송영의 訥言" 등과 같이 인물대조의 방법을 취했다. 특히 빙허의 호방과 기영의 침착은 그들의 대표작 「지새는 안개」와 「민촌」의 문장에서 잘 찾아볼 수 있다고 하였다.[33)]

김남천은 「문학시평」[34)]에서 "곤란한 사적 생활 속에서 여전히 조금도 초조함 없이 작품을 내어놓고 있는 작가 이기영에 대해서 나는 항상 머리가 오르지 않음을 느낀다"고 하였고 이기영은 「기적이 울 때」라는 제목의 소설을 세 편씩이나 썼으나 어디에 발표한 적은 없다고 하였다. 「기적이 울 때」는 세 번이나 고쳐 쓴 것임에도 작가 자신도 마음에 들어하지 않았고 김남천도 만족해하지 않았다는 것이다.

그에 있어서 감심되는 것은 그가 성공하지 못하던 정치적인 캄파에 작품을 가지고 참가할려는 훌륭한 정치적 관심이다. 노련한 동지라고 결코 열정까지 식는다는 것은 아니다. 일본이나 조선에서 노련하여 맞은 쪽 반대편의 길로 방향을 돌리는 수많은 친구들을 생각할 때에 우리는 여기에서도 작가 이기영의 계급적인 인격에 대하여 생각하지 않을 수 없다. 그러나 내가 그를 이렇게 칭찬만 하고 그의 작품상 결점에 대하여 침묵한다면 그것은 큰 잘못일 것이다. 대체로 이기영의 작품에는 주제의 적극성이 퍽 미약하다. 그의 노련한 기예는 이 결함 속에서 고정하고 만다. 그의 아름다운 대화와 필치는 현상 위를 활주한다. 그리고 정치적 중심내용은 설명으로 결부된다. 이 결함은 그의 모든 작품에서 엿볼 수 있다. 「묘양자」에 있어서도 최근의 「인신교주」에 있어서도.[35)]

이기영은 이념분자로서는 일관된 길을 걸어가는 장점을 지니고 있으면서도 주제의 적극성이 미약하다는 창작상의 단점도 내보이고 있다고 했다. 참으로 냉정하고 정확한 평이라고 하지 않을 수 없다. 김남천은 이기영은 「최전도사」라는 반종교적인 작품을 싣기로 된 『해방』이란 잡지가 빛 때문에 못 나오게 되었다는 진술을 하고 있다. 김남천은 이 작품을 이기영의 최고작으로 꼽으면서 이 작품에서 이기영은 한 발자국도 못 나간 것이라고 단정했다.

「養蠶村」[36]은 미완소설이다. 음전 모친은 음전을 보면서 소작인으로서의 간고한 생활은 왜 점점 심해지는가 하고 묻는다. 근년에 와서는 고치 값이 떨어져 누에씨 값도 못 건지고 손해를 보는 이가 많아졌음에도 “그래도 ×××과 ×××소에서는 작구 누에를 치라고 장려하는” 것이 원인적 사건이 되고 있다. 농민들은 구장에게 불만을 표시했지만 받아주지 않는다. 묘목장사는 대개 일본 사람들이고 도평의원은 조선 사람들이었다. 농민들은 할 수 없이 고추밭 둑, 김장밭 고랑, 울타리 밑 가리지 않고 뽕나무를 심었다. 이 소설의 끝부분은 관청 직원과 농민들이 직접 충돌하는 것으로 되어 있다. 누에를 검사하러 순회하는 박서기가 누에를 좀 깨끗하게 다루라고 하자 음전 부친은 사람도 이런 데서 사는데 어떻게 더 깨끗하게 할 수 있느냐고 대든다. 농민들은 누에를 좋은 뽕만 먹이고 잘 길러서 깨끗하게 잘된 고치를 만들면 그것이 다 ××게로 들어가고 고치값이 떨어지는 것이라고 본다. 이 소설은 음전 부가 “흥 ××가튼 소리 그만 두라지—저의들은 ××을 처×으닛가!”고 소리지르는 것으로 끝낸다. 이처럼 관청과 농민의 대립상을 노골적으로 그려놓은 것은 이기영 작품은 물론 당시의 다른 작가들의 작품에서도 보기 힘들다. 관청은 일본인의 이익을 대변하는 곳임을 짙게 암시하고 있다. 8년 후에 발표된 「아우」[37]는 「양잠촌」의 확대 · 수정본이다. 「양잠촌」에서는 박서기와 여기수가 와서 농사지도하는 것에 대해서 비아냥거리고 공손하게 대하지 않는 데 반해 「아우」에서는 고분고분하게 대하는 것으로 그려지고 있다. 「양잠촌」에서 작중 화자는 조선 농민편이었으나 「아우」에서는 조선 농민을 탓하고 있다.

① 잠업조수는 호호웃고는 구두 신은 발로 그대로 드러가서 누에를 만저보더니만 주인에게

「여봐요! 누에를 좀깨끗하게 해주어야 병이 나지 안는 법이여요 사람은 그러치안소. 이러케 드러워서야 누에가 잘될 수 잇서야지요!」

그는 마치 의사가 가난한 환자에게 하는 말과 갓튼 말을 던지고잇다.

주인은 한손으로 머리를 글것다. 창피하엿다.

「그러치요만 사람이 이런데서 사는데야 엇더케 더 정하게 할수 잇서야지요 모르고 못하는것도 잇겟지요만 번연히 알고도못한답니다!」

주인은 나즉히 한숨을 내쉬엿다. 사실 음전이부친도 연모와 시간만 잇다면 잠박도 만들수잇고 잠좌도 만들 수 잇

섯지만 그에게는 도모지 그런 여유는 잇지안엇다.[38)]

② 여기수는 허리를 굽히며 박서기 옆으로 들어와 선다. 그는 방안에 누에가 있는 것을 보자 구두를 신은 채로 감정 치마자락을 걷어 올리고 들어섰다. 방안은 몬지 투성이다.

「여봐요. 누에를 좀 깨끗하게 해주어야 합니다. 그래야 병이 안 나는 법이야요 사람두 그렇지 않아요 이렇게 더러우면 첩경 병 나기가 쉬우니까요」

그는 마치 의사가 가난한 환자에게 말하듯 친절히 타일러준다. 노파는 미안한 듯이 두 손을 맞잡고 섰다.

「용서하십시오! 여북해야 사람두 이런데서 살겠습니까? 그리구 누에를 칠줄두 모르구요」

「그러니까 일르는대로 해야지요. 잠박이나 잠좌같은 것은 틈만 있으면 만들 수 있잖어요」

「네, 건 그렇습죠만 어디 그럴 주변들이 있어얍지요」

사실 그런 말은 들어도 싸다. 아무리 바쁘드라도 그런 것쯤 만들 시간이 없다는 건 거짓말이다. 그러나 그들도 역시 농민의 오랜 인습에 젖어서 옛날 습관을 타파하고 새로운 형식을 생활가운데 집어넣기는 어려웠다.[39)]

①은 「양잠촌」(1932)의 한 부분이며 ②는 「아우」(1940)의

한 부분이다. 「아우」는 「양잠촌」이 1930년대 초반 당시의 농민들이 압박받는 모습을 그린 것과는 달리 남주인공 이갑성의 강한 도덕심을 강조하는 데 초점을 맞추었다. 이갑성은 원래 음전과 정혼하기로 되어 있는데 일본 유학 가서 소식 없는 형의 식구들을 돌보기 위해 음전과의 결혼을 포기한다. 갑성의 형 갑렬은 큰 뜻을 품고 일본에 갔으나 돈을 벌어 부치기는커녕 편지조차 없다. 홧병으로 시름시름하던 어머니가 사망한 후 마을에 갑성이 형수와 좋아지내는 바람에 음전과의 결혼을 포기했다는 괴소문이 떠돌자 갑성은 형수를 친정으로 보내고 자신도 집을 떠난다. 그는 이것을 운명으로 받아들이면서 홍소하게 된다. 「아우」는 형에 대한 동생의 의리를 강조한 작품이다. 「아우」는 인정소설이요 형제애소설이다.

『고향』의 창작과정과 의미

이기영은 중편 「鼠火」의 원고료를 받아 부인에게 집세 한 달치를 주고 장편소설을 쓰기로 결심했다. 천안으로 내려가 고향친구 변군의 도움을 받아가면서 성불사에서 40일 동안 묵어가며 쓴 것이 바로 장편소설 『고향』이었다. 기왕 내려온 길에 추석이나 쇠고 가라는 변군의 권유도 뿌리치고 "음력 7월 그믐께까지 붓끝을 휘모라서 원고가 탈고되는 대로 분분히 싸들고 상경하였다."[40] 그동안 집안 식구들은 쫓겨나 이웃집으로 거처를 옮긴 뒤였다.[41] 『고향』이 연재되기 시작하면서 굶지는 않게 되었고 식구들도 한집에서 살 수 있게 되었다. 이기영은 「나의 이사고난기」를 끝내면서 집 문제로 어떠한 수난이 닥칠지 모른다고 걱정했다. 그러면서도 이 무렵에 쓴 「나의 문학에 대한 태도, 작가적 양심」[42]에서는 "차라리 한 두 사람의 물건을 도적질할지언정 만인을 해악할 수 없기 때문이다. 우음마식주의(牛飮馬食主義)에 신경이 마비되니 인간은 일부의 물질을 치중하는 나머지에 고상한 정신생활 내지 문화생활은 소외한다"고 주장한 것처럼 여전히 물질생활보다 정신생활이 중요한 것이라고 하였다.

이기영의 대표작이면서 해방 이전의 대표작으로 꼽히기도 하는 장편소설 『고향』은 『조선일보』에 1933년 11월 15일부터 1934년 9월 21일에 걸쳐 연재되었다. 중편소설 「서화」를 써서 원고료를 받아 집세 한 달치를 물어주고 잠시 안도의 한숨을 돌린 민촌은 장편소설 『고향』을 구상하게 된다. 이기영은 월북한 후 북한에서 「작가의 학교는 생활이다」[43]를 통해 『고향』의 창작배경을 밝혀 놓은 바 있다. 이상경 교수가 길게 인용한 것[44]을 다시 인용하되 요약하기로 한다.

나는 소설 『고향』을 쓰기 위해서 고향인 천안으로 내려

가려고 여비를 변통했는데 겨우 돈 2원을 구했습니다. 천안까지의 차비가 1원 53전과 마꼬 한 갑 값을 제하고 나니 일금 40전이 남았습니다. 나는 이 돈 40전을 아내에게 주면서 어떻게든 살아 가라고 부탁하고는 천안으로 떠났습니다. 7월 17일이었습니다. 그때 고향에는 변상권이라는 내 친구가 살고 있었습니다. 그는 진보적인 지식청년으로서 농촌에서 계몽운동을 하며 농민들에게 계급의식을 선전하고 있었습니다. 그가 바로 『고향』의 주인공 김희준의 원형이었습니다. 나는 그의 주선으로 그곳에서 5리 상거되는 성불사에 기숙을 하면서 『고향』을 쓰기 시작하였습니다. 이 성불사란 바로 소설 『고향』에 나오는 일심사입니다. 내가 먹을 식량으로 변동무는 보리쌀 몇 말을 절간에 가져다 주었습니다. (……)

소설 『고향』의 무대인 원터마을이 나의 고향인 것처럼 소설에 등장하는 인물들은 긍정적 인물이나 부정적 인물이나 다같이 고향 마을에 살고 있는 실제 인물들이 그 원형으로 되어 있습니다. 내가 고향에 내려 가서 소설 『고향』을 쓰는 것은 퍽 유리하였습니다. 소설을 쓰다가 막히면 주인공의 원형인 변동무를 찾아 가서 같이 미역을 감고 천렵을 하며 막걸리잔을 나누면서 하루를 유쾌하게 휴식을 하고 돌아 와서 붓을 다시 들게 되면 막혔던 실마리가 풀리곤 하였습니다. 혹은 마을 농민들과 모닥불 곁에서 밤가는 줄 모르고 이야기를 나누기도 하였습니다. 그이야기 중의 일화가 소설 『고향』에도 이용되었는데 예를 들면 안승학이가 여름방학 때 내려온 아들들을 위하여 오찬회를 베푼 좌석에서 숙자에게 한 이야기(시집 열 번 가고 장가 열 번 간다는)가 그것입니다. 경호의 이야기도 절에서 들은 이야기를 허구해서 만든 것인데 그와 관련된 이야기가 바로 그것입니다.

나는 어떤 날은 원고지 한 장도 못 썼지만 구상이 잘 떠오르는 날은 100매 이상을 쓴 적도 있었습니다. 그래서 40일 만에 약 2,000여 매의 『고향』 초고를 탈고하였습니다. 그 원고 보따리를 싸가지고 나는 8월 말에 서울로 올라와 내 집을 찾아가 보니 식구들이 살던 방에는 다른 사람이 벌써 들었었습니다. 그 동안 나의 식구들은 방세를 못 물어서 쫓겨나 다른 집 행랑채 문간방을 얻어서 살고 있었습니다. 나는 그이튿날 식전에 『고향』 원고를 싸들고 그때 사직동에 살고 있던 『조선일보』 편집국장을 찾아 갔습니다. 며칠 뒤에 조선일보사에서 내 소설을 신문에 연재하겠다는 통지가 왔습니다. 또 한가지 문제는 검열망에서 통과가 될 것인가 하는 걱정이 없지 않았습니다. 초고를 몽땅 총독부에 들여 보냈다가는 검열에 통과되기는커녕 원고를 송두

리째 압수당할 것이 뻔하였습니다. 그리서 나는 신문사 원고용지에다 일 회분 20여 매씩 새로 추고를 해서 써 보내었습니다. 검열관 놈들은 전후관계는 생각지 않고 당일치만 읽으니까 웬만한 것은 통과되었지만 그러나 일제를 정면으로 규탄하는 구절은 우회적 표현을 하여도 용허되지 않았습니다.

이렇게 초고를 추고하여 신문에 연재하다가 1934년 여름에 카프 제2차 검거사건으로 체포되었습니다. 그래서 『고향』의 마지막 부분은 추고도 못한 채 신문에 게재되었으며 특히 원터 마을 농민들의 소작쟁의를 지원하는 제사공장 노동자들의 제사공장 파업장면은 적지않게 삭제당하였습니다.

이 자료를 보면 이기영의 부탁에 의해 마지막 40여 회분은 김팔봉이 썼다고 하는 주장은 나타나 있지 않다. 1934년 5월부터 카프 제2차 검거가 시작되고 있을 무렵 이기영은 김팔봉에게 와서 자기가 잡혀가거든 『고향』을 계속 써서 완성시켜 달라고 했다는 것이다. 김팔봉이 여러 번 거절했음에도 이기영의 청이 하도 간곡해서 응낙했다는 것이다. 이기영이 붙잡혀 전라북도로 압송되자 이기영의 처남이 대학병원에 입원해 있던 자기에게 와서 하루에 2, 3회씩 40여 회를 더 써서 조선일보사에 가져다주었다고 한다.[45] 이기영의 회고에 의하면 이기영은 『고향』을 일단 탈고해서 상경한 것으로 되어 있다. 그러나 이기영이 원고를 그대로 연재한 것이 아니고 그때그때 검열을 통과하기 위한 선에서 원고를 다듬었다는 사실을 고려하면 김팔봉이 신문에 연재된 원고를 다듬어주었을 가능성도 있기는 하다.

『고향』은 신문 연재본이 원작이며 그 후 한성도서에서 1936년 10월에 상권이, 1937년 1월에 하권이 간행되었으며[46] 다시 1947년에 아문각에서 간행된 바 있다. 이기영이 월북한 후 북한에서는 1955년에 조선작가동맹출판사에서 간행되었고 남한에서는 1988년 월북작가 해금조치 이후 기민사와 풀빛출판사에서 출판되었다.[47] 이들 텍스트는 일제치하 · 해방직후 · 북한체제 등과 같은 기본 여건을 반영하고 있다.

『고향』의 중심 사건은 논자에 따라 다르게 정리된다. 원터마을의 가난, 마름 안승학의 풍요로운 생활, 인순 여공 희망, 도쿄 유학 후 2년 만에 김희준 초라한 낙향, 마을농민들 제방공사 부역, 인순 공장 취직, 마을 제방공사 · 철도부설 · 제사공장 건축 등 3대 공사, 방개 · 인동 · 막동의 삼각관계, 동리사람들 안승학 냉소, 인동 국실에게 호감, 국실 마름 이군수에게 몸 주고 땅을 얻음, 안승학의 신분상승과 인동 부친 김원칠 집안의 몰락 교차, 여공 인순 갑숙에게 반감, 노동자와 농민의 공통점이 노동지옥임을 파악, 안승학이 불법으로 지적도 위조하고 비윤리적 방법으로 출세한 내력, 청년회와 기독교청년회 세력다툼, 갑숙이 경호에게 몸 빼앗긴 과거, 김희준 야학사업 주도, 희준 안승학에게 집문서 잡히고 20원 차용, 김희준과 아내 불화, 갑숙이 희준을 만난 이후로 경호를 경원시, 안승학의 여성편력 실상, 방개를 놓고 인동과 막동 결투, 교회부정론, 김선달 · 원칠이 · 쇠득이 두레 결성, 김희준 선비농사, 경호 자기 출생과정 파악, 갑숙을 미끼로 한 안승학의 사기행각, 결혼문제 두고 안승학과 안갑숙 갈등, 경호는 일심사 박수월 아들로 밝혀짐, 농민들 두레 결성, 김희준 주례로 인동과 음전 결혼, 경호 중학 졸업 후 낙향, 희준의 집 사랑에서 야학, 가난한 현실에 대한 인동의 각성, 나옥희라는 여공의 활약, 인동과 방개 몰래 만남, 홍수로 농민들 엄청난 피해, 농민들 안주사에게 소작료 교섭, 안승학 거부, 갑숙 중심으로 공장파업, 공장에 들어온 경호와 갑숙 결혼 약속, 김희준 갑숙을 동지로 인정, 안갑숙이 아버지 잘못을 사과하는 의미로 준 돈을 마을사람들이 받아 식량 구입, 김희준이 안승학을 압박하여 차입서에 도장을 찍음, 김희준 동지적 사랑이 가장 위대한 것임을 확인 등과 같이 『고향』의 이야기를 분석할 수 있다.

「가난한 사람들」[48]에서 도쿄 유학생 출신인 성호가 직장을 구하지 못하여 영양부족 · 산고 · 노역 · 병고 · 빈궁에 시달리는 조강지처를 미워한다는 이야기는 『고향』에서 김희준이 농촌활동에 전념하는 것에 불만을 품고 조강지처가 바가지를 긁고 서로 미워하는 것을 떠올리게 한다. 「농부 정도룡」에서 정도룡이 부자의 게으름과 양반의 무위도식을 미워하는 것은 『고향』에서 선비농사 지으면서 마름 안승학과 대립하는 김희준을 떠올리게 한다. 「호외」의 중심 모티프의 하나인 파업 모티프가 『고향』에서도 살아나고 있다. 물론 「호외」에서 노동자들의 파업이 적극적인 투쟁의 양상으로 발전한 것이 『고향』에서는 파업 모티프가 암시되는 정도로 나타난 것이 차이점이라고 하겠다.

『고향』의 예고편은 다음과 같은 여러 작품들로 나타났다. 「향락귀」[49]는 T군의 지주 김진사 개인의 첩질, 퇴폐와 자식들의 타락을 그려냈다. 이는 약화되어 『고향』에서 안승학의 첩질로 나타나고 있기는 하지만 안승학의 자녀들이 못된 인간으로 그려지고 있지는 않다. 「홍수」[50]에서는 일본에 유년직공으로 팔려갔다가 정의단 가담, 감옥생활, 귀향 후 농민들을 의식화시키고 단결시킨 건성이 야학활동을 한다. 건성은 완득과 음전을 결혼시켜주었고 T촌에 홍수가 났을 때 앞장서서 홍수와 맞서 싸운다. 이때 보여준 단결력을 발전시켜 농민조합을 결성하고자 한다. 그 마을의 최대지주 정고령을 대상으로 하여 소작료 동맹을 일으키는 것 등이 『고향』과 유사하다. 「부역」[51]은 무력한 농민들이 악덕지주에게 반항하는 것과 농민들이 일련의 시련을 겪고 나서 노동조합의 필요성을 느끼는 것을 제시한 점에서 『고향』을 떠올리게 만든다. 「朴勝昊」[52]는 1년 전에 농촌으로 온 교원 박승호가 학교 근무를 마친 뒤 야학에 적극 참여하여 존경을 받는다는 사건을 제시하였다. 「서화」[53]는 도쿄 유학생 출신의 정광조를 주인공으로 하여 풍속 · 가난 · 노름 · 간통 · 계몽 모티프를 제시한 점에서 『고향』의 예고편이 될 수 있다.

『고향』 이후의 작품을 보기로 하자. 「麥秋」[54]는 지주와 소작인의 대립관계, 단합의 중요성과 두레의 중요성을 암시한 점에서 『고향』을 반복하고 승계한 것이라고 할 수 있다. 『新開地』는 달내골 최고부자 하감역이 장돌뱅이 출신으로 부자가 된 것, 주인공 윤수가 마을사람들의 신뢰 속에 야학운동을 하는 것, 하감역 손녀 월숙이 윤수와 가까이 하면서 마을 개간사업을 주도하는 것, 하감역의 아들 하상오가 순점과 정을 통해 경후가 태어난 것 등을 보여줌으로써 『고향』의 후속편이라는 인상을 안겨준다. 「진통기」[55]에서 볼 수 있는 마름 김동호의 풍요로움과 첩질, 기독교 비판, 넷째 첩 소생의 요란한 돌잔치 등도 이미 『고향』에서 나타났던 것들이다. 「少婦」[56]는 결혼한 상금이 구장의 아들 태수와 간통한다는 사건을 제시함으로써 『고향』을 생각나게 한다. 「왜가리」[57]는 왜가리뜸 최순달이 마름이 되어 소작농들에게 횡포를 부리는 것을 중심 사건으로 설정하고 있다. 최순달이 안승학의 후신임은 의심할 여지가 없다.

일반소설이 갈등이나 대립을 강조한 것에 반해 『고향』은 갈등 못지않게 연대도 강조하고 있다. 『고향』은 주인공 김희준이 도쿄 유학을 다녀와서 귀향한 후 선비농사, 청년회, 야학, 취직소개, 두레 조직, 어려운 일 해결사 등과 같은 활동상을 보여줌으로써 지식인과 농민, 지식인과 노동자, 농민과 노동자, 농민과 농민, 노동자와 농민 사이의 연대를 보여준 것이라고 할 수 있다. 어느 세력과의 연대는 다른 세력으로부터의 갈등을 부르게 마련이다.

김희준은 마을사람들을 위해 여러 가지 일을 벌이는 과정에서 심지어 자기 가족들로부터도 제대로 이해를 받지 못한 나머지 끊임없이 심사가 불편하다. "생활은 싸움이다. 그는 어디서나 이 생각을 잊어서는 안된줄 알었다. 적은 자신에게도 자기집안에서도 도처에 싸움이 있음을 깨달었다(상권 258쪽)"는 대목에서 이를 잘 확인할 수 있다. 김희준은 농민들에게 자기가 스스로 일해서 먹고 사는 것이 귀중한 일이라고 설명을 해도 농민들이 잘 알아듣지 못하고 놀고먹는 사람들을 부러워하는 태도를 보이는 데서 갈등을 느끼게 된다.

희준은 자기의 신념을 향해 일직선으로 돌진하지 못했던 점을 반성한다. 그는 "모든 인습과 무지한 어둠 속에 리기적 흑암 속에서 홀로 싸우고 있다"(상권 260쪽)고 생각한다. 마침내 희준은 자기성찰을 하면서 끝까지 갈등을 지우지 못한다.

그동안에 자기는 한일이 무엇이든가!

그가 당초에 고토로 나온 것은 자기가 한집을 위해서나 일신의 행복만을 위하고저 함은 결코 아니었다.

그는 세계라는 무대 위에서 뒤떠러진 조선사회를 굽어볼 때 청년의 피가 끓어올라서 하루 바삐 그들로 하야금 남과 같이 따러가게 하고 싶었든 것이다.

그래서 누구보다도 먼저 고토의 동포를 진리의 경종으로 깨우치고저, 그는 나오는 길로 많은 열정을 갖이고 청년회를 개혁해 보랴 하였으나 완전히 실패하고 그뒤로는 농민을 상대로 농촌개발에 전력을 해왔는데, 역시 오늘날까지 이렇다하고 내세울만한 것이 아무 것도 없었다.

아니 그런게 아니라 자기 생각에는 그들을 언가니 자각식힌줄만 알었는데—급기야 일자리에 내세워놓고보니 그것은 허수아비같이 너무도 무력하다는 것이 차라리 놀낼만 한일이었다.

일시 기분적으로 흰소리를 텅텅하든 그들의 기염(氣焰)
은 그후로 쑥 드러가고 물에 빠진 생쥐처럼 발발 떨고 있
지 않은가.(하권 341쪽)

『고향』의 중심 사건의 원인을 제공하는 크고 본질적인 갈등은 마름 안승학과 소작인들의 관계에서 찾을 수 있다. 지주를 대변하는 마름과 소작인들의 관계는 얼핏 채권자/채무자, 부자/빈자, 부리는 자/당하는 자와 같은 관계로 되어 있지만 속에는 늘 대립의 불씨가 잠복해 있다. 『고향』에서 안승학과 김희준의 갈등관계라든가 공장주와 노동자들의 관계가 크고 보편적이고 근원적인 것이라면 S청년회와 엡웰청년회의 충돌은 일시적인 것이며 지엽적인 것이라고 할 수 있다. 이기영이 S청년회와 엡웰청년회의 충돌을 그리면서 은근히 S청년회 편을 드는 것은 종래의 소설들에서 기독교 부정 모티프를 취한 태도의 연장선에 선다. 『고향』에서는 김희준뿐만 아니라 안승학과 안승학 첩 순경도 기독교 비판의 태도를 보여준다. 안승학은 중국의 공맹사상을 정교로 알아왔기 때문에 순경은 기독교가 가진 사람, 힘센 사람의 편이고 부정을 많이 저지른다는 이유로 기독교를 부정하게 된다.

그는 마름의 세력과 금전의 권리로 왼동리를 자기 장중

에 쥐락피락할 수 있었다. 그런데 희준이가 나온 뒤로는 차차 그의 인망이 높어지는 것같은 반면에 자기의 위신은 은연중 깎여지는 것같은 자기에게 있든 세력이 조곰씩 그에게로 빠져 나가는 것같은 위험을 느끼게 한다.

「응! 암만해도 그 사람을 굴복시켜야. 그렇지 않으면 큰 일난다」

정직하고 담을 쌓은 승학이는 은근이 그를 매수하고 싶었다. 말하자면 그에게 일부러라도 환심을 사고 싶었다. (상권 264쪽)

이기영은 작중인물 안승학을 노골적으로 부정적으로 묘사하는 태도를 보인다. 바로 위의 인용문 다음에서 "사실 그의 지금까지의 재산도 생쥐같이 약고 다람쥐처럼 인색한데서 모은 것이 아닌가"와 같이 노골적으로 부정판단을 한 대목을 찾아볼 수 있을 정도다. 김희준은 김희준대로 안승학은 안승학대로 크고 작은 갈등관계를 보이고 있다. 김희준과 아내의 갈등, 안승학과 첩들 사이의 갈등, 안승학과 안갑숙[58]의 갈등 등이 보인다. 김희준은 조혼한 아내와 사이가 좋지 않은 것으로 그려지고 있다. 김희준은 농민들을 위해 청년회 결성에서 두레 결성에 이르기까지 여러 가지 일을 하나 아내는 이해하려고 들지 않는다. 김희준 부부는 자주 다툰다. 김희준과 마찬가지로 인동도 조강지처를 싫어하는 것으로 그려지고 있다. 그는 음전과 결혼하였으나 그전부터 사귀어온 방개와 계속 밀회를 즐긴다. 그런가 하면 국실은 마름 이근수에게 몸을 바쳐 땅을 얻었으나 남편 쇠득은 목구멍이 포도청인지라 알고도 모르는 척한다.

『고향』에서는 김희준과 원터 농민들이 보이는 지식인과 농민의 연대, 김희준이나 안갑숙과 여공들이 보이는 지식인과 노동자 연대, 인순이나 방개가 보여주는 것과 같은 노농연대를 그려내고 있다. 이 소설에서는 훗날 『땅』에서 의미확대가 된 두레 모티프가 농민연대를 상징하고 있다. "두레가 난뒤로 마을사람들의 기분은 통일되었다. 백룡의 모친과 쇠득이 모친도 두레 바람에 하위를 하게 되었다. 인동이와 막동이 사이도 옹매듭이 푸러졌다(상권 347쪽)"고 하는 대목에서 볼 수 있는 바와 같이 두레는 농민들 사이에서 있어왔고 또 있을 수 있는 갈등을 화해나 단결로 몰아가는 기능을 보인다.

> 잇해 동안 두레를 내서 이웃간에 친목이 두터운 마을 사람들은 불의의 손해를 입은 사람들에게 동정을 아끼지 않었다.
>
> 그전같으면 앞뒤집에서 굶어도 서로 모르는척하고 또한

그것을 아모렇지도 않게 녁였는데 그것은 그들의 처지가 서로 절박해지는 세상인심은 부지중 그렇게만 맨드러 놓았든 것인데—지금은 굶는 사람이 있으면 서로 도아주랴는 훗훗한 인간의 훈김이 떠돌았다.(하권 255쪽)

『고향』은 안갑숙과의 관계의 혼란에 빠졌던 김희준이 일을 위해 또 윤리의식의 지도를 받아 결국 동지적인 사랑을 택하게 된 것으로 끝을 맺고 있다. 작가 이기영이나 주인공 김희준은 동지적인 사랑이 에로스적인 사랑보다 더 크다는 식으로 인식을 정리한 것을 보여줌으로써 실천적이며 자기 희생적인 지식인에 대한 기대감을 일층 높이는 결과를 가져올 수 있었다.

민병휘는 「춘원의 '흙'과 민촌의 '고향'」[59]에서 두 작품을 농촌소설로 파악하는 것으로 출발하여 허숭과 김희준의 존재방식, 정선 중심의 여성인물들과 갑숙 중심의 여성인물들, 작품의 주제를 비교하였다. 김태준은 「조선소설발달사」[60]에서 이광수가 역사소설 『이순신』과 농촌소설 『흙』을 쓴 동기를 상기시키면서 이기영의 『고향』이 설령 이광수의 『흙』과 비교하여 수법과 필력이 떨어진다고 하더라도 민족문학보다는 유익익한 것인은 의심할 수 없다고 했다.[61] 이미 「원보」로 세상을 놀라게 했던 이기영은 「서화」와 그 속편인

「돌쇠」를 써서 공식주의에 빠졌던 맹원들을 경탄에 빠지게 만들었다고 하였다. 김태준은 "「서화」는 그 다음에 쓸 장편 『고향』의 서문이엿다. 어느 친구가 말하기를 『고향』은 캅프 십년의 결정적 선물인 기념비적 존재라고까지 한다"[62] 와 같이 『고향』을 고평하였다. 백철은 「리얼리즘의 재고」[63]에서 이기영의 『고향』을 이상의 「날개」와 비교하는 작업을 했다. 백철은 『고향』을 신흥계급의 리얼리즘, 자연주의 리얼리즘의 극복, 인류해방의 휴머니즘을 동반한 프로 휴맨의 리얼리즘 등으로 규정하면서 이상의 「날개」를 주지적 리얼리즘이 안티 휴머니즘으로 나타난 것이라고 평했다.[64] 이 무렵 이기영은 「'고향'의 평판에 대하야」[65]에서 자신의 작품이 전체적으로는 스케일의 협애, 부분적으로는 스토리의 우연적 요소, 구상의 소루, 주제의 소극성 등을 드러냈다고 자인하고 김희준과 안승학의 성격창조는 성공했으나 안갑숙은 지나치게 이상화하여 인물창조에 실패했음을 인정했다. 그러면서 안갑숙의 이상화는 의도적인 면도 있다고 했다. 안함광은 「로만논의의 제과제와 『고향』의 현대적 의의」에서 안갑숙은 관념의 화신으로 인물이 살지 못했다고 하면서 갑숙에게서 발견할 수 있는 것은 '성격'이 아니라 '인격'이라고 했다. 안함광은 김희준의 인물창조에 대해서도 비판적인 편이었다. 안함광은 "방개나 안승학이 환경 가운데서 생활하는 인물이라고 하면, 김희준은 환경을 창조해나가는 인물이다. 방개나 안승학이 성격의 異常性을 갖고 행동 우에 교섭되어지는 인물이라고 하면, 김희준은 과학적인 인식력을 갖고 현실을 파악하려는 인물이다"[66]라고 했지만 김희준에게도 "생명의 발전"이란 것이 없다고 했다.

또 하나의 타자성—천도교와 이광수

민촌이 『조선일보』와 인연을 맺는 데는 김동인이 큰 몫을 했다. 김동인이 조선일보사에 있을 때 촉탁으로 있었던 문일평으로부터 「쥐불」이라는 제목의 소설 원고를 받아 읽어보고는 이기영에 대한 고정관념을 털어버릴 수 있었고 즉시 원고료를 보내주고 그 작품을 게재해주었다는 것이다.

> 좌익계통에 살인방화가 아닌 소설을 쓰는 사람도 있구나하여 곧 전표를 떼어 약소한 원고료나마 문일평에게 내어 주고 그 「쥐불」은 약간한 가필을 할 뿐 『조선일보』 지상에 싣기 시작하였다. 이것이 실마리가 되어서 민촌은 그 뒤 이어 『조선일보』에 연재장편을 쓰게 되고 그게 문단 한편 구석에서 욕과 살인방화 소설 따위로 겨우 존재를 알리었던 민촌이 당당한 중앙무대에 나서게 된 것이다. 민촌더러 말하라면 이것은 자기의 작품이 우수했던 탓이라고 호

언할는지도 모른다. 그러나 당시에 있어서 『동아일보』는 전연 단편창작을 취급하지 않고 우익잡지들은 좌익계의 작품은 읽지도 않고 몰시하는 형편 아래서 「쥐불」이 다른 신문이나 잡지에서 용납되엇을 까닭이 없고 『조선일보』 아니더면 민촌의 출세는 몇해를 뒤지든가 혹은 아직껏 「쥐불」의 원고를 부여 안고 방황하는 중일는지도 알 수 없다.[67]

「김군과 나와 그의 안해」[68]에서 주인공은 김군인 것처럼 보인다. 그러나 작품의 의도가 주의자인 김군의 용기, 잡지사 편집자이면서 영업사원인 나의 괴로움, 온갖 고생을 하면서도 남편과 뜻을 같이하는 김군 아내의 비범성을 고루 부각시키는 데 있었던 만큼 제목이 일러주고 있는 것처럼 세 사람이 주인공이라고 할 수 있다. T잡지사에 근무하는 '나' 가 오랫동안 해외에 도망가 있던 백광(본명 김××)에게서 만나자는 연락을 받는 것으로 이 작품은 시작된다. 김군은 "십여년 전부터 운동자로 나슨 뒤로는 해외가 아니면 감옥이요 감옥이 아니면 다시 망명생활을 하엿기 때문에"(1933. 1. 7) 가정이란 것이 없었다. 작중의 '나' 는 작가 이기영이라고 할 수 있고 작중의 김군은 조선지광사에 관계한 사회주의자라고 할 수 있다. 이기영 소설이 대부분 그러한 것처럼 이 소설에서도 김군과 '나' 의 대화는 큰 비중을 차지한다. 김군이

'나'와 나누는 대화를 통해, 자식들과 먹고 살기 위해 식모 · 행랑어멈 · 사과장수 · 화장품장수 등을 가리지 않았던 김군 아내의 행적이 밝혀진다. 김군 아내는 주로 제사공장 여공들을 상대했으며 의식화된 한 여공은 김군 아내에게 잘해준다. 김군은 아내의 태도를 이렇게 분석한다.

> 원래 내 안해란 사람이 구식쟁이라 무식은 하지만은 나하고 지내는 동안에 소위 드른 풍월이 업지 안어서 다소간 상식이 잇다고 볼수는 잇겟지. 그래서 무슨 철저한 이데올로기는 가지지 못햇서도 내가 하는 일이라면 그른 일이라고는 보지 안을 만큼은 됏거든.[69]

김군은 김군대로 호구지책과 의식활동을 위해 공사장 노동자 · 광산 노동자도 했다고 고백한다. 김군의 지원자 역할을 하고 있는 '나'는 자신과 김군을 비교하기도 하고 김군 아내와 자기 아내를 비교하기도 한다. 이 소설에서 '나'의 아내는 가난에 시달리고 집세 독촉에 시달린 나머지 남편에게 심하게 바가지 긁는 모습으로 나타난다. 화가 나 입에 못 담을 말을 하며 대드는 아내에게 '나'는 주먹질을 한다. 이 대목은 『고향』에서의 김희준과 그 아내를 떠올리게 한다. '나'는 자신을 김군과 비교할 생각은 아예 갖지도 않고 김군 아내만큼 실천력도 없고 수양도 부족하다는 자기비판에 젖는다.

「그러타! 과연 발로나 글짜로만 써드는 것이 뭇은 소용 잇느냐? 실천이 업시 써드는 것이다 더구나 계급적으로 일하는 마당에서 부도수형(不渡手形)갓튼 빈말이 무슨 소용 잇더냐? 그러타면 나는 조곰도 안해를 탓할것이 업겟고 도로혀 그의 모욕을 달게 바더야 할것이 아니냐고……

나는 부지중 눈물이 흘너나렷다 그러나 그것은 절망의 눈물은 아니엿다 나는 계급적 양심의 거울에 비최여서 나의 과거의 생활을 청산한 씃헤 나도 모르게 흘너나리는 사분의 눈물이 안이라 「공분」의 눈물이엿다 과연 나의 과거 생활은 너무도 무의미하고 지지한 생활이 안이엿든가? 개인적으로는 가족의 생활도 보장하지 못하고 그러타고 일하는것도 업시 마치 쑤로커나 룸펜가튼 생활을하여 계급적중간에서 쓰고 잇섯다 물거픔가튼 허튼 소리를 방송(放送)하며 고무풍선처럼 허공에서 이리 밀리고 저리 밀리고 하엿다.[70]

이 소설은 한 주의자의 고난을 그려낸 점에서 주의자소설이라고 할 수 있다. 잡지 편집자의 가난과 주의자를 향한 콤

플렉스를 그려낸 점에서 지식인소설이라고 할 수 있다. 잡지사에 근무하고 집세 독촉을 받고 이사를 여러 번 다녔다는 점에서 이기영을 닮은 '나'가 등장하는 자전적 소설로 볼 수도 있다.

「박승호」[71]는 주인공의 이름을 제목으로 한 소설이다. 1년 전에 농촌으로 온 교사 박승호가 농민들과 잘 어울리고 학생들로부터 존경을 받았으나 한 달에 10원도 받지 못해 경제사정이 어렵게 되자 시골을 떠나려 한다. 그는 점동이네 초대받아 저녁을 먹으러 가서 농민들의 가난한 사정을 듣게 된다. 점동이 부친은 자기 부친이 동학에 가담했다는 이야기를 들려준다. 점동이 부친은 동학의 발발원인 · 경과 · 결과를 정확하게 전달하면서도 무지한 농민들이 이리 휩쓸렸다고 비판한다.

"그럿습니다. 소위 세상에서 잘낫다는 자나 사회를 위한다는 유명한 자들은 자고로 저의들의 야심을 채우기 위하야 도로혀 그런 대중의 운동을 낫부게 리용하고 쏘한 그들의 정당한 운동의 나갈길을 가로 막엇습니다. 그런자들이 대부분이엇지요."

"지금도 동학이란 것이 그저잇다는데 그들은 무엇을 하고 잇는가요?"

"역시 다른 교회나 마찬가지로 혹세무민을 하고 잇지요. 예수쟁이가 후세의 천당이란 것을 이 세상에다 세운다고 백주에 헛소리를 하고 잇지요."[72)]

이기영의 진심이 동학 비판에 있었을까. 기본적으로 민중주의자인 만큼 이기영은 동학을 환기시키기 위해 동학 비판을 꾀했을 것이다. 박승호는 야학시간에 중국의 노동자 이야기를 하면서 그래도 농민들이 낫다고 했다. 마침내 박승호는 부르주아의 위선을 남의 것으로 알지 않고 뼈아픈 자기성찰을 꾀하게 된다.

자긔는 실천(實踐)을 못하면서 남더러만 그것을 하라는 것은 쑤르조아의 위선적 교육이다. 자긔가 지금 이곳을 써나겟다는 것은 이곳에서보다 더 나은 일을 하러 가랴는 것이 안이라 좀더 자긔의 개인생활을 윤택히 하고 자긔의 일음이 사회적으로 좀더 드러나기를 바라는 대도회에서 모-던썰들에 씨여 아스팔트를 것는맛과 카페나 흥행물에 간혹 도시적 취미를 맛보자는―개인적 야심에 불과한 것이 안인가. 그러치 안타면 이곳에서도 얼마든지 일을 할 수가 잇지 안으냐? 도리혀 일을 표준한다면 로동자 농민촌으로 일부러 드러가야할것이 아니냐! 그러타! 나는 지금까지 교육

> 로동자가 되랴하지 안코 묵은 관렴의 선생으로서 그들에게는 허위를 가라치고 자긔는 선생님으로 대접만 밧자 한 것이 안인가. 나는 지금부터 진정한 교육××자가 되자![73]

박승호는 서울 친구로부터 잡지사 기자 자리가 생겼으니 오라는 편지를 받았으나 당분간 이곳에 있기로 했다고 답장을 써보낸다. 박승호는 이기영의 작중인물 가운데서 돈이나 좋은 조건보다는 교사로서의 사명감을 택한 경우가 된다. 이기영으로서는 오랜만에 교사소설을 썼다.

김기진은 「1933년도 단편 창작 76편」에서 "그의 작 「박승호」도 브르조아 작가의 심경소설과 마찬가지로 볼 사람이 있는지 모르나 이것은 심경의 고백이 아니오 투쟁의 기록"이라고 하면서 "개인심경소설의 스타일을 본뜬 것만은 이 작품의 중대한 결점이 아닐 수 없다"고 꼬집기도 했다.[74]

『조선문학통사』에서는 "박승호는 「민촌」의 서울댁이나 「제지공장촌」의 샌님이나 동일한 계열의 인물이다. 그러나 박승호에 있어서는 서울댁이나 샌님보다 복잡하며 풍부하며 섬세한 정신적 내면세계를 가지고 있다는 것으로서 특징된다"[75]와 같이 「박승호」를 여러 작품들과 비교하기도 했다.

이기영으로서는 두 번째 희곡인 「인신교주」는 『신계단』 1933년 2월호와 1933년 4월호에 발표되었다. 2월호 발표분은 51세의 인신교주 양웅(楊雄)과 그의 애인으로 29세인 화가 음혜수(陰惠水) 사이의 대화록이라고 해도 좋을 정도다. 두 남녀는 남쪽 어느 시골 온천장에서 사랑을 나눈다. 음혜수는 파리에서 어울렸던 과거를 떠올리며 "우리 조선과 가티 건조무미한 곳은 업는 줄 알아요 굼벙이처럼 꾸물거리고 아모 멋대가리 업는 조선사람의 꼬락산이라니—난 그런 생각을 하면 조선 사람된 것이 퍽 붓그럽게 생각되겟지요"[76] 라고 허세를 떤다. 그러면서 음혜수는 양웅이 교주로 있는 인신교(人神敎)의 교리라든가 믿음의 방법을 놀리고 비꼬곤 한다. 양웅이 인신교의 기본 정신을 "사람이란 사람성 자연에 맛길 것이지 다른 종교와 가티 자유를 속박하지는 안는다는게지요"라고 설명한 데서 독자들은 인신교가 천도교임을 알게 된다. 이 희곡은 양웅이 음혜수에게 이번 대회는 만주에서 할 테니 만주에 같이 가자고 하는 것으로 끝난다. 1933년 4월호에 발표된 희곡은 제2막으로 이중 제1장은 인신교 개교기념식이 열리는 인신교회 중앙본부 대강당을, 제2장은 양웅의 저택의 양식 응접실을 배경으로 삼았다. 제2막의 제1장의 배경이 "人神敎 開敎 기념식을 오전에 장중히 거행하고 끝난뒤 대회를 개최할 정각의 십여분전, 회원은 하나둘식 입장하기 시작하야, 좌석을 잡고 안는다. 대회회원을 입장하는 관중으로 대용한다. 강단 양벽에는 廣救蒼生 布德天下라는 스로강을 紅紙에 金字로 써부치고 그 중앙에는 대회순서를 洋紙에 써부쳣다"[77]와 같이 되어 있는 것을 보면 인신교는 천도교임이 분명해진다. 대회가 열리기 전 여러 신도들이 모여 인신교에 재산 다 갖다 바치고 약속받은 지상천국은 언제나 되는지 알 수 없다는 불평들을 늘어놓는 한편 집사로 있던 강군성이 사회주의자가 된 것을 두고 욕들을 한다. 이어 양웅이 등장하자 대회가 열린다. 교주 양웅이 훈교를 하는데 "누구의 존망지추냐", "인신교는 혹세무민을 얼마나 햇느냐", "민중을 착취, 롱락하는 놈은 인신교의 간부 놈들이다", "교주대신사가 유부녀를 통간한다는 것은 얼마나 통탄할 일임닛가?"와 같은 외성이 들려온다. 바로 이 외성은 이 희곡의 한 특징으로, 이기영의 천도교 비판의 골자를 추려낸 것이다. 양웅은 두 번째 외성을 듣자 놀란 듯이 고개를 두리번두리번하는 것으로 되어 있다. 인신교주 양웅은 좌우익을 가리지 않고 비판한다.

그런데 그중에도 우심한 것은, 소위 무슨 주의니 무슨 주의니 하는, 주의자란자들이 가장 선각자인체하고 우매한 민중을 선동하고 롱락하는 것이외다. 향자에도 그자들은 우리교회를 허러서 아편의 역할을 한다고 어느 잡지에다 중상을 한 것이 우선 그 증거라 할 수 잇습니다. 그러나 우리인신교는 결코 아편의 종교가 아니올시다! 우리인신교는 우리단군민족의 민족적 정신과 삼천리강산의 거룩한 정긔를 타고난—지존막대한 교올시다. 조선고유의 이 교를 반대한다는 것은 민족적 반역의 큰 죄인이라 아니할 수 업습니다. 그런데 그자들—놀부공산주의자들은, 입으로는 큰소리를 하며 「마루꾸쓰」니 「러닝」이니 하지만은, 저의들말맛다나 모다 룸펭이고 부랑자들로서 결국 배가곱흐닛가하는 짓이요 매명을 하기 위해서 하는짓이외다. 그러나 그것도 늘 갓튼 짓만 해서는 안되닛가, 남의 교를 흠뜻기 시작한 것이외다. 일을테면 저의들말맛다나 최후발악을 하는 것이라 하겟지요.[78]

양웅이 훈교를 마치고 제자리로 간 후 중앙구 도주(中央區道主) · 경기도구 도주(京畿道區道主) · 평남구 도주 순으로 보고하게 된다. 경기도구 도주의 보고는 양웅의 좌우익 비판과 궤를 같이한다.

말하자면 중앙지대에는 그런자들이 뭉처잇다하면 우리구역 안에는 그런자들이 헷터서 잇다고하겟습니다. 그래서 조막만한 어린 것들도 벌서 '푸로레'니 '뿌르증'이니 종교는 아편이니 하고 우리를 손가락질하며 그러치 안으면 련애니 결혼해소니 하니 그런자들의 귀에 어듸 도의 말슴이 드러가야지요 참으로 우익련애병에 걸렷스니 이 일을 엇지하면 조흘는지요 그리고 제가 보는 구역의 현재상황은 이럿습니다. 졂은 놈들은 모다 좌익소아병이 아니면 우익련애병에 걸렷스니 이 일을 엇지하면 조흘는지요.[79)]

이기영은 「인신교주」와 같은 희곡을 왜 썼는가? 그 이유의 일단은 '배교자 강'이 손을 들고 일어나 인신교는 민중을 착취한 기관이요 혹세무민하는 종교라고 주장한 데서 짐작할 수 있다. 이어 '강'은 양웅과 음혜수가 놀아난 사실을 폭로한다. 제2장은 위자료 한 푼 못 받고 쫓겨난 양웅의 전처 최은애와 재산을 다 갖다 바치고 알거지가 되어버린 평신도 대표 갑을병정무가 몰려와서 양웅을 만나려 하는 것으로 시작된다. 이들은 양웅과 인신교의 비리를 다투어가며 폭로하기에 이른다. 평신도 대표 갑은 강군성이 제시한 "농민 노동자 단합론"이 대안이라고 한다. 이때 마침 들어오는 음혜수에게 평신도 대표들은 재산을 물려달라고 하다가 기물을 때려부수게 되었고 이어 양웅의 고소에 따라 경관이 출동하여 모조리 잡아가는 것으로 끝난다. 이기영은 인신교 반대론자들이 착취당하고 탄압반는 것을 강조하는 것으로 마무리를 지었다.

「變節者의 안해」[80]는 우리 소설사에서 그 예가 흔치 않은 실화소설(roman a clef)에 속한다. 주인공 민족 선생(民足先生)의 전기소설을 쓰는 것이 결코 쉽지 않음을 털어놓고 있다. 민족 선생이 머리가 좋기는 하나 고아 출신으로 나중에 함희정을 취하기 위해 조강지처를 버린 점에서, 또 민족 개량주의자요 연애지상주의자가 되어버린 점에서 독자들은 쉽게 이광수를 떠올리게 된다. 민족의 아내 함희정이 다른 남자와 정을 통한 것으로 그린 것은 이기영이 만들어낸 이야기로 풍문 이상의 수준을 보여주지 못했다. 작가는 민족 선생의 본바탕을 "재래 봉건사상에 중독된 소위 영웅심리를 잔뜩 가진 ××주의자"(106쪽)로 파악했다. 또한 실력양성론의 골자를 제시한 다음 이 이론을 "쌍집고 헤염치기갓튼 이런 튼튼한 리론"(107쪽)이라고 하면서 비꼬는 투를 취한다. 이 소설은 민족의 실력양성론이니 실력주의니 하는 것이 "적은 힘은 의례히 큰 힘에게 희생되여야 맛당하다는 것이 그들의 리론"(110쪽)이라고 하였다. 「변절자의 안해」는 이광수의 삶의 자세와 사상을 문제 삼은 점에서 사상소설이라고 할 수 있다. 이기영은 「"혁명가의 안해"와 이광수」[81]에서 이광수가 발표한 단편소설 「혁명가의 안해」를 면밀하게 검토한 후 무산계급의 전위와 여류혁명가를 색광과 요부로 만들었다고 판단하여 그 자신으로서는 전무후무한 "정신병자의 쓸

개빠진 소리", "夏蟲의 語氷"[82] 등과 같은 독설을 내뱉었다. 그러고는 이광수의 창작의도를 그의 사상적 동향과 연결짓는 가운데 자기 독자층을 마취시키고 전염시키고자 했다고 하였다. 그는 이광수가 남자주인공의 이름을 "공산"(孔産)으로 지은 의도가 단순하지 않다고 하였다.

> 작자는 처음부터 의식적으로 떼마를 시작한 것이다. 그래서 혁명가의 성을 일부러 孔哥로 골너가지고 또 假名이라고 産字를 부칫는데 이 두 글자를 자의대로 해석해보면 "구멍을 낫는다"는 의미가 된다. 그런데 구멍은 똥그라타. 孔은 즉 "零"이다. 零은 아모리 낫(생산)는대도 노상 零밧게는 아니된다. 즉 허사란 말이다. 즉 ××××자는 허사를 한다는 말이다. 안인가 보라! 이 혁명가의 성명은 신기하게도 "共産"과 音相似한 점이 잇지 안은가! 음만 상사할 뿐 아니라 공산주의라는 산자가 바로 그의 假名이다. 그러면 이게 무슨 뜻이냐? 즉 작자가 쓴 혁명가는 바로 공산주의자인데 이 혁명가는 모다 그러타는 말이다. 지금의 혁명가는 모다 孔産이와 갓고 방정희와 갓다는 말이다. 1930년대의 조선의 혁명가가 모다 그러타는 말이다. 이게 무슨 비트러진 중상이냐? 춘원 이광수씨는 누구나 잘 아는 바와 가티 실력양성론자다. 그가 해외로부터 변절하고 도라온

것도 민족개량주의자로서의 실력주의로 방향전환을 한 것이 아니든가. 그 언제인가 그는 어느 지면에 다음과 가튼 공식(오래된 일이라 잘 기억되지 안는다)을 그려가며 실력양성론을 강조한 것을 보았다. 1+1+1+1+1+1+1+1+1+1=(10), 0+0+0+0+0+0+0+0+0+0=(0) 하나에다 하나식을 가하면 그만콤 힘〔力〕이 느러가지마는 零(영)은 아모리 가해도 제턱으로 영이 된다는 것이 그의 이론의 골자이다.[83]

이기영은 「혁명가의 안해」를 인물과 사건의 형상화 방법을 중심으로 자세히 분석한 다음 "폐일언 이 소설은 자초지종이 작자가 의식적으로 맑쓰주의자를 사이비혁명가로 만들냐고 고심날조한 용열한 작품이다. 작자는 맑쓰주의자를 욕하고 츰뱃자한 것인데 유감이나 그의 의사와는 정반대의 효과를 나타내서 결국 자기자신을 욕하고 춤뱃고 만 것뿐이다"[84]와 같은 결론을 내렸다.

「서화」[85]는 쥐불놀이 즉 정월 대보름날에 한 해 동안의 액막이로서 하는 쥐불놀이라는 풍습을 나타낸 말이다. 돌쇠라는 젊은 농민이 노름판을 벌여 응삼이가 소 판 돈을 다 따먹은 사건과 돌쇠와 면서기 김원준과 응삼 처 사이에 삼각관계가 이루어진 사건을 중심으로 하였다. 응삼 모친이 와서 잃은 돈을 도로 달라고 했는가 하면 돌쇠 부모는 아들이 돈 따가지고 온 것은 싫어하지 않는 등 노름에 대한 해석이 여러 가지로 나타난다. 응삼이 처가 남편을 미워하는 대신 외간 남자인 돌쇠를 좋아한다는 것과 유사한 사건을 중심적인 사건으로 다룬 것으로 「소부」[86], 「귀농」[87]이 있다. 돈은 돌려주지 않았지만 돌쇠는 응삼이 부부에게 미안하다고 하였다. 돌쇠는 여러 차례 이 사람 저 사람에게 노름의 불가피성 · 현실성 등을 설명하기도 하였다. "엇더케 함닛가? 일년내 농사를 지어야 먹을 것은 제몸을 못대고 식구는 만흔데 굴머죽을수업스니"[88]와 같이 최소한의 식생활을 해결하기 위해 할 수 없이 노름에 손을 댄다는 강변을 들을 수 있다.

마름 정주사 집 앞에 모인 마을사람들에게 돌쇠가 노름한 것을 사과하자 정주사 아들이면서 도쿄 유학생 출신인 정광조가 이 마을에서 노름 안 한 사람이 누가 있느냐고 반문하였고 결혼한 남자와 여자가 오입하는 것은 강제결혼과 조혼이 낳은 부작용이 아닌가 하고 당사자의 의지에 따른 자유연애가 바람직하다는 주장을 펼쳤다. 이처럼 「서화」는 풍속 · 가난 · 노름 · 간통 · 계몽 모티프를 중심으로 하고 있다. 「서화」의 정광조는 이미 앞서 발표된 「농부 정도룡」의 정도룡, 「홍수」의 박건성, 「민촌」의 창순, 「조히뜨는 사람들」의 향운이 등과 같이 교사적 존재의 범주에 들어간다.

임화는 「6월중의 창작」에서 「서화」는 금일의 우리 문학의 여러 가지 결함과 장점을 동시에 보여주고 있다고 하면서 "소설의 새로운 보다 높은 달성의 지점을 지시하는 새로운 표지", "조선의 프롤레타리아문학 아니 근대문학의 여태까지의 예술적 최고수준의 고처를 걸어가는 것", "일시대의 계급투쟁의 역사적 경험의 전면을, 그리고 일정한 시대의 객관적 현상을 역사적으로 개괄하는 기록적 '로맨'의 형식을 가지고 나타나 있다는 것" 등과 같이 고평하면서도 "경험주의적 경향의 잔재가 아직도 냄새를 풍기고 있는 것", "작품전체의 역사성이 극히 부정확하게 밖에는 표현되지 못한 것", "농민의 생활이 사회적 생산 제관계로 유리되어 있는 것", "구성의 평면성으로부터 오는 박력의 부족", "모든 것을 장래에 해결해 나가는 데 있어서 한 사람의 주인공만을 따라가고 마는 일련탁생주의(一蓮托生主義)가 보이는 것" 등과 같이 여러 가지 문제점을 지적하였다.[89)]

임화의 평을 읽은 김남천은 「임화적 창작평과 자기비판」에서 「서화」가 대단히 좋은 작품임은 인정하나 "동지 임화와 같이 흥분한 태도로 격칭(激稱)할 종류의 좋은 작품이 아니고 보다 냉정한 태도로 비판 받아야 할 종류의 좋은 작품"이라고 하면서 임화가 「서화」를 향해 고평한 부분을 조목조목 비판했다. 그러고는 결론부분에 가서 "소작쟁의가 하나도 없는 도박만 하는 농촌이 있다고 생각하는 작자도 다시금 생각하여야 하며 이러한 농촌을 구체적 농촌이라고 찬하는 비평가도 진정하여야 한다. 이기영은 침착하게 전진하지 않으면 안된다. 흥분한 비평가의 선동에 그의 창작과정에 해를 입지 않게 하여야 한다"[90]고 하였다. 임화의 평론과 김남천의 반론을 읽은 박승극은 「프로작가의 동향」에서 양비론을 취하면서도 「서화」를 옹호하는 쪽으로 기울었다. 박승극은 「서화」가 여러 가지 문제점과 한계를 보인 것은 작가 이기영이 검열을 통과하는 데 치중하다 그렇게 된 것 같다고 하였다.[91] 박승극의 글을 본 김남천이 다시 붓을 들었다. 그는 「문학적 치기를 웃노라」에서 "작품은 작가의 실천생활의 반영이며 작품에 대한 진실한 비평은 그러므로 작가의 실천생활과 결부시켜야만 가능할 것"이라고 전제하면서 박승극이 이기영의 "예술적 방법의 문제"를 "검열제도에 대한 기술상의 문제"로 돌린 것은 "노련한 곡예"라고 비판했다.[92] 그러고는 「서화」가 안고 있는 문제점을 다음과 같이 열거했다.

> 조선에 있어서의 농업문제와 농민문학의 임무에 관한 문제, 한 개의 역사적 시대를 객관적으로 개괄하는 예술적 방법에 관한 문제, 성문제, 더욱 나아가서는 간통에 관한 계급적 태도라든가 혹은 농민의 복잡성의 묘사를 비생산

적 유희적 수단을 통하여 시행하는 방법의 가부 여하 등등 취급할 수 있는 하도 많은 문제를 가지고 있다.[93]

김팔봉은 「푸로문학의 현재의 수준」에서 "서화에서 우리는 종래 프로 문학이 가져 보지 못하던 훌륭한 묘사를 볼 수 있다. 이곳에 나오는 인물들은 그 한사람 한사람이 모다 살어있는 것처럼 독자의 안전에 나타나고 있다"[94]고 하면서도 결점을 지적하는 것을 잊지 않았다. 회고적인 냄새를 발산하고 있는 점, 농촌의 사회문화를 계급적 견지에서 파고들어가지 못한 점을 꼽았다. 묘사력이 아까울 정도로 정치적인 사건도 경제적인 투쟁도 없고 오직 도박행위와 간통행위만이 문제가 되고 있다는 지적도 덧붙였다.

『조선문학통사』에서는 "당대 현실생활의 여러 가지 면모와 광범한 풍속의 세계를 성격창조와 유기적으로 결합시키는 사실주의적 기능의 제고를 체현하기는 하였으나 주인공의 운명을 끝까지 전개하지는 못하였다. 작가는 이렇게 「서화」에서 완성하지 못한 사업을 장편 『고향』에서 훌륭히 해결하였다"[95]고 단점보다는 장점이 많은 것으로 보았다.

이 무렵 이기영은 '그의 작품과 최근의 창작'이라는 부제가 붙은 「현민 유진오론」[96]에서 유진오가 "항상 프로레타리아를 위하여 관심과 노력을 아끼지 않고 작품의 중핵을 삼아

왔던 것", "소설, 희곡 등 창작뿐만 아니라 철학, 정치, 경제, 법률 등에까지 널리 섭렵하고 있음은 누구나 또한 잘 알 것"이라고 지적하면서 「삼면경」, 「첫경험」, 「박첨지」, 「오월제전」 등 몇 편을 검토하고 나서 작품 수준이 고르다는 장점의 이면에는 심각미의 부족이라는 단점이 있다고 하였다. 작품 수준이 고르게 된 이유를 생계문제 때문에 마구 쓸 필요가 없었던 점과 유진오 자신의 간결성과 단순성으로 든 것은 다 맞는 것으로 보기 어렵다. 유진오는 그리 단순한 작가가 아니기 때문이다. 이기영은 「위자료 삼천원야」라는 희곡을 집중적으로 분석하고 이 작품이 유진오의 작품 가운데서 가장 수준이 낮은 것이라고 하면서 다음과 같이 충고하였다.

> 그럼으로 현민이 「오월제전」에서 위대한 재출발을 함에 있어서는 무엇보다도 그의 창작태도와 창작적 생활에 있어 계급으로 엄정한 입장을 준수해야 한다. 요컨대 우리들의 창작수법에 기본적 사물을 그 정당성에서 보는 유물변증법적 파악이 있어야만 될 것인데 그것은 다른 아무 것도 아니라 오직 ××적 실천이 있을 뿐이다. (……) 아무리 재분이 과인하고 문장에 능한 사람이라도—이 길을 빼놓고서는 다른 통로는 없다.[97]

또 이기영은 '작가적 양심'이란 부제를 붙인 「나의 문학에 대한 태도」에서 작가는 생활을 영위하기 위해 함부로 글을 써서는 안 된다는 주장을 펼쳤다. 생활의 방편으로 또 다른 무엇을 위해서 글을 쓰는 것을 양심에 어긋난 것으로 본 것이다. 차라리 한두 사람의 물건을 도둑질하는 것이 만인에게 좋지 않은 글로 해악을 끼치는 것보다 낫다는 재미있는 비교도 하고 있다. "인간생활은 문화를 떠나서는 향상할 수 없고 또한 진정한 문화만이 인간생활을 향상할 수 있을 것이 아닌가! 그렇다면 우리는 일자일문이라도 결코 소홀히 할 수는 없다"[98]는 각오를 보이기도 하였다. 이기영은 이 글의 끝을 자신은 "항상 작가적 양심을 흐리지 않도록 노력하기를 잊지 않고자 한다"고 맺었다.

이기영은 「문예적 시감 수제」[99]에서 『고향』을 집필했던 무렵의 농촌의 비참한 현실을 서술해놓았는가 하면 다른 작가의 소설작품의 평가를 시도하였다. 농촌에서 자작농은 빈농으로, 다시 빈농은 머슴이나 공장노동자로 전락하고 있다고 꼬집었다. 박태원의 「5월의 훈풍」, 이효석의 「돈」을 월평의 대상으로 꼽으면서도 냉철한 태도를 유지하려고 했다. 「5월의 훈풍」에 대해서는 고대소설을 읽는 느낌, 생활의 편영 결여, 소설적 형상화의 구체화 작업 부족 등의 문제점을 지적했고, 이효석의 「돈」에 대해서는 주제의 적극성 부족을 들었다. 이기영은 이 글에서도 함일돈의 비평을 공격했다. 그는 우리 문단에는 우수한 비평가가 없다고 하면서 백철에게 중간적 비평의 태도를 버리고 노선을 분명히 하라고 충고했다.

> 동지 백철의 문학적 이론은 객관적 현실을 유리한 추상적 비평일 뿐만 아니라 막연한 중간적 입장에 선 소위 자유주의적 평가의 뒤를 밟는 것같다. 엄정한 의미에서 이 사회에 있어서는 더구나 그것이 첨예화한 때에 있어서는 중간적 존재를 부인한다 할진대 (……) 문학에 있어서도 중간적 비평이라 하는 것이 도무지 있을 수 없지 않은가. 결국 그런 비평은 사회민주주의적 탁류로 같이 흘러서 (……) 문학에 타협하고 투항함이 아닌가?[100)]

이기영은 백철에게 과거에 범한 우익적 편항을 청산하고 자기네 진영으로 돌아올 것을 바라고 있다. 이기영은 비평가에게만 작품평을 맡기지 말고 작가들끼리 상호비평하자고 김남천과 약속했음을 고백하고 자신의 「서화」와 김남천의 「물!」이 엇갈린 반응을 사고 있는 것에 대한 느낌을 털어놓았다. 김남천은 이기영의 작품을 날카롭게 쏘아보았다.

카프 제2차 검거사건과 장편 『인간수업』

두 번째 카프 검거사건은 1934년 5월에 시작되어 8월까지 계속되었다. 1932년 8월에 결성된 극단 신건설이 1933년 11월 23~24일에 창작집 공연을 성공리에 마친 후 전국순회 공연을 계획했고 첫 번째로 1934년 봄에 전주지방 공연을 준비하는 것을 중단시키기 위해 전주 공연 선전 전단 문구를 문제 삼고 상부기관인 카프 맹원을 검거하기 시작했다. 이것이 신건설사 사건이다. 검거는 5월부터 시작되어 6월 30일에 한설야가, 8월 26일에 이기영과 송영이 체포되었다. 이때 체포된 사람 중 38명은 기소유예로 석방되고 23명이 기소되었는데 이 23명 가운데서도 이기영은 박영희 · 윤기정과 함께 가장 높은 형량인 징역 2년을 구형받았다. 1935년 12월 9일에 있었던 1심 판결에서 이기영은 징역 2년에 집행유예 3년을 선고받았고, 이어 1936년 2월 19일에 대구복심법원에서 1심 때와 동일한 형량을 선고받게 된다.[101)] 이기영은 「카프시대의 회상기」[102)]에서 송영 · 윤기정 등과 함께 1934년 8월에 체포되어 서대문경찰서 유치장(1일)—전주경찰서—진안경찰서(40일)—전주경찰서—전주지방법원 검사국—감옥살이를 거쳤다고 했다.[103)]

김팔봉이 제일 늦게 잡혀 들어와 7호실에서 조사를 기다리는데 9호에 있던 이기영이 보내온 신호를 8호에 있는 사람이 중개하였다. 내용인즉 자기들은 넉 달 동안 고생했는데 팔봉을 잡으면서 끝을 낼 모양이니 시일을 끌지 말고 속히 사건을 검사국으로 송치하도록 말을 잘 해주기 바란다는 사연이었다.[104] 이기영은 「카프 시대의 회상기」에서 다음과 같이 자신의 고난의 일단을 전하였다.

> 놈들은 이렇게 카프를 옭아 넣어서 '치안유지법'·'보안법'·'출판법' 위반 등의 죄명 등으로 기소하여, 전주지방법원 검사국에로 그해 연말에 송국하였다. 카프관계자들은 200명이나 검거되었었다. 그러나 대부분이 석방되고 나중에는 핵심적 역할을 한 사람들만 수십 명이 남아있게 되었다. 하기는 다소 관계가 깊은 사람들 중에도, 금력과 권세가 있는 집 자식들은 살짝 빼놓았다. (……) 나는 그 전부터 소화불량과 신경쇠약증으로 집에 있을 때는 적은 분량을 먹었고, 그나마 소화가 잘 안되어서 식후에는 늘 껄-껄-하였다. 그리고 신경쇠약은 불면증이 심하여져서 사회에 있을 때는 매우 건강이 좋지 못하였다.[105]

이기영은 「사회적 경험과 수완」[106]에서 과거의 자신의 창자방법을 반성했다. 그동안 자신은 목적의식이니 변증법적 창작방법이니 하는 슬로건에 가위눌려 지냈다고 고백하면서

"과거의 창작행동에 있어서 문학적 현실을 너무나 무시하고 다만 일편의 슬로건을 궤상(机上)에서 관념적 기계적으로 주입하려고만 고심하였다. 이렇게 쓴 작품이 물론 타작을 면할 수 없을 것이다"고 인정했다. 그리고 작년 여름에 농촌에 가서 장편소설 『고향』을 집필하게 되면서 "전에 없는 실감과 농촌에 대한 지식을 적지 않게 얻을 수 있었다"고 하였다. 그는 러시아 작가 고리키를 예로 들어 그의 위대한 문학은 광대 심오한 체험에서 산출된 것이라고 하면서 "현실은 문학적 저수지요 생명이요 소재"라고 주장하였다.

곧이어 '작가로서 평론을 평론'이란 부제가 붙어 있는 「문예평론가와 창작비평가」[107]에서 1927년 이후 목적의식이 강조되던 시기와 창작적 슬로건이 바뀔 때마다 그것에 치중하여 소화하지 못한 이론을 수입하기에만 급급했던 분위기를 반성하고 있다. 이론투쟁이 작가들의 과학적 세계관과 의식수준을 향상시킨 공로를 과소평가할 수는 없지만 "특수한 문학적 현실과 창작적 실천에 결부치 못한 기계적 주석에만 일삼았기 때문에 작가도 생경한 슬로건과 테제만을 무리하게 주입시키려다가 작품을 반신불구로 만들어 왔다"[108]고 고백하였다. 이러한 자기고백은 당시의 프로 작가 모두를 겨냥하고 있다고 보아야 한다. 이 글에서 이기영은 소설가 김팔봉의 비평세계를 논하는 데 목표의 하나를 두었다. 창작비평가로서의 김기진은 문장이 매우 평이하고 간결하여 이론의 핵심을 포착하기 용이하다, 작품을 읽고 나서 줄거리를 손쉽게 끌어낸다든가 하는 장점을 지니고 있다고 하였다. 그와 쌍벽을 이루는 회월 박영희는 문장이 좀 딱딱하여 학구적인 우수함이 빛나지 않는다고 대비했다. 작가 이기영은 당대 제일의 평론가를 대상으로 하여 메타 비평을 꾀한 것이다. 이기영은 『신동아』 1933년 송년호에 실린 작품평을 읽고 난 후 김기진의 "불성실과 평적 관각(觀角)의 무딤"을 들었다. 대신 최근 임화의 비평은 문장이 평이해졌다고 평가했다. 이기영은 「소아를 버리고 대국에 착안하자」[109]는 간단한 글에서 처세술이 뛰어나고, 약아빠지고, 냉정한 사람들을 나무라면서 조선은 각 방면에서 가난을 벗어나고 있지 못하지만, 또한 여러 방면에 인재가 숨어 있음을 부인할 수 없는 만큼 "小我를 버리고 大局에 착안하자"고 외쳤다.

「乭釗」[110]는 「서화」의 속편이다. 「돌쇠」가 발표된 『형상』에서는 「돌쇠」가 「서화」의 제2서편(第二序篇)이라고 하였고 「저수지」가 「돌쇠」의 속편이 될 것 같다고 했다. 「돌쇠」는 완득이가 박첨지네 집에 마실가서 여러 사람들과 함께 전날의 정광조의 연설을 화제 삼아 이야기하는 것으로 시작한다. 이쯤 오면 이 소설은 안전히 대화체를 이룬다. 박첨지는 집문서라도 잡히고 장리벼를 얻어야 할 형편이고 성준 처는 원준을 사모하고 있다. 구장이 호표를 받으러 왔다고 하자 농민들은 준비가 안 되었다고 한다. 구장은 정주사집을 방문하여 농민들의 사정을 털어놓는다. 정주사 · 정광조 · 구장이 함께 한 자리에서 조선인 비하론 · 개명론이 나오게 된다. 정광조는 "사람마다 자유평등으로 문명은택을 고루 밧고 전제에서 해방되는 것을 개명이라고 한다"[111]고 설명했다. 비록 간단하기는 하지만 이들에 의해 제시된 개명론은 개화니 근대성이니 하는 개념에 가깝다. 이 소설은 자유 · 평등 · 문명 · 해방 등이 근대성의 골자임을 일깨워주고 있다.

「돌쇠(2)」[112]에서 정광조의 개명론을 다 듣고 난 구장은 서울에 가서 전차 · 자동차 · 인력거 · 자전거 · 유성기를 보고 눈이 뒤집혔다고 고백한다. 구장은 시끄럽고 복잡하고 기계 속으로만 사니까 좋기는 하나 이렇게 살다 보면 너무 분주하고 서로 박(薄)하게 된다고 걱정하면서 자본주의 세상을 우려한다. 계몽주의자로 보이는 정광조는 철학도로, 마을에서는 말벗 하나 없는데 신경쇠약에 걸려 당분간 안정을 유지해야 할 형편이다. 정광조는 훗날 장편 『인간수업』의 주인공 현호를 떠올리게 한다. 부친의 반대에도 불구하고 정광조는 예배당에 다니는 것을 유일한 사업이요 취미로 여긴다. 이기영의 삶 속에서 아버지 이민창에게 마름 자리를 주었던 고모는 이 소설에서는 정광조의 양모이자 큰어머니로 형상화된다. 이 소설은 돌쇠가 정광조에게 아들을 잘 가르쳐 달라고 부탁하는 것으로 끝나고 있다. 김남천의 「물!」과 함께 문제작이 되었던 「돌쇠」의 경우, 장편으로 늘려 쓰려고 한 때문인지 작품의 구성력이 긴밀성을 놓치고 말았다. 계몽주의자인 지식인 정광조를 신경쇠약에 걸린 존재로 그린 점도 특이하다. 기본적으로 리얼리스트인 이기영은 「돌쇠(1)」과 「돌쇠(2)」에서 근대성의 개념을 집중적으로 설명하고 있다.

「가을」[113]에서 농민 원서는 원래 자작농이었으나 딸을 시집보내고 아들을 고등보통학교에 입학시키는 바람에 빚을 지고 만다. 금융조합 돈 200원을 얻어 썼고 나중에는 80원을 고리대금업자인 김선달에게 빌려 썼으나 빚 갚기가 쉽지 않았다. 김선달로부터 200원을 지불하라는 명령서가 오고 나서 2주일 후 논 열다섯 마지기를 입도 차압당하게 되었다. 원서의 아들 영식은 중도퇴학하고 농민운동에 뛰어들게 된다.

그이튿날부터 영식이는 엇던 결심 밋헤서 분연히 왼동리를 위해서 활동하기 시작햇다. 그리고 자긔도 버서부치고 노동을 하엿다. 그는 야학을 가르키고 계를 중흥식히고 사나씀을 꼬고 가마니를 짜고 자리를 매는 부업을 게읜마다 실행하도록 「독려」하엿다.[114]

아들 영식이 집안 빚 때문에 학교를 중퇴하고 야학을 열고 계를 중흥시키는 것은 「어머니의 마음」에서 가난 때문에 딸을 팔거나 「농부 정도룡」에서 용쇠가 딸을 파는 것과 동일 범주에 들어간다. 『조선문학통사』에서는 "「가을」에서 영식의 형상은 좀더 구체적인 활동 속에서—자기도 벗어 붙이고 로동을 하며 윈 동리를 위하여 활동하는 실천적인 투쟁의 경지에로 높여지고 있다"[115]고 해석했다.

이기영의 「창작방법 문제에 관하여」[116]는 서언, 사회주의 리얼리즘, 이데올로기와 리얼리즘, 세계관과 창작방법, 작가와 생활, 제재의 생산적 방면, 새로운 양식문제, 결어 등 8개의 항목으로 짜여져 있다. 이기영은 사회주의 리얼리즘의 제창을 "침체한 문학운동의 현계단에 있어서 한 개의 훌륭한 청신제"라고 긍정평가하면서도 과거의 프로 문학운동에 대해서는 비판을 아끼지 않았다. 종래의 프로 문학은 너무나 이데올로기 지상주의라든가 정치운동 제일주의를 펼침으로써 문학을 문학적 범주에서 소외하였다는 주장을 내보였다. 실로 의외의 주장이 아닐 수 없다. 그는 문학에 있어서는 당파성을 부정할 수 없다는 철칙을 환기시키면서 "예술은 무기여야 할 것이다마는 그와 동시에 예술은 예술이어야 한다는 것을 잊어서는 안된다"(5. 30)는 식으로 양자를 살릴 수 있는 방안을 생각했다. 형식과 내용을 분리하는 것이 오류인 것처럼 예술성과 당파성을 분리하는 것도 오류라는 것이다. 이런 의미에서 이데올로기와 리얼리즘은 병립되어야 한다고 했다. 그는 리얼리즘은 창작기술로, 이데올로기는 세계관으로 확대시켜 창작기술과 세계관을 병행시킬 것을 제안했다. 다음 장에서는 작가는 생활을 창조한다, 현실은 위대한 교재다, 진정한 의미의 프로 문학은 대중성을 획득해야 한다는 주장을 펼쳤다. 이기영은 생활이나 삶이라는 개념은 대중성을 본질로 하는 것이라는 인식을 지니고 있다.

문학이나 예술은 공리적일 수밖에 없다든가 대중성을 획득해야 한다든가 하는 주장은 몇 달 후에 발표된 「문예시평」[117]에 반복되고 있다. "위대한 문학작품일수록 대중성을 파악한다는 것은 그의 예술을 대중이 아러 보기 쉽도록 저급의 취미로 통속화하고 대중을 추수하는 것이 아니라 대중이 이해할 수 있게 진리를 천명하기 때문"[118]이라고 하였다. 이어 그는 당의정이론에 바탕을 두고 재미론과 단순성과 간이성으로서의 통속성론을 개진했다. 이기영은 고대소설이 엽기적이며 기적적이며 영웅지향적인 특징을 지녀 종교와 미신의 기능을 대신한다고 주장했다. 그리고 이러한 원리를 리얼리즘 소설에도 적용시킬 필요가 있다고 하였다.

그런 의미에서 나는 농민문학에 있어서는 그 수사와 문

장을 간이하게 하고 극히 통속화할 뿐 아니라 그 양식에 있어서도 로맨틱하고 히로익함에 유의할 필요가 없지 않은가 한다. 이것이 리아리씀과 여하히 관련될 것인가 함은 많은 연구의 여지가 있을 것이다.[119]

「奴隷」[120]에서 노예는 이중의 의미를 갖는다. 주인공 명수는 3년 전에 경상도 어느 보통학교 교사로 있으면서 교장에게 아부하지 않아 밀려난 경험이 있다. 명수는 오륙학년생 몇 명이 여러 차례 관사를 방문한 것이 불온사상 고취로 몰려 권고사직당하자 "차라리 면직을 당할지언정 턱없이 남의 노예가 될 수는 없었다"[121]는 명분을 내걸고 교사직을 그만둔다. 그리고 상경하여 겨우 ×문밖 사립학교 선생으로 취직하여 올바른 도리를 하면서 살자고 결심했다. 그만큼 교육노동자로서의 긍지를 잃지 않았다.

그것은 인간사회의 가치와 행복을 증진시키는 행동—근본적으로 말하면 잇다. 나와 남을 함께 행복하고 자유스럽게 하는 경건한 인간적 행동에 잇다! 이 노동의 승리를 부르짖는 사명! 그 신념을 강고하게 하는 책임!—나는 한 개의 미약한 병졸로서 교육노동자란 자각을 가지고 미래 사회의 주초가 될 귀여운 어린이들과 가치 놀자.[122]

교직에 만족하지 못하고 원대한 꿈을 실현하지 못한 고통을 술로 풀게 되었다. 명수는 알코올 중독에 이르자 술에 대한 근본적 관념을 검토하게 된다. 원래 명수는 술을 뿌르조아의 무기요 뿌르조아의 음식이라고 생각하였었다. 마침내 명수 아니 이기영은 "술의 노예"라는 문제에 대해 재고하게 된다. 이기영은 자신이 애주가요 호주가였음에도 "술의 노예는 작게는 제몸과 집안을 망치고 크게는 사회와 나라를 망친다. 자손에게까지 대대손손으로 약질을 유전시키는 악성의 전염병이 아니냐?"[123]고 술망국론에 도달한다. 이기영으로서는 알코올 중독 모티프를 중심 모티프로 한 최초의 소설을 발표한 셈이다.

「B氏의 致富術」[124]은 악덕부자를 고발한 소설이다. 이번에 부자는 꾀를 내어 사돈의 땅을 빼앗는 사건을 저지른다. 박인로라는 부자가 며느리의 아버지인 오인환의 땅을 그의 청지기인 김상덕을 속여 빼앗는 과정을 그려놓았다. 가해자인 시아버지와 피해자인 친정아버지가 폭언을 하고 헤어지자 박인로의 며느리이자 오인환의 딸은 자살하고 만다는 이야기를 들을 수 있다.

「元致西」[125]는 농민소설이다. 자기 딸을 범한 지주 아들에게서 용서를 받아낸 것 때문에 일개 농민이며 나무장사에 불과한 원치서는 영웅적 존재가 된다. 광삼이 처(순철 엄마)가

원치서의 큰딸 옥분이를 지주 조동지의 손자 조만용의 소첩으로 엮기 위해 치서 모친에게 와서 수작한다. 옥분이가 바느질하다가 낮잠 들었을 때 순철 엄마는 망을 보고 만용이가 몰래 들어와 범한다. 옥분이는 반항하고 입술 깨물어 뱉고 달아나다 엎어진다. 작중 화자는 "독자제군! 이런 때에 치서의 처지로서 어떤 수단을 취하는 것이 가장 현명할 것인가?"고 묻고 있다. 조동지가 이 마을의 왕이다 보니 싫어하면서도 대드는 사람은 없다. 고민과 갈등에서 헤어나지 못했던 원치서는 그날 밤 식칼을 들고 광삼이 처한테 가서 자백을 받아내고 그 길로 조동지네로 쳐들어간다. "오랫동안, 참으로 오랫동안, 가난과 노동에 시들어서 굴종과 압제와 학대만 받아 오던 치서도 더 이상 참을 수가 업섯다"[126]고 화자는 원치서 편을 든다. 조동지가 아들 만용이로 하여금 잘못을 빌게 하는 것은 프로 소설에 대한 독자들의 기대를 어긋나게 한다. 다음날 쌀 한 말과 돈 2원이 오지만 치서는 그해 가을 고향을 떠난다. 옥분이는 근처 제사공장 여공이 되었고 치서는 우연히 아내를 만났다는 소식이 들려온다. 주인공 이름을 제목으로 한 이 소설은 가난 · 굴종 · 반항 · 이주 모티프에 의해 이끌리고 있다. 『조선문학통사』에서는 "이 작품은 생활의 수난 속에서 오히려 진실된 생활의 승리를 위하여 더욱 단결장성되여 가는 미래있는 인물들에 대한 사랑으로 충만

되어 있는 바, 원치서, 옥분이 등은 그러한 미래있는 인물의 전형이다"[127]와 같이 평가했다.

「흙과 인생」[128]은 2회 동안 연재되다 중단된 작품이다. "어서 일어나소 꽹! 꽹! 꽹!—"으로 시작되는 이 소설의 앞부분은 마을 농민들이 방축 쌓는 부역을 하게 된 배경과 모습을 묘사하였다. 농민들은 지주 · 면장 · 관청에 불만을 품고 있다. "논밭전장 알뜰한건/신작로되고/계집아해 쓸만한건/갈보된다/아라리야 지랄이야 용천이야/얼마나 좋아서 저질알인가?"[129]와 같은 시체아리랑을 들려주고 있다. 김첨지는 아들이 읍내 보통학교를 우등으로 졸업했으나 돈이 없어 더 이상 공부시키지 못하고 지게질을 하게 만든다. 김첨지가 김부위가 살살 꼬시는 바람에 술 한 잔 먹고 수십 정보의 산판을 맞바꾸어버린 것이 1차적인 원인적 사건이라면, 김첨지 아들 용이가 바로 그 산에서 갈퀴나무 한 짐 한 것을 관리인 도서방이 낫을 빼앗아 간 것은 2차적인 원인적 사건이다. 김첨지는 리참사 집에 가서 노마님(이기영의 고모가 모델)에게 빌었으나 똑똑한 놈이 왜 그랬냐고 빈정거림을 샀을 뿐이다. 특이한 것은 용이가 은근히 기독교의 힘을 믿고 있는 점이다. 젊은 주인공을 일부 동리사람들로부터 소외되어도 계속해서 기독교를 믿는 것으로 그려놓은 것은 이기영 소설로서는 이색적이라고 하지 않을 수 없다. 이 소설은 기독교를 비교적 열심히 믿었을 때의 이기영을 모델로 한 것으로 볼 수 있다. 용이는 예수교도 믿고 야학도 하였으나 야학에 더 관심이 있다. 코가 큰 서양 선교사가 찾아와 용이와 악수하는 모습을 보고 김첨지가 으쓱거리는 것으로 이 소설은 끝나고 있다.

이기영의 가난은 신건설사 사건 이후에도 계속되었다. 아직 완전한 자유의 몸이 아닌지라 붓을 들 생각이 없었으나 나와 보니 "그날 그날의 생활이 막연하고 더구나 신문사에서 집필하여 달라고 간곡한 청이 있어"『중앙일보』 학예면에 『인간수업』을 연재하게 되었다. 그는 감옥 안에서 일년 동안에 18가지의 소설을 구상하여 가지고 나왔다는 소문이 퍼졌다.[130)]

『인간수업』[131)]은 현호라는 부유한 집안의 젊은 철학도가 가출 · 실천 · 노동 등과 같은 인간수업을 통해서 자기창조론을 거쳐 노동주의로 도달하기까지의 과정을 그린 것이다. 동화은행 사장의 아들로 직업 없이 호의호식하며 지낼 수 있음에도 불구하고 현호는 동서양 철학 연구에 몰두한 나머지 신경병에 걸려 입원을 했을 지경이다.

> 그러므로 쏘쿠라테스는 자기를 먼저 알라고 부르짖었고 기독은 사람은 팡으로만 살지 못한다 하였고 석가여래는

천상천하에 유아독존이라 하였고 공자는 극기복례를 역설하였고 증자는 날마다 세 번씩 자기를 살핀다 하지 않았는가? 위대한 생명력! 그것은 자기의 표현이다. 자기의 창조다. 자기의 발견이다.[132)]

현호는 동서양 철학이 자기창조 · 자기발견 · 자기표현을 강조한 것을 깨닫고는 이의 실천적인 깨달음을 위해 가출을 결심하게 된다. 기독교 · 불교 · 유교의 핵심 사상을 각각 박애 · 자비 · 인의로 파악하면서 이의 공통점이 자기창조에 있다고 하였다. 현호가 부정하거나 비판하는 것으로는 관념철학, 두뇌철학, 건달주의, 기독교의 기도만능주의, 조선인의 보수적인 태도, 육체노동 경시관 등이었다.

예컨대 이기영은 "무위방종한 본능적 타락적 생활은 어느듯 일종의 철학을 건설하였으니 나는 그것을 건달철학이라고 부르고 싶소" 하면서 서울 장안에 술집 · 도박장 · 매음굴 · 놀음꾼 · 알부랑자 · 고등유민 등이 많은 것으로 입증되는 건달주의는 인간의 기백을 마취시키고 혼을 죽인다고 하였다. 건달주의 비판은 「가난한 사람들」, 「원보」, 「서화」, 『고향』 등의 작품들이 보여주고 있는 부르주아 비판과 동일한 뜻을 지닌 말이다. 손과 미리를 조화롭게 하지 못한 채 구습에 젖어 있기 때문에 제대로 전통이 유지되지 못한다고 비판하기도 하였다.

현호는 어머니, 부인, 의사인 친구 등의 반대에도 불구하고 가출하여 독립된 생활을 하는 것을 제1기 인간수업으로 여겼다. 현호가 퇴원해서 출가를 선언하는 데서 이 소설은 시작된다. 현호는 의사 친구에게 "인생의 공가"를 나가겠다고 하였다. 원고도 팔고 노동도 하고 어떻게 하든지 자력으로 생활을 붙들어 가보겠다고 하였다. 현호는 임시거처를 박정양의 병원인 명학의원으로 옮겨놓고 「발명학적 생물학적 과학적 역사적 과정의 손과 인생문제」라는 논문을 쓴다. 사모관대 차림으로 종로 한복판에 나가 철학 강의를 하는 것, 철학잡지 『자기창조』를 발간하는 것, 지게를 진다든가 도로공사장 인부로 일하는 것 등을 묶어 "인간수업"이라고 부른다. 현호는 사모관대를 하고 길가는 사람들에게 시간을 아끼며 살라는 내용을 중심으로 한 가두철학을 강론하다가 경찰에게 붙들려간다. 현호는 도하 신문에 일약 가두철학자로 크게 소개된다. 주위 사람들 중에서 현호를 지지하는 사람은 장인인 목사, 친구인 의사, 친구의 누이동생뿐이다. 그는 지게를 지고 도로공사 인부로 일함으로써 노동의 고달픔과 보람을 직접 맛보는 것을 제2기 인간수업이라고 하였다. 인간수업을 하는 과정에서 현호는 틈만 나면 주위 사람들에게 가두철학, 손의 철학, 노동철학, 자기창조론, 삼술주의론 등을 강론한다. 삼술주의는 지에 속하는 학술, 정에 속하는 예술, 의에 속하는 기술의 삼위일체를 꾀하여 인애를 완성시키는 것을 말하는 것으로 과거의 인간은 이 세 가지의 조화와 통일을 갖지 못했다는 것이다. 물론 이러한 철학론은 서로 긴밀하게 연결되어 있다. 그는 육체노동자에 대한 정신노동자의 우월성, 여자에 대한 남자의 우월성 등을 잘못된 것이라고 지적하면서 다음과 같이 사회주의자로서의 면모를 보인다.

그들은 정신을 숭배하고 그래서 창조적 정신이라는 둥 사상이나 의지가 그 자체로서는 꼼짝도 못하고 아모 것도 되지 않는 물질을 만들어내는 힘이라고 하지마는 기실인즉 이와는 정반대로 물질 그것 속에서 모든 존재해 있는 것의 근원을 볼 수 있는 동시에 의식까지도 거기에서 파생되고 그것의 발전에 따라서 제약되는 것이라고 관찰하는 것이 도리어 정당하지 않을까. 그야 하여튼 오늘날 인간에게 관념철학이 생긴 까닭은 그 첫째 조건으로서 육체노동과 정신노동이 분열하기 때문에 그래서 인간에 극단적인 차별이 생긴 터인즉 우리는 마땅히 이 두 방면의 대립을 통일조화해서 새로운 인생으로 출발하는 신경지를 개척해야 된단 말이야. 그리하랴면 그것은 결국 사람은 누구나 손과 머리를 아울러 쓰는 노동의 통일로써 원시적 야만과 보수적 편견을 버리고 진정한 인류학적 견지에로 자기창조를 완성하도록 분발노력해야 될 것이요.[133]

이는 현호가 옛날에 사모하던 옥희에게 열변을 토하는 장면으로 사회주의의 자기화에 도달했다는 의미가 되기도 한다. 『자기창조』라는 철학잡지를 발간하고 여기에 실릴 논문을 쓸 때까지만 하더라도 현호는 지식인으로서의 위상에 충실했었으나 노동주의를 들고 나오는 가운데 직접 노동자가 됨으로써 작가 이기영이 초기작부터 줄곧 강조해온 '일'의 사상을 전도하게 된다. 노동은 생활을 창조한다는 전제를 걸고 재산은 노동의 축적, 학문은 정신적 노동의 정책이라고 정리하였다.

이 소설에서 현호는 박정양과의 여러 차례의 토론을 통해 자기의 사상을 드러낸다. 현호는 놀고 먹는 자와 쾌락파를 비난하였고 허무주의와 상대주의적 태도를 취하는 박의사에게 인간은 본능생활보다 고상한 생활을 해야 한다고 주장하였다. 현호는 박정양이 지적한 것처럼 이상주의자다. 그의 이상주의적 면모는 자기창조사에서 자기를 계속 도와준 김천식에게 수천 원 시가의 집의 소유권을 양도한 데서 찾을 수 있다.

현호는 도로공사장 인부로 일하면서 불과 일주일 사이에 깨끗한 도로로 바뀌는 것을 보고는 노동의 위대함을 확인하게 된다. 이것 한 가지만 보더라도 "모든 진리가 노동에 있고", "인생의 참된 행복을 가져 오는 것도 노동에 있고", "악한 현실을 착하게 만들 수 있는 것이 노동에 있는데"(438쪽) 어떻게 집에 들어갈 수 있겠냐고 한다.

『인간수업』은 지식인소설 · 사상소설로 출발했으면서도 노동소설로 끝맺음을 하였다. 대부분의 소설들이 사상의 주체와 노동의 주체를 갈등관계로 놓고 보는 것과 달리 『인간수업』은 사상의 주체와 노동의 주체를 하나로 묶으려고 하였다. 바로 현호가 그들을 하나로 묶고 있다. 현호가 미쳤다든가 집을 나왔다든가 도로공사장 인부로 일을 했다든가 하는 것은 사건소설로서의 조건을 일러주는 것이기는 하나 후반부로 가면서 노동의 위대함을 일깨워주는 토론체소설이요 웅변소설로 빠졌다. 이기영은 1925년에서 1935년까지는 사회학적 상상력으로 당대 사회와 개인을 살펴보고 형상화하였거니와 『인간수업』에서는 의도적이라고 할 수 있을 정도로 철학적 상상력을 살렸다. 소설가 이기영을 지배했던 사회주의는 『인간수업』에 와서 부정된 것이 아니라 변형되고 대체되고 축소되어 실천철학 · 손철학 · 노동철학을 강조하는 것으로 나타났다.

『조선문학통사』에서는 이 작품에 대해 다음과 같이 평하였다.

다방면에 걸친 이 작품의 풍자의 철저성, 무자비성은 그 당시 조선인민의 선진사상의 위력의 반영이다. 작가는 가두의 철학가 현호의 형상을 풍자적으로 묘사하면서 부르죠아 출신의 관념론적 인테리의 이른바 량심이란 것의 동끼호테적 모습을 폭로하였으며 진실하고 착한 사상이란 것은 부르죠아지의 생활환경을 초탈하는데서만 이룩되어진다는 것을 천명하였으며 창조적 로동의 의의와 그것의 현실적 특질을 구명하였는 바, 이런 것들은 모두 당대의 선진사상과 결부된다. 작자는 『인간수업』의 풍자적 형상에서 당대 현실생활에 있어서 근본적인 문제를 제기하였으며 일체의 속물적인 낡은 것들을 불살랐으며 조롱하였으며 그를 반대하여 인민들의 증오와 멸시와 조소를 환기시켰다."(130쪽)

『조선문학통사』는 주인공 현호가 주체가 되어 일의 사상, 노동의 철학을 실천한 측면을 도외시한 만큼 편벽된 평가에서 벗어나지 못했다.

한효는 「현대조선작가론」에서 근자에 이기영이 육체적으

로 쇠약해져 "안이한 평속화의 위험한 노선을 맹주하고 있다"고 판단하면서 "이것은 사실 자신이 과거적 실천에 대한 무원칙한 체관적 태도에 칩거함에서 유연되는 일종의 정치성에의 배타적 열광인 것"이라고 이기영의 분발을 촉구했다.[134]

작가로서의 침체와 생활인으로서의 고난

1936년이 저물어가는 이 무렵 『신인문학』(1936. 10)의 독자란에서는 평소 이기영을 숭배해왔다던 한 독자가 이기영이 카프 제2차 검거사건으로 감옥에 다녀온 후 쓰는 작품들이 모두 쓰레기통에 처넣어도 좋을 만한 것뿐이라는 독설을 뱉은 것을 볼 수 있다.[135] 이러한 독설은 이기영 소설의 침체현상의 원인을 작가 자신의 불성실과 무력증에서만 찾고 있는 한계를 드러내고 있다.

『조선문단』(1935. 4)의 "조선문단집필문사 주소록"(185쪽)을 보면 이기영은 경성시 외부암리(外付岩里) 김용환(金瑢煥) 방으로 주소가 되어 있어 셋방살이를 면하지 못한 것임을 알 수 있다. 이기영은 「추회」[136]에서 1926년 5월 19일에 세상을 떠난 홍진유군에게 보내는 편지 형식의 글을 통해 지난 10여 년의 서울에서의 가난을 호소하기도 하였다.

H군! 가만이 생각하면 바로 엊그제같은데 군을 여윈지

가 벌서 십년이 지났구나! 그래서 그때 나는 군보다 연하인 삼십을 겨우 넘은 시굴뜨기였던 것이 어느듯 사십을 넘어섰다는 것은 허무한 일이 아닌가? 나는 그동안에 이 서울에서 십년이란 세월을 허송하고 지내왔다. 역시 삭을세방을 면치 못하고 일년에 이삼차식 이사를—아니 이사라느니보다도 쫓기어 다니는데 지금도 이 북악산 밑에 있는 방 한 간을 빌어가지고 밤에는 빈대와 모기에게 습격을 당하고 낮에는 잡지나 책장을 뒤적이지 않으면 이렇게 책상앞에 앉어서 禿筆을 시달리고 있을 뿐이다.[137)]

이기영은 한 해를 돌아보는 자리에서 금년 병자년(1936년)은 삼남지방에 홍수가 난 것과, 아내가 맹장으로 입원해서 수술을 받은 것과, 어린 자식이 뇌막염에 걸려 죽은 것이 가장 기억에 남는다고 하였다.[138)] 『신인문학』(1936. 3)은 「문단신문」이란 난에서 이기영이 시내 누상동에 자리를 잡고 감옥생활에서 얻은 피로를 풀 사이도 없이 그날그날의 생활을 위해 열심히 집필하고 있다는 소식을 전한다(137쪽). 같은 책 「잡담실」에서는 문인들의 관상에 대해 이야기하고 있는데 이기영씨는 "맑은 눈과 두드러진 코가 씨의 빛난 명성과 재조를 말하고 있으나 빠른 하관과 엷은 입술은 씨에게 재운이 적다는 것을 말하는 듯"(141쪽)이라고 적고 있다.

『조광』(1936. 5)의 「조선작가군상」(이선희 작성)에서는 새로운 철학과 사회관을 가진 작가들은 선생을 선봉대장 격으로 모시고 그 기치하에 진치고 있다고 하면서 선생 집안의 가난, 부인의 고생, 애주가로서의 태도 등을 적고 있다(179쪽). 『삼천리』(1936. 6)의 「캅프사건 문사들 그뒤」(155쪽)에서는 이기영이 그곳에서 나오는 길로 시내 누하동 자택에서 약질의 몸을 간신히 보존하면서도 『인간수업』을 쓰고 있다고 하였고 『인간수업』은 연재가 끝나는 대로 모출판사에서 단행본으로 내주기로 되어 있다고 했다. 『신인문학』(1936. 8)에서는 문인들의 건강에 관한 소식을 전해주었는데, 이기영은 마른 편이기는 하나 강단이 있어 별로 자리에 누워 있는 법이 없다고 하였다(97쪽). 『신인문학』(1936. 8)의 「잡담실」의 「문인건강진단」 난에서는 "체질을 보아서는 매우 건강한 사람이다. 손과 다리는 살 한 점 없는 듯하나 그 손과 다리가 철골인 모양으로 별로 자리에 누워 있지 않는다고 한다(97쪽)"고 하였다. 『신인문학』(1936. 8)의 「문인들과의 자유만담집」에서는 기자가 이기영의 집을 방문하여 잡담한 내용이 소개되고 있다. 기자는 신축한 와가에 기름까지 반들반들 먹여놓은 좋은 집이라고 하였다. 이기영은 문학에 뜻을 둔 것은 천안에 있을 때인 20세부터라고 하였고, 조선사람의 것으로는 이광수의 『무정』을 재미가 있어 이틀에 다 읽었다 하고, 외국사람의 것으로는 알티파세푸(아르치바셰프—인용자)의 『사닌』을 제일 먼저 읽었다고 하였다. 조용할 때 글을 많이 쓰며 주로 오전 중에 글을 쓴다고 하였다. 1년 반 정도 있었던 전주 옥중에서는 문예서적과 철학서적을 많이 보았다고 하였고 문인이 된 것에 대해서는 잘했다는 생각도 못했다는 생각도 없다고 하였다. 글 쓰는 일은 취미와 소질에 맞을 뿐만 아니라 운명이라고 생각하기 때문에 불행하게 느끼지는 않는다고 하였다. 고전 중에서는 『돈키호테』를 좋아한다고 하였으며 문단생활에서 제일 많이 받은 돈은 『고향』을 쓰고 한 오백 원 정도 받은 것이라고 털어놓았다. 왜 소설을 쓰느냐 하는 기자의 질문에 "생활을 위하여"라고 거침없이 대답하였다. 『신인문학』(1936. 10)의 「문인들의 주택순례」에서는 얼마 전 누하동에 살았을 때는 크지는 않으나 와가였던 것이 효자정 77번지로 옮겨와보니 여러 집들이 한 군데 모여 사는 초가집이라고 하였다. 기자는 다음과 같이 뼈 있는 농담을 하였다.

> 그러나 푸로작가의 집으로는 도리여 여기가 格에 맞는듯하다. 글로는 무엇이니 어쩌니 하고 사실 혼자만 豪華한 生活을 한다면 그는 푸로作家가 아니오 뿌로作家일 것이다. 그러나 氏 最近의 작품은 푸로작품이 아니오 學校小說

이니 大衆小說이니하여 시시한 소설을 많이 쓴다. 이제 氏로 말하면 二層 洋屋을 사서 산다하여도 푸로작가로 잘못이라고 辱할 사람은 없으니 그 점은 安心해두 좋을 듯. 씨는 最近 시시한 作品을 써서 稿料가 상당이 모이는 모양이니 不遠間 좋은 住宅을 살 것은 정한 일일 듯.[139]

『신인문학』의 「문단팔면경」에서는 수원에 사는 김일천이라고 하는 독자가 이기영에게 아주 따끔한 충고를 한 것을 소개하고 있다.

우리 文壇에 빛난 存在로써 貴下를 崇拜하는 한 사람이외다. 그러나 최근 貴下가 全州를 단여 온 후에 쓰는 작품은 모다 쓰레기통에 休紙로 넣어도 좋을 만한 작품 뿐이니 실로 寒心하기 짝이 없사외다. 日 學校小說이니 日 무삼小說이니 하고 그 手法과 技巧가 옛날 春香傳한가지이니 차라리 貴下가 이런 소설을 써서 밥을 먹고 싶거든 딴 事業을 하고 예전과 같이 節操있고 좋은 文藝小說을 씀이 여하오? 더구나 귀하가 某社에 小說員이 되어가지고 文藝道를 떠나 野談式講談小說을 쓴다면 실로 우리는 貴下를 支持할 수가 없사외다.[140]

11월만 해도 이기영은 효자정 초가집에 살고 있었다. 담은 나무상자를 뜯어서 만들었고 종이에다 주소를 써서 붙여놓았을 정도로 궁기를 면하지 못하였다. 그 무렵 이기영 부인은 맹장염 수술을 받고 병원 치료를 받는 중이었다. 『백광』지 기자가 찾아간 것은 11월 13일이었으며 그 다음날 이기영의 아들이 죽었다는 소식을 듣게 되었다. 처남이 원고를 갖고 와서 원고료 선불을 해가지고 갔다. 아들 장례비가 없었기 때문이다.[141)]

「流線型」[142)] 옆에는 '유모어 소설'이란 명칭이 붙어 있다. 유머 소설이라고 하더라도 우습지 않은 유머 소설이다. 이 소설은 조사과의 아들 조경수와 박참봉의 딸 박명애가 사랑하는 사이로 각각 자기 부모들과 갈등을 일으키는 것을 중심사건으로 하고 있다. 조사과는 아들 공부시키기 위해 땅 팔고 빚 얻었고 연애편지 쓴 아들을 벌하기 위하여 자기 종아리를 치라고 하였지만 결국 부모가 지는 것으로 끝난다. 조사과와 박첨지는 너희들 소원대로 해줄 테니 집으로 돌아오라는 신문광고를 내고, 신문광고를 본 두 남녀로부터 손목잡고 내려가겠으니 그 길로 결혼식을 거행하도록 해달라는 것으로 끝낸다. 이 소설은 자식 이기는 부모 없다는 속담을 떠올리게 하는 소품이다.

「賭博」[143)]은 온갖 노력을 해도 가난을 벗어나지 못하는 한 여인이 남편의 동의 아래 부잣집 영감의 첩으로 들어갔다가 흉몽을 꾸고 다시 옛날로 돌아간다는 이야기를 들려주고 있다. 양반집 딸로 낙동강변에서 살던 또순이는 남편과 사별하고 남편 친구 명수와 인천에서 빈대떡장사를 하다가 서울로 와서 남의 집 행랑살이를 했으나 가난을 벗어나지 못한다. 또순이는 가난에서 벗어나기 위해 빠고다 공원 뒷골목에 있는 초가집 예기창기 소개소를 찾아가 안주사집 첩으로 들어가기로 하고 100원을 받는다. 결국 이 소설은 또순과 명수의 부부애를 구심력으로 삼고 있다. 또순은 명수와 의논하여 돈 100원을 소개소에 돌려주고 명수는 지게라도 지겠다고 한다. 이 소설의 표제인 "도박"은 운명이라든가 팔자와 같은 말의 대명사로 볼 수 있다.

김환태는 「금년도의 창작계 일별」에서 1936년도 수확이라고 할 수 있는 작품으로는 이기영의 「도박」과 엄흥섭의 「과세」 정도가 있다고 하였다.[144)]

'학교소설'이라는 부기가 붙어 있는 「背囊」[145)]의 첫 장면은 아버지는 가출하고 누이동생은 돈 번다고 나가서 돌아오지 않고 어머니가 집안을 겨우 끌어가는 극한상황으로 되어 있다. 동생 영수가 입학했으나 3원짜리 책가방을 사주지 못해 보자기를 매고 다니자 친구들이 놀린다. 형 영호는 동생에게 가방을 사주기 위해 수지장사를 한다. 이 소설은 영호

담임선생이 백화점에 가서 가방을 사오는 것으로 끝처리되어 학생을 진정으로 생각하는 교사상을 볼 수 있게 된다.

「십년 후」[146]는 잡지사 기자로 월급은 쥐꼬리만 하고 일은 많은 김경수와 문선공으로 하루하루 겨우 살아가는 인학이 10년 만에 우연히 만나 서로의 심정을 털어놓는 것을 중심사건으로 삼고 있다. 이 소설은 자전적 소설이라고 불러도 좋을 만큼 이기영의 어린 시절, 잡지사 기자와 작가로서의 초기시절을 잘 그려내 보이고 있다. 김경수는 "통속적 취미 잡지의 삼문기사"라는 자의식을 갖고 열등감에서 헤어나지 못한다.

> 그러나 직공과 기자! 공장노동자와, 섬약한 얼치기 인테리! 그것은 십년전의 똑같은 룸펜생활과는 얼토당토안은 운양의 차이엿다. 한 사람은 인간의 큰 길을 것고 있는데, 한 사람은, 매음부와같이 어둠 속에서 허맨다. 그는 비록 어떠한 고생이라도—진리를 위해서, 살수 있다면, 위대한 순교자적 정신으로, 그것을 생활하고 싶다. 자기의 이상과, 하는 일이 일치한 생활—이상과 현실이 부합한 생활이라면 그것은 얼마나 거룩한 생활이냐? 때로 그것은 고통일는지 모른다. 그러나, 그런 고통은 고통일수록 위대할 것이다. 고통일수록 거룩할 것이다. 그것은 마치, 격류

(激流)에 부대기는 조악돌〔小石〕과 같다할가. 부대기면 부대길수록, 추잡(醜雜)한 이끼가 뭇을 새도 없이, 갈너저서 정결한 광택을 내는 것이다.[147]

김경수는 인학이 노동자로서 자부심을 지니고 있을 줄 알았으나 그 반대였다. 인학이 직공생활자로서의 회의를 드러내는 것에 경수는 실망이 크다. "육체적으로 정당한 생활을 하는 사람은 정신이 썩었다. 정신이 아직, 성한 사람은, 육체가 썩었다"(272쪽) "룸펜생활은 인간을 동물이하로 타락식힌다. 그와 마찬가지로, 룸펜의식은 노동자를 타락식힌다. 오직 건전한 생활에서 체득하는, 건전한 의식의 소유자??? 그의 압길에 태앙과 같은 광명을 빗처올수 있지 안은가!"(272쪽)와 같은 구절에서 볼 수 있는 것처럼 노동하면서도 정신이 건전한 사람을 이상적 존재로 보고 있다. 김경수는 이상주의자가 아니면 노동자의 현실을 잘 이해하지 못하는 존재다.

그 무렵 「막심 골키에 대한 작가적 印象抄」[148]에서 이기영은 관동대진재를 치르고 귀국한 이듬해에 문학공부할 결심을 하고 상경했을 때 막심 고리키를 처음 알게 되었다고 고백하였다. 그는 최근에 고리키의 「어머니」를 읽어본 소감을 적으면서 위대한 작가는 광범하고 심각한 실생활의 체험을 가져야 한다고 했다. 그러고는 "창작가는 천문학으로부터 지문학 교량학 건축학은 물론 빈대 벼룩의 생활까지 알아야 한다"는 고리키의 말을 인용했다. 비슷한 시기에 이기영은 「문호 꼴키옹을 弔함」[149]이란 글을 발표하기도 하였다. 이기영은 「문예적 시감 이삼」[150]에서는 현재 저널리즘의 유행에 따라 문사가 너무 싸구려 취급을 받고 있는 현실을 지적하면서 문학지망생이나 문인들은 마땅히 붓을 근신하여야 할 것이라고 했고 작가의 원천은 사상에 있다고 하는 '사상원천설'이라든가 '사상선행설'을 주장했다. 그리고 비상시기를 맞아 작가들은 고민도 많겠지만 비상한 노력을 기울여야 한다고 했다. 근자에 시대사조를 따라 생활의 과학화를 부르짖는 소리가 높은 것에 부응하여 생활의 과학화는 말할 것도 없고 예술의 과학화도 이루어져야 한다고 했다. 이기영은 과학의 정확성·엄밀성·진정성 등과 같은 표준은 예술의 진선미와 종국에 가서는 통일되어야 한다고 했다, 예술의 과학화는 예술의 한계성을 무시하는 것은 아니라는 것이다.[151]

이기영은 「문학을 지망하는 이에게」[152]에서는 지나치게 발표욕이 강하다 보면 저급한 통속소설에 떨어지고 말 것이라고 경고하면서 "자신있는 작품은 발표하기를 급히 하지 말 것이다. 그리고 한 작품을 쓴후에도 수일 내지 수년의 퇴고와 개작의 적공이 없으면 안 될 줄 안다"[153]고 절차탁마의 중요성을 역설하였다.

이기영은 문청들을 향한 충고를 여러 차례 해보였다. 1937년 6월 6일자 『조선일보』의 「문학청년에게 주는 글」에서는 근자에 소설가 지망생 중에는 소질도 없고 특별한 노력도 하지 않는 사람이 많다고 하면서 소설가는 교사나 의사처럼 사회적 책임이 크다고 하였다. 소설가는 전문가이지만 소설 독자는 정치가 · 법률가 · 상인 · 농민 · 노동자 등 아무나 될 수 있는 것인 이상 다 같이 평등하게 읽을 수 있는 작품들을 써야 한다고 하였다. 이기영은 자기에게는 소질이 없다고 판단되는 사람은 소설가로 나서서는 안 된다고 하였다. 같은 해 11월 9일자 『조선일보』에서는 문학청년들은 명일의 문학 건설자라고 고무한 다음, 문학은 광범한 사회적 현실을 포괄할 "마음의 기사"가 되어야 한다고 하면서 그러기 위해서는 원대한 포부를 가지고 심각한 생활체험, 해박한 지식을 갖는 가운데 현실을 정확히 파악할 수 있는 과학적 세계관을 지녀야 할 것이라고 충고했다.

「有閑婦人」[154]의 여주인공 혜원은 신교육을 받고 자유사상으로 무장하였으며 영어가 유창하고 음악에도 조예가 있는 크리스천으로 그려지고 있다. 남편은 유명한 수학자로 장차 교장 자리를 맡아놓은 교무주임이다. 혜원의 남편은 서양 사람을 닮으려는 경조부박한 아내를 속으로 원망하면서 결혼생활에 환멸을 느끼고 자기의 연구에만 몰두할 뿐이다. 이 소설의 원인적 사건은 혜원이 쌍둥이에 이어 삼동이를 낳고 사회생활에 지장을 받게 되자 임신공포에 사로잡히게 되는 것에서 찾을 수 있다. 「유한부인」은 작품 뒤에 붙은 작가 부기가 유난히 긴 것이 특징의 하나로 되어 있다. "유한부인이 무한부인이 되었다는 식으로 더 길게 쓰고 싶었으나 그렇게 되면 너무 잔인한 것 같아 그렇게 하지 못하였다"든가, "세상에는 이러한 유한마담이 적지 않은 터이라 그 명예를 생각하여 이런 정도로 적는다"고 하였다. 이 소설은 부인소설이며 한걸음 더 나아가 유한부인 비판소설이라고 할 수 있다.

김환태는 「금년의 창작계 일별」에서 조벽암의 「파행기」, 「노승」, 송영의 「숙수치마」, 「인왕산」, 한인택의 「오빠」, 「흑점」, 엄흥섭의 「가책」 등과 더불어 이기영의 「유한부인」은 "완전히 통속소설이 되고 말았다"[155]고 평하하였다.

「寂寞」[156]에는 금광 부자인 아버지를 둔 윤창규와 D인쇄소 사무원으로 일하면서 부양가족이 많은 박명호가 등장한다. 한때 명호는 금광 일에 뛰어들기도 했으나 창규는 그 방면에 전문지식이나 기술 없이 뛰어들지 말라고 하면서 원래 하고 싶었던 그림을 그리라고 한다. 과학에 포부를 갖고 있었던 창규는 완고한 자기 부친과 의사가 맞지 않은 것 때문에 일체의 지원을 받지 못해 글을 팔아 겨우 연명하면서 산다. 그러나 3년 후에 두 사람은 다 변하고 말았다. 창규는 집으로 들어가 아버지의 명령대로 집안 일을 돌보게 되었다. 명호가 창규의 집을 방문하여 차 한 잔 마시는 자리에서 창규는 명호에게 다음과 같이 말한다.

"참 자네는 요지음의 분위기를 느낄는지 모르네마는 시대는 퍽 달너진줄 아네.—이런 시대에서 무엇을 하겠나? 생활이 바작바작 말너가는 사회에서 이러니 저러니 해야 다 소용없는 것인줄 아네—그래서 나는 무엇보다도 시급한 것은 경제적으로 실력을 양성할 필요가 있다고 생각하네—사람이란 대관절 먹어야만 사는 노릇이니까—먹고 나서 볼일이니까—그만큼 환경이 달너진 줄 아네—"

실력양성논! 명호는 새삼스레 창규의 입에서 이런 말을 드를 줄은 실노 천만의외였다.[157]

학자 지망생인 창규는 "학적 양심을 일조에 버리고 시정의 모리지배와 다름없이 「배금종」이 되었다는 것은 얼마나 이상한 말인가?"(247쪽)고 의문을 갖는다. 이 소설은 명호가 나 혼자만이라도 이상을 버리지 말고 그림 그리기를 계속하자는 뜻에서 북악산에 올라가 삼각산의 웅자를 화폭에 담는 것으로 끝내고 있다. 작가 이기영의 내면 속에는 과학자를 꿈꾸었다가 아버지처럼 금광 일에 관심 가진 창규와 어려운 살림살이에도 계속 그림을 그리겠다는 명호가 공존한다.

김용제는 이기영 · 백철 · 임화 · 장혁주 · 박영희 · 한설야 · 엄흥섭 · 유진오 · 이북명 등과 같은 당시의 쟁쟁한 문인들을 대상으로 「문단풍자시」를 쓴 바 있다. 이기영을 노래한 시 전문을 인용한다.

당신이 現文壇의 人氣的 大家임에
아마도 누구나 異議가 없으리라
그러나 大家엔 腐主가 危險이다
李光洙의 옛날의 地位는 당신 차지다
그런 것이 歷史的 必然性이니
당신은 반듯이 歷史에 感謝하여서
다시 더 참다운 歷史性에 忠實하여라
消極的 만네리즘에 自警自肅하여라

당신의 文學的 本領은 「故鄕」이 代表한다
그러나 이로하版은 飜譯이 標劣하야
原作의 香氣를 惜死하고 있는 듯하다
「故鄕」이 萬部나 팔렸다 하니
朝鮮的 印稅의 薄酬를 慰安하여라

당신이 으른된 文學的「故鄕」이
억일 수 없는 갑푸의 搖籃이어든
그 時代의 精神을 새롭게 發揮시켜라
당신의「鼠火」를 狼火로 燃燒시켜라

時節은 이제야 麥秋를 엿보는데
당신의「麥秋」를 收穫하여라
당신의「어머니」는 아직도 少女期니
무어라 批評할 時機가 尙早이니
興味를 노리는 通俗的 자장가를 警告하라
꼬리키의「어머니」를 熟讀하야 배우라
애기를 키우는「어머니」엔
母性愛가 生命이고
「어머니」를 키우는 作家에는
現實的 社會愛가 좋은 것이다[158)]

「이기영 검토」(1937)라는 글에서 박승극은 이기영의 인간과 사상에 대해 다음과 같이 말하고 있다. 위의 인용시에서처럼 이기영에 대해 기본적으로 김용제가 비판적이었다면 박승극은 신봉자에 가까운 태도를 드러내고 있다.

그런데 여기서 말하랴는 인간 작가로서의 민촌, 이기영 씨는 결코 豪俠한 手腕家나 교활한 깍정이가 아니다. 그는 얌전한 글서방님이며 사교성이 없는 냉정하고 침착하고 고독하고 암침한 사람이다. 그의 태도에는 늘, 침묵 그것이며 그이 올골에는 언제나 우울한 빛이 떠돌고 있다. 언뜻 보면 교양있는 모랄리스트와도 같다. 사실에 잇어 淸寒强直之士이다. 그는 성실하고 진실한 혼의 소유자로서 일반 문인과 크게 구별되는 것이다. 어디까지나 신의를 지키는 진실한 사람이다. 청교도적 절조가 굳은 반면에 영웅적인 發議者는 아니다. 그는 이니티아티브하는 대신 자기의 신조에 충실하는데 족한 사람이다. 이런 성격이 그의 결점이라면 결점이요 장점이라면 장점일 것이다. (……) 몰락하는 中產的 土班의 아들로서 유교적 오륜삼강의 교양을 무던히 신봉하였으며 그 뒤 기독교의 세례를 받아 그 신앙에 충실하엿고 그로부터 일보전진하야 맑쓰주의의 열렬한 학도가 되었었다. 이렇게 세계관은 변했지만 그의 가진 바 진실은 변치 않고 더욱 고도로 발전한 것이다.[159]

박승극은 현실주의, 강인한 민중주의, 반중용주의 등을 지킨 점에서 이기영은 중국의 노신에 비견된다고 하였다. 「이기영 검토」라는 같은 지면에서 김남천은 이기영이 주로 농촌소설을 써온 점을 염두에 두면서 "씨의 세계관을 형성하고 있는 것은 강렬한 유물론"이며 "이이상 더 날카로운 사상을 가진 작가는 현재의 조선에는 있는 것같지 않으며 공산주의 작가도 있는것같지 않다"[160]고 하였다. 훗날 안석영도 민촌이 겉으로는 조용하지만 속으로는 술도 잘 먹고 육자배기도 잘 한다고 술회한 바 있다.[161]

『백광』(1937. 3)에서는 설문 10조를 했는데 이 가운데서 (1)문학에 뜻을 두기 시작한 것은? (2)처음으로 사숙한 작가는? (3)독서할 수 있는 정도의 외국어는? (5)어떤 성격과 사상을 갖인 인물을 창작하고 싶은가? (9)문학의 정의를 일구로 쓰면? 등과 같은 질문에 대한 답을 주목할 필요가 있다. 이기영은 (1)번 질문에 대해서는 유소년 시절에 고대소설을 탐독하게 된 때부터 (2)번에 대해서는 알티파세푸의 『사닌』을 읽고나서부터라고 답하였다. 그리고 (3)번에 대해서는 그만한 소양이 없다고 하였고 (5)번에 대해서는 "특이한 성격과 의지적 인물을—즉 시대적 양심과 건전한 사상을 소유한 인물"이라고 하였고 (9)번에 대해서는 "문학은 인류의 문화적 생활을 정서적으로 향상 촉진케 할 수 있는 한개의 기술이라 할는지요"라고 하였다.

『조광』(1937. 4, 234쪽)에서 선생 댁은 몇 식구이며 생활비는 얼마나 드느냐, 지금껏 잊혀지지 않는 음식은 무엇인가, 가정생활에서 긴급히 고칠 점은 무엇인가 하고 질문한 것에 다음과 같이 답하였다. 현재 식솔은 4인인데 생활비와 두 아이의 교육비를 다 합치면 50원 가져야 산다고 하였는데 일정한 수입이 없어 그렇게는 못 든다고 하였다. 어려서 시골 살 때 먹던 햇콩, 청국장이 지금껏 잊혀지지 않는다고 하였다. 가정생활에서 긴급히 고쳐야 할 점으로는 안팎에서 할 일을 서로 이해하는 것이 근본적인 일이라고 하였다. 연극을 본 일이 있으며 감명 깊은 것은 무엇이냐는 질문에 연극은 틈나는 대로 자주 보아왔지만 특별히 감명 깊은 것은 없다고 하였다. 소설을 몇 편이나 읽었느냐는 질문에는 동서고금 소설을 합해 백여 종 읽었을 것이라고 하였다(241쪽). 같은 잡지의 "애정설문"에서 "세상에서 가장 앗기고 사랑하는게 무엇입니까?"라는 질문에 이기영은 "고상한 의미로서 자기를 발전식힐 신념"이라고 하였다(392쪽). 안석영은 「조선문인 인상기」[162]에서 "방금 『조선일보』에 장편 『어머니』를 연재하고 있는 이기영씨는 바람이 불면 훅 날아갈 것같이 말랐으나 술 안 먹을 때는 말 한 마디도 안 하다가 술만 먹으면 '대장부 허랑하여—' 등의 노래를 멋지게 부를 줄도 알고 이야기도 잘 한다"고 하였다(80~81쪽). 『조광』(1937. 5, 217쪽)에서 "구미 모국에서 선생을 수상으로 초빙할 경우 가겠느냐"고 우스개로 질문한 것에 이기영은 자신은 정치가가 될 소질이 1퍼센트도 안 되니 고사하겠다고 하였다. "같이 살고 죽을 때 백 명의 형제가 있다면 어떻게 하겠느냐"는 질문에 이기영은 지금 하는 체하고 있는 문학운동이나 하고 싶다고 하였다.

『조광』(1937. 6, 59쪽)에서 청년남녀에게 읽히고 싶은 책이 무엇인가 하고 질문한 것에 『현대신학총서』, 『세계사상대전집』, 동서양 역사 등이라고 하였다. 읽고 싶은데도 읽지 못한 책으로는 고골리 전집, 톨스토이 전집, 발자크 전집, 고리키 전집 등이 있다고 하였다. 『조광』(1937. 6, 154쪽)에서는 "인기 있는 외국인으로 초빙해오고 싶은 세 사람은?" 하고 물으니 문인으로 버나드 쇼, 싱클레어, 로맹 롤랑, 사상가로는 비트겐슈타인, 베르그송, 후설 등을, 정치가로는 루스벨트, 로이드 조지, 에리오 등을, 과학자로는 아인슈타인, 조르당, 하이젠베르크 등을 들었다. 이처럼 이기영은 서양의 문학이나 철학에 폭넓은 관심을 지니고 있는 것으로 드러난다. 『조광』(1937. 6)에서 "점을 치거나 관상을 보는 것을 옳다고 생각하느냐"라고 질문한 것에 절대불가라고 하였는데, 여러 편의 소설에서 반기독교를 드러냈던 점을 보면 의외의 반응이라고도 할 수 있다. 이기영은 기독교에 대해서도 반감을 갖고 있지만 샤머니즘도 반대했던 것이다. 종교도 부정하고 미신도 부정했다는 점은 이기영이 합리적 사고를 지향했음을 암시한다.

「비」[163]는 농촌을 배경으로 하고 농민을 주인공으로 한 것이면서도 특이한 소재를 다루었다. 형태는 농민소설이면서도 내용은 기독교신자 비판소설이요 광신자(enthusiasts) 비판소설로 되어 있다. 50대의 오속장은 30이 될 때까지 머슴살이를 하여 새경을 100원 모아 장가들었으나 한때 노름에 빠져 재산을 다 날리고 나자 기독교를 믿기 시작했다. 모든 일을 기도와 찬송가로 처리하려 하고 성서에 있는 그대로 생각하고 실천하려 하였다. 식구들 이름도 아내는 수잔나로, 장녀는 마리아로, 장남은 요한으로, 막내는 요셉으로 지었다. 그럼에도 오속장은 주위 사람들에게 비웃음을 살 뿐만 아니라 처자로부터도 공격 대상이 된다. 장남 요한은 아버지의 광신앙을 마땅치 않게 생각하여 교회의 부패를 공격하고 교리가 상식에 맞지 않는 것을 비판하였다. 이 소설의 중심사건은 홍수가 났는데도 오속장이 기도와 찬송가로만 대처하다가 논이 물에 잠기자 실의에 빠진 나머지 소주를 과음하고 자다가 죽는 내용으로 되어 있다. 「비」는 이기영이 성경을 여러 차례 정독하였음을 입증해준다. 이 점은 「농부 정도룡」, 「박선생」, 「부흥회」 등과 같은 기독교 비판소설과 「비」의 거리를 벌어지게 한다. 「비」에서 이기영의 분신에 해당하는 인물은 만사를 하느님의 뜻으로 연결시키는 태도를 못 마땅하게 여기는 요한에서 찾을 수 있다.

「追悼會」[164]는 43세 된 독신주의자인 서병호가 심군의 아내 김여사의 추도회를 갖는다는 이야기로 되어 있다. 김여사는 외모도 단아하고 고결한 신여성으로 남편 술바라지도 잘하고, 근엄하면서도 이해성이 많은 것으로 그려지고 있다. 이 소설은 희생심 많은 현모양처를 남편 친구가 추도한 것보다 추도자 서병호의 이중적인 인간성에 더 큰 관심을 갖게 한다. 서병호는 독신주의자를 자처하지만 사실은 시골에 처자가 있다. 서병호의 아내는 전형적인 구식 여자로 개가를 죄악으로 여긴다. 서병호는 아내와 어머니 그리고 고향에 발 그림자를 끊은 지 오래다.

> 그러나 그는 그렇다고만 할 수 없었다. 왕년—한참 당년에 그도 사회운동에 몸을 받쳤었다. 그래서 영오의 몸으로도 여러 해를 있었는데 자타가 시대의 선구자로 인정하는 터에 가루에 구애가 되어서야 무슨 일을 할까부냐?—더구나 우리네의 가정이란 것은 그 중에도 소위 량반의 가정이란 것은 완고하나 품이 짝이 없어서 봉건사상이 화석같이 굳었으니 그런 가정은 있는 것보다 없는 것이 차라리 낫고 마땅이 때려 부셔야만 될 일이라는 것이 그의 이론이였다.[165]

그는 추도회를 마치고 하숙집에 돌아왔으나 생각나는 것은 술밖에 없었다. 그는 우울증을 참기 어려우면 외상으로라도 술을 사먹었다. 결말에 가서 왕년 사회주의자인 주인공이 지금은 회의주의자요, 허무주의자가 되어버린 것으로 형상화하고 있는 만큼 이 소설은 전향소설이라고 할 수 있다.

「나무꾼」[166]은 사고무친으로 가난을 벗어나지 못하는 명구가 먹고 살 수 없어 K시에 가서 지게 지는 것으로 시작한다. 명구는 뒷산에서 나무를 잘해 오는 여자의 뒤를 밟은 끝에 그녀가 산감에게 몸을 바치는 것을 목격하게 된다. 다른 사람이 나무했던 것을 압수했다가 여자에게 주는 산감을 보고 명구가 경찰서에 가자고 하자 산감은 달아나고 만다. 여자로부터 애들 굶는 것을 보다 못해 나무하러 갔다가 들켜서 몸 바친 것이라는 고백을 들은 명구는 그 여자에게 동정심을 품게 된다. 이 소설은 생존이냐 도덕이냐 인간의 기본 도리냐의 선택지를 제시한다. 젊은 여자는 먹고 사는 문제를 해결하기 위해 정조 따위는 아랑곳하지 않는다는 행동을 보이고 있는 것이다. 이러한 행동은 김유정 소설의 들병이 모티프를 떠올리게 한다.

「맥추」[167]는 지주와 작인의 대립구도를 보여준다. 이 작품은 작인들이 가뭄 끝에 비가 와 모내기를 하던 중 지주 유주사가 자기네 논에 부역을 나오라고 하고 작인들이 불평을 토하는 데서 시작된다. 유주사의 큰아들 영호는 점돌이와 같이 보통학교를 졸업하고 서울로 공부하러 간다고 올라갔다가 내려와서 고리대금, 계집질로 소일한다. 이에 대해 점돌이가 가장 비판적이다. 영호는 소작인 수천의 처를 범하려다 때마침 그 집을 찾아간 점돌에게 들킨다. 마을사람들은 때마침 시회를 하는 유주사에게 가서 사실을 다 말한다. 평소에 처와 아들에게 경제권을 빼앗기고 사는 유주사는 수천에게 구장을 시켜 위자료 조로 돈 백 원을 주려 했으나 마누라로부터 저지당한다. 영호는 수천을 꾀고 협박하여 고소도 막고 돈 한 푼도 안 주고 아무 일도 없었던 것으로 한다. 이 소설의 주제는 점돌이가 영호로부터의 보복을 알려주는 어머니에게 "가난하고 고생하는 대신에 옳은 행동이나 하는 것이 떳떳하지 않겠소?"라고 말하는 것에서 암시된다. 이 소설의 작중인물들은 양심이나 자존심과 가난 사이를 왔다갔다 한다.

「맥추」에서는 다음과 같이 두레의 중요성이 강조된다.

> 이렇게 공동으로 일을 해 보니 훨신 쉬운 것같다. 일이 것전하게 치워지고 일꾼들의 기분도 전에없이 유쾌해서 단합해지는 것같었다.
>
> 그들은 전과같이 제각기 헐어저서 단독으로 째는품을 서로 앗어가랴고 애를 쓰는 대신에 이렇게 돌려 가며 어우

리로 하는 것이 유리한 것 같았다. 그것은 제일 외롭지가 않고, 어딘지 모르게 믿음직한 힘이 뭉쳐 있는 것같기도 하였다. 그들의 이러한 기분은 자연히 한데 어울려지고 절망의 탄식에서 갱생의 희망을 부둥켜안꼬싶은 공통된 의식이 막연하나마 그들의 감정의 밑바닥을 흐르고 있었다. 그들의 공통한 사정은 오직 자기들의 손으로만 운명을 개척할 수 있을 것같이 생각되었다.[168]

두레의 힘과 가능성은 일찍이 『고향』에서 제시된 바 있다. 이 소설에서 지주 아들 영호의 원형은 「민촌」의 박주사 아들, 「아사」의 최주사 아들에서 찾을 수 있다. 점순이가 점돌에게 공부 배우고 점돌은 정의의 사나이가 되기로 다짐하는 것은 긍정적인 삶의 모습으로 비친다. 긴장감 없이 해피 엔딩으로 처리된 것은 이 소설의 흠으로 남는다.

이기영은 「"고향"의 평판에 대하여」[169]에서 『고향』은 우수작이 아니라고 겸손을 표시하면서 그 결함으로 "스케일의 협애, 우연적 요소, 구성의 소루, 주제의 적극성" 등을 들었다. 그리고 많은 평자들이 『고향』의 큰 문제점의 하나로 안갑숙의 지나친 이상적 설정을 든 것에 기본적으로 공감하면서도 봉건적 질서에서 사는 여성이기에 의도적으로 이상적인 성격을 끄집어냈다고 해명하였다.

박영희는 「인상에 남은 신춘가작」에서 이기영이 「맥추」, 「비」, 「추도회」, 「나무꾼」 등 네 편을 동시에 발표하였음을 상기시키면서 작품 수준을 「맥추」, 「나무꾼」, 「비」와 「추도회」 순으로 놓았다. 이기영의 과거의 작품들이 "작풍과 이상이 무중에 가리워서 쓸데없이 평자들의 의혹을 샀던 구태"가 「맥추」에서도 그대로 발휘되었다고 지적하면서도 "농촌의 지주와 소작인 사이에 집단적 행동과 주관적 강조의 열열한 언담과 연설과 해학적 조소가 민촌의 면목을 일신하게 한 듯하다"라든가 "예전에 볼 수 없는 침착과 인간적 본질의 탐색의 동구로 차저들어가는 것은 씨의 문학에 대한 발달을 표명하는 것"과 같이 긍정평가하였다.[170)]

「사실주의의 재인식」이란 평론에서 임화는 이원조가 「산모」를 칭찬하고 김용제가 「맥추」를 들어 리얼리즘의 표본처럼 천거한 것에 이의를 제기했다. "민촌의 '산모'에서는 빈곤의 단순한 기술이외에 아무것도 볼 수 없으며 '맥추'는 '서화', '고향' 등과는 비교될 수도 없는 평판한 리얼리즘과 형해화한 공식주의의 모티브 외에 새로운 아무 것도 없었다" 고 하면서 "갈수록 저하해가는 경향문학 가운데서 이 작품들이 상대적으로 기분간 과거의 면영을 전하고 있었다는 것 이외에 다른 것은 없었을 것"[171)]이라고 부분긍정하였다.

소박한 리얼리즘에의 후퇴

『어머니』[172]는 장편소설로, 여주인공 인숙이 삶의 진실을 찾아가는 과정을 그리는 데 역점을 둔 것이다. 『어머니』에서 인숙이 창규를 만나 버림을 받고 딸 진영을 낳아 남의 집에 주고 난 후 아들 덕근을 키우면서 고생하는 모습은 인숙의 입장에서 보면 성장소설의 가능성을 여는 것이 되지만 창규를 주요인물로 볼 경우 사기꾼소설이 된다. 인숙은 아들 덕근이 은행에 취직하여 개성지점으로 옮기고 난 후에도 삯바느질을 계속한다. "진리는 성경 책 속에 잇는 것이 아니라 실로 산 사람의 일상생활 속에 잇지 안은가? 그리고 그것은 근로인의 생활에 잇지 안은가?—"[173]라고 한 데서 이기영의 사상을 엿볼 수 있다. 진리는 근로인의 생활에 있다고 한 이기영의 사상은 1930년대 소설에서 반복해서 나타나고 있다. 어머니가 가을에는 인삼공장을 다니고 봄과 여름에는 세바느질을 다니자 아들 덕근은 창피하니 육체노동을 하지 말라고 하나 어머니는 끝내 말을 듣지 않는다.

실행이 업는 생각은 공상이다! 아모리 고상한 진리라 할지라도 공상만 하고 잇는 것은 자기기만(自己欺滿)이 아닌가? 옛말에도 알고서 행하지 못하는 것은 도리혀 모르는 것만 갓지 못하다하엿다. 웨 그러냐하면 모르고 못하는 사람에게는 차라리 우직(愚直)한 맛이나 잇다. 그러나 알고 안하는 사람은 생쥐가티 얄은 생각으로 자기의 양심을 속여가며 위선적 생활을 합리화하기 때문이다. 그러한 폐단은 지식계급에게 가장 만타![174]

참으로 모친의 생활력은 왕성한 것으로 그려지고 있다. 모친은 '생활은 투쟁' 이란 명제를 몸소 체득한 것처럼 보였다. 이기영의 사상은 작중인물 옥영과 덕근을 통해 나타나기도 한다. 옥영은 무료병원 설립계획을 갖는데 덕근은 이를 적극적으로 도와줄 계획을 지니고 있다. 아들로부터 이런 계획을 들은 인숙은 탁아소를 만들어보겠다는 대책을 세우게 된다. 작가는 인숙을 고난을 거쳐 진실한 생활을 얻고자 노력해온 존재로 묘사하여 인숙을 부인향상회에 가입하게 한다. 인숙은 부인향상회에 가서 연사로부터 미신타파론을 접한다. 서울 사람들은 무당을 좋아한다는 비판을 듣기도 하였고 정감록 · 보천교 · 백백교 등과 같은 사교를 비판하는 소리를 듣게 된다. 연사는 미신을 폭넓게 해석하여 동양적 숙명론을 부정하기에 이른다.

여러분! 미신은 다만 무당이니 핀수에게, 굿구리를 하고 점을 치는 것만이 아닙니다. 그런짓은 하지안코 비록, 문

> 화주택에서 신식 살림을 하며 혀꼬부러진 말을 하고 시대의 첨단을 것는 모던 청년남녀라도 그의 인생관이 케케 묵어서, 동양적의 허름한 숙명관에 붓들려잇든지 그러치안흐면 무엇이나, 소극적인 인생관에 붓들려서 자기 한몸둥이나 편하게 잘 살자는 향락주의자로서, 경박한 현실의 행복을 추구하는 자들은 모두 미신에 사로잡힌 가련한 사람들이라 할것이올시다.[175]

이기영은 작중의 강연자를 통해 "미신을 타파하기 위해서는 과학의 생활화가 필요하다"고 했다. 1920년대에 이어 1930년대에도 기독교 비판을 계속해온 이기영은 『어머니』에서 처음으로 샤머니즘 비판을 꾀했다. 윤옥영과 전덕근은 가깝기도 하거니와 학교 다닐 때 학생사건에 관련되어 옥고를 치른 공통점을 지니고 있다. 덕근이는 나이도 어리고 혐의도 박약하여 거의 일삭이 가까워서 무사히 나왔다. 친구 명준 · 대선과 이야기를 나누는 자리에서 니힐리스트, 사닌이즘 등의 사조가 흘러나온다. 니힐리즘과 사닌이즘은 젊은 시절 이기영이 실제로 품고 있었던 사상이다.

뿐만 아니라 이기영은 당시의 황금광의 분위기를 잘 전달하고 있다. 공원에는 한동안 토지매매에 미친 사람들로 들끓더니 지금은 금광으로 온통 공원 안이 시끄럽다.

> 아모개가 광부로 쪼처다니다가 남이 내버린 금광을 파가지고 별안간 수백만원의 금광왕이 되엿다는 말은 시굴구석구석까지 소문이 도러서 금이 어떠케 생긴지도 모르는 사람들이 금광을 발견하랴고 산으로 헤매는거나 금들을 캐가지고 서울로 올라오는 축에, 남이 내버린 금광만 차저 다니는 축에 으중이 뜨중이가 마치 황금광(黃金狂)시대를 연출하고 잇다. (……) 지금도 그들의 말을 드러보면 조선사람은 금광과 미두박게 할것이 업다는 것이엿다.[176]

앞에서 인용한 부인향상회 연설 내용이나 위에서 제시된 공원의 분위기는 『어머니』가 1930년대 풍속에 대한 자료를 제공하고 있다는 증거가 된다.

「人情」[177]은 가난하고 밑바닥에 있는 사람들이 그나마 최소한의 인정을 가지고 있다는 이야기를 들려주고 있다. 작년 여름 감옥에 같이 있었던 한수와 노랑이가 서로 도와주는 장면들을 설정하고 있다. 노랑이가 돈을 초개같이 여기는 태도가 돋보인다. 한수는 그동안 교양을 쌓아왔고 나이도 들었지만 "위험을 무릅쓰고 자기를 희생하기는 고사하고 같은 일자리에 서잇든 동무에게 그의 십분지일 백분지일이나마 우정과 인정을 베푸러 본일이 잇섯든가"[178]와 같이 어려운 친구에게 제대로 도움을 주었는지 자문하게 된다. 한수가 자기

성찰하는 대목은 1년 전에 나온 『인간수업』의 연장선에 올려 놓고 볼 수 있다.

「産母」[179]는 나무 배달꾼인 남편이 겨울이 따뜻하여 장작이 팔리지 않아 벌이가 없게 되자 집세를 제대로 못 내는 데서 시작된다. 임신 중인 아내는 십 년째 셋방 신세를 벗어나지 못하는 남편을 비웃는다. 남편은 사십 평생을 시골로 서울로 처자를 끌고 돌아다니며 가난과 싸워왔으나 헤어나지 못한다. 남편이 나간 사이 아내는 주인 마나님이 며느리 산달과 겹친다는 이유로 집세 못 내면 나가라고 하자 세 아이와 함께 사직공원으로 쫓겨나온다. 진통이 와서 병원을 서너 군데 갔으나 돈이 없어 보여 가는 데마다 퇴짜 맞게 되자 다시 공원으로 돌아가 아기를 낳게 된다. 모처럼 일이 많아 1원 30전이나 번 남편은 집에 돌아갔다가 자기네 세간이 다 나와 있고 사람은 없는 것을 보고 사직공원으로 달려간다. 거기서 사람들이 아기를 받고 국밥을 먹이고 불을 피워 보호해주는 것을 목격한다. 남편은 집에 와 안방에서 울려나오는 찬송가 소리를 듣자 역증을 느끼게 된다. 이 소설은 가진 자의 비인간적 태도와 못 가진 자의 인정어린 태도를 대비하고 있다. 보기에 따라서는 소박한 인정담에서 더 나가지 못한 것일 수 있다. 가진 자들이 기독교를 내세워 인간미가 있는 척하는 것에 반감을 표시한 것은 남편의 몫이기도 하고 작가의 몫이기도 하다.

「돈」[180]은 소설가소설이다. 아내는 소설가인 남편을 우습게 본다. 이야기꾼보다 소설가를 더 우습게 볼 정도다. 소설 원고료로 겨우겨우 사는데 세 아이 중 갓난아기가 단독에 걸렸다는 것은 이기영의 전기적 사실과 일치한다. 화자가 "경구가 돈 벌 수 있는 재주는 딱 세 가지였다. 전당질, 동무들 주머니 털어 푼돈 얻어 오기, 궁상맞은 소설을 써서 돈 십원 원고료 받아 오기 등이었다"[181]와 같이 털어놓은 것은 작가 자신의 고백에 가깝다. 아기를 치료하던 도중에 이번에는 큰애 순철이가 눈이 잘 안 보여 급하게 치료하다 보니 돈이 없어 아기 치료를 중단하고 만다. 결국 아기는 죽고 만다. 경구는 장례비 벌기 위해 소설을 썼으나 5원을 동정금 조로 받는다. 이기영의 삶의 내용을 그대로 옮겨놓은 점에서 자전적 소설·소설가소설·빈궁소설이다. 오죽하면 소설 제목도 '돈'으로 붙였으랴.

이기영은 「비평과 작품에 대하여」[182]에서 당시 문단의 동면현상의 원인을 다각도로 분석했으나 분명한 타개책은 제시하지 못했고 평가와 작가의 대립이라는 문단의 숙제에 대해서는 작가와 평자는 유기적 관계와 보좌적 역할을 명심해야 한다는 원칙론을 강조하고 일부 작가와 평자의 반목현상을 지적하는 것도 잊지 않았다. 이기영은 평론가에게는 냉정하고 예리하고 거울같이 맑은 필봉과 과학적인 작품 분석의 태도를 요구했고 작가들에게는 뜨거운 하트, 감정의 도가니, 창작적 열정을 요구하였다. 「작가와 비평가의 변」[183]에서는 최근 비평가와 작가 간에 여러 가지로 반목하는 현상이 있음을 지적하는 것에서 시작하였다. 작가측 대표로 나선 이태준은 이태준대로 "인격존중 비평을 대망한다"고 하였고 이기영은 작가와 비평가 사이의 숙명적인 유기적 관계를 다시 한 번 환기시켰다. 기자가 이러한 이기영의 태도가 혹 무사주의라든가 팔방미인주의인 듯싶어 다시 질문했더니 이기영은 작가로서는 "예술적 양심과 진보적 문학에 대한 태도"가 불변의 태도라고 하였다. 그러나 이기영은 작가들은 이데올로기의 포회를 불변의 태도로 삼으면서도 감흥과 분위기에 따라 다소 변화가 있을 수 있다고 하였다.

「노루」[184]의 원인적 사건은 최참사 아들 학호가 도쿄 유학 마치고 와 수렵에 재미를 붙여 사냥하던 중 쏜 총에 나무꾼 김원백이 맞아 중상을 입은 사건으로 볼 수 있다. 학호는 오락사업을 찾은 끝에 마짱에 열중하다가 사냥에 빠졌던 참이다. 원백은 산전을 파서 감자농사로 근근이 끼니를 이어가면서 가을철부터 그 이듬해까지 나무를 해다가 팔아먹고 사는 농민이었다. 학호는 원백이 입은 옷을 짐승으로 오인하고 총을 쏜 것이다. 학호는 원백에게 책임을 전가하고 오십 원을 준다. 마을사람들은 총잡이가 최참사 아들 학호라는 말에 아무 소리 못한다. 오십 원을 받은 원백은 다시는 나무를 할 수 없게 되었지만 밭뙈야지를 사고 여유가 생긴 것은 나쁘게 생각하지 않는다. 이 소설은 원백의 친구 순익이 원백의 처지를 부러워하고 일부러 누르끄름한 흔털벙이를 입고 산으로 올라갔으나 학호는 다시 총을 잡지 않아 순익의 계획이 수포로 돌아간 것으로 끝을 낸다. 이기영은 부자의 횡포를 가장 크게 문제 삼았지만 가난한 사람들의 눈물겨운 희극적 선택도 문제 삼은 것이다.

「신개지」는 『동아일보』에 1938년 1월 19일~9월 8일에 연재되었다. 이 소설은 1943년에 세창서관에서 단행본으로 발간되었다. 『신개지』는 하감역이 유구성 집안 토지를 매입하고 강윤수가 돌아오는 것을 그린 '장날', 윤수의 약혼녀 금향(본명 순남)이 기생으로 된 내력과 윤수가 감옥에 가게 된 이유를 밝힌 '서울', 하감역의 둘째 아들과 유경준의 딸이 결혼하기까지의 과정을 그린 '두 가정', 하상오가 순점과 정을 통해 경후가 태어나는 비밀을 밝힌 '얼크러진 실마리', 금향이 고향에 가고 싶어하는 몸부림을 보여준 '상사일념', 금점판에 투자했다가 망한 아버지 유경준의 요청을 받아 도와주다가 들통이 나 숙근이 곤욕을 치르는 모습을 그린 '파멸', 유경준—유숙근 부녀의 내통을 크게 문제 삼아 하감역이 윤수 남매를 야단치는 사건을 그린 '쇠사슬', 월숙과 윤수의 낚시터에서의 첫 대면을 그린 '낚시질', 친정아버지의 파탈에 못마땅해하는 시아버지 하감역으로부터 쫓겨난 숙근이 투신자살했다가 윤수로부터 구제되는 이야기를 들려준 '시집살이', 마을 농민들의 개간공사 참여, 순남과 윤수의 만남, 경후의 출생 비밀에 대한 월숙의 폭로, 월숙의 제안 수용, 윤수와 월숙의 개간사업 등을 엮은 '개간공사', 윤수와 월숙의 관계를 보고 실망하여 금향이 만주로 떠나가는 과정을 그린 '월강관', 월숙이 자기 생활에 눈을 뜨고 윤수는 열심히 일하는 '신개지' 등과 같은 장절로 구성되어 있다.

사랑하는 사이요 뜻을 같이하는 동지 사이가 된 강윤수와 하월숙의 입장에서 보면 『신개지』는 성장소설이 된다. 『신개지』의 성장소설로서의 성격은 하상오의 출세담과 유경준의 몰락담이 교차하는 시대소설적인 성격을 배경으로 하고 있다.

달내골의 최대 부자 하감역은 처음부터 지주였고 재산가가 아니었다. 원래 장돌뱅이였던 그는 이 장 저 장을 부지런히 돌아다니다가 생강장사 · 참빗장사도 해보았고 매일 사오십리씩 걷다가 달내장에 들어와 정착하여 차차 장사가 커지게 되었다. 그는 전라도와 서울 물건을 수입해다가 읍내장까지 들여 먹었다. 재산이 불일 듯 일어났다. 세상이 바뀌면서 하상오는 일약 상류층이 된 데 반해 전통적인 양반 집안이었던 유구성 집안은 몰락하고 말았다.

하감역은 "돈이 즉 양반이다. 과연 자기가 개화세상 덕으로 돈을 모아서 새 양반이 되었다면 순점이의 사생자가 자기 집안에 입적함으로써 역시 개화덕을 못 입을 건 무엇인가"(407쪽)고 생각한다. 이 속에는 자기반성이 들어 있다. 윤수는 윤수대로 노동자로서의 생활과 실천가로서의 생활을 겸하고 있다.

자기는 농민의 아들이다. 그전에는 대학생을 부러워하고 그래서 보교를 졸업한 후에 상급학교에 못가는 것을 한탄하였으나 지금은 그런 생각을 근본적으로 깨쳐 버렸다. 그는 도리어 실천을 떠난 지식은 비웃고 싶었다. 그러면 자기는 지금 비록 가난한 생활을 하며 날마다 품을 파는 노동자라 할지라도 그것은 조금도 남에게 부끄러울 것이 없고 마음에 거리낄 것이 없는 자족한 생활이었다.

마치 그것은 독신자 생활과 같다 할까?

그의 생활은 신자가 되기 전과 조금도 다른 바 없건마는 그의 마음은 믿음의 낙을 발견한 것과 같았다. 따라서 신자는 자기만 믿는 것으로 만족하지 않고 다른 사람에게 신앙을 전하고 싶듯이 그 역시 자기가 체험하는 심신의 여유를 주위의 사람들과 동화하고 싶었다.

그래 그는 야학으로 진흥회로, 동리 일이라면 좋은 일이거나 궂은 일이거나 발벗고 나서서 자기 일 보듯 꾀를 부리지 않고 진심을 열성을 다하고 보니 동리 사람들은 자연 그의 뒤를 따라가지 않을 수 없었고 그것은 은연중 하감역 집을 상대할 사람은 윤수 밖에 없을 것처럼 그의 인금이 나날이 커갔다.[185]

동리사람들은 윤수에게 큰 기대를 걸고 있다. 윤수와 뜻을 같이 하는 월숙은 윤수에게 개간사업하고 제방 쌓는 것도 중요하나 자기는 자기 집안의 "정신의 황무지를 개간해야 할 필요가 더 급하다"(416쪽)고 하였다.

『신개지』는 전형적인 농민상을 제시하고 있으며 선이 악을 누르는 모습을 보여주기도 한다. 『신개지』의 윤수는 『고향』의 김희준과 비슷하게 마을사람들의 신뢰를 받으며 야학 · 노동운동을 하고 있다. 『고향』에서의 김희준/안갑숙의 관계는 『신개지』에 오면 강윤수/하월숙의 관계로 재현되고 있다. 『신개지』가 『고향』이 내보였던 비판적 리얼리즘에서 후퇴하여 자연주의의 수준에서 벗어나지 못한 것과 마찬가지로 『신개지』의 강윤수 · 하월숙 · 하감역 등의 존재는 『고향』의 김희준 · 안갑숙 · 안승학 등에 비해 소극적이거나 미온적이다. 이기영은 「동경하는 여주인공」[186]에서 자신은 모친을 일찍 여의어 여성에게서는 모성애를 느낀다고 하면서 자신의 성격적인 결함을 여성에게 투사하여 이상화하는 버릇이 있는데, 이런 이상화된 인물의 대표적인 예로 『고향』의 안갑숙과 『신개지』의 금향과 하월숙을 들었다. 이기영은 여자에 대한 지식을 두 갈래로 나누어 "즉 일방에는 가공적인 이상화된 신여성이 있는가 하면(안갑숙) 일방에는 무지한 농촌여자의 추잡한 생활 속에 신음하는 구여성(이뿐이)이 있다"[187]고 하였다.

1938년 벽두에 한효는 「조선적 단편소설」에서 경향소설이 프로 소설로 발전하는 과정을 돌아보는 가운데 송영 · 이기영 · 김영팔 · 한설야 등의 작가들의 문학적 성과를 크게 평가하였으나 결론 부분에 가서는 조선 사실주의의 정통적 본연이던 구카프 작가들이 최근에 몰락상을 보인다고 지적하면서 "이기영, 송영, 윤기정, 박영희 등의 제작에 표현된 신비주의적 경향과 ××감쇄의 형상성은 그들 자신의 작가적 감정의 부절한 ××동요과 회피의 편견 등의 혼합에서 배태된 진부의 카니발이다. 이것이 오늘의 ××와 체관에 침윤된 그들의 순간적? 실로 순간적? 정신적 안일의 표상"[188]이라고 하였다. 이 평론에서는 '진부의 카니발'과 '정신적 안일'이 촌철의 기능을 보이고 있다.

안함광은 「조선문학의 현대적 상모」에서 다음과 같이 이기영 문학이 『고향』 이후 더 이상 상승의 기운을 보이지 못하고 있다고 하였다.

> 새로운 리얼리즘의 슬로건, 전체를 포함하라(!)는 규호는 어처구니없게도 우리네 작단에 있어서는 일상적 제목에로의 문학적 전략을 결과하였고 따라서 그 주제는 시민적 상식의 범주를 초월하는 것이 되지는 못하였다. 이는 『고향』의 작가 민촌 이기영씨에 있어서도 예외적일 수는 없다. 물론 씨의 작품에는 대상에로 향하여지는 바 비판정신이 균형을 벗고 또 사고과정에 여유가 있어 때로 '사회의 악'을 풍자와 해학으로 긍경하는 바 있다. 뿐만 아니라 씨의 작품에는 정예로운 색채가 적은 데 비하여 그 통찰력은 일층 광대하고 인생에 대한 통찰력은 보담 침중한 맛이 있음을 규지할 수가 있다. 그러나 이는 씨의 초기작에 대한 진보일 뿐으로 결코 『고향』을 분수령으로 한 지점에서의 상승을 의미하는 것은 아니다.[189]

「慘敗者」[190]에는 현실적응에 실패한 세 젊은이가 등장한다. 이중에서도 주인공 윤호는 은행을 그만두게 되자 광부로 전신한 끝에 광주가 된다. 그는 전주에게 공동경영을 제의하여 자본과 기술의 협조를 꾀한다. 그러나 자본과 기술의 협조가 제대로 이루어지지 않아 광산 경영이 어렵게 되자 광부들은 품삯을 당장 내어놓으라고 집단행동을 한다. 윤호는 버티다 못해 광산을 정리하고 채구를 정리한다. 윤호는 광산을 떠나오면서 친구에게 전보를 친다. 사업 실패의 원인을 더듬는 자리에서 남의 밑에 있지 못하는 윤호의 기질도 문제 삼은 것은 이기영이 개인에게도 무게를 두었다는 표시가 된다.

「설」[191]은 이기영 소설에서는 보기 드문 전향소설이다. 주인공 경훈이 감옥에 갔다왔다는 사실조차 흐릿하게 드러나 있다. 경훈이 감옥에 가 있는 오년 동안 부인은 부인대로 안해본 장사가 없고 딸 창희는 창희대로 고무신 공장에 다니면서 살림도 도맡다시피 하였다.

기달리든 그날에 경훈이가 도라 왔다.

그러나 그는 병이 잔뜩 드러왔다. 설사 신병이 없다한들 경훈의 신분으로서는 할 일이 별로 없었다. 더욱 몸까지 건강치가 못하고 보니 그야말로 놀고 먹을 팔자 밖에 안된다. 그렇다고 놀수는 없는 사정이다.

불과 오륙년간에 시대는 무척 변해젓다. 그전에 자기와 한일자리에 섰든 사람들은 제가금 칠영팔락(七零八落)으로 딴 세상을 헤매여 산다. 급박한 정세는 그들로 하야금 생활의 밑바닥을 뚫고 드러가게 한 모양이다. 이군과 오군은 명치정 미두 시장을 쫓어단니고 김군은 광산 브로카로 소문이 나고 최군은 미곡 신판상을 경영하고 박영감은 토지중매를 하여서 개중에는 돈냥이나 뫃은 사람까지 있다 한다.[192)]

아버지 경훈이 감옥에서 나오자 딸 창희는 공장을 그만두고 학교에 가겠다고 한다. 이에 경훈은 공부는 학교공부보다 사람공부가 더 중요하다, 공장에 다니는 직공생활도 훌륭한 공부다, 일을 하되 남에게 도움되는 일을 해야 한다, 학문이란 "생산사업과 정신사업을 위해서 인류의 문화를 향상시키고 만인의 행복을 증진시키자는데 직접간접으로 도움이 되어야만 학문의 가치가 있는 법"(271쪽)이라고 가르친다. 마침내 경훈은 광산쟁이로 뛰어든다. 광산 일이 잘 되지도 않지만 그는 자기반성과 양심의 가책에서 헤어나지 못한다.

그리는대로 그는 자기반성과 양심의 가책과 아울러 또한 시대와 자기를 미워하는 증오감에 박차서 견딜수 없었다.

타락! 그것은 수영하는 사람이 물에 빠진 것보다도 무서운 일이었다. 우히려 물에 빠저 죽는사람은 가엽다고 동정할 수가 있지않은가?—그는 간홀적으로 우울을 뛰여 넘은 울분이 불덩이 처럼 치미러 올느고 로맨틱한 감정은 지구를 잡어 흔들고 싶었다.

경훈은 요지음에 각금 천냥만냥 패의 소굴같은 시내가 싫여서 문밖의 쓸쓸한 산ㅅ길을 치운줄도 모르고 혼저 걸을 때가 있었다. 그런때는 날이 저무러도—무작정하고 향방없이 청량리 숲속이나 한강 변두리를 허매였다. 어느때는 ××× 공동묘지에 올라서서 묵묵히 고총을 내려다 보며 하물랫트와같이 명상에 잠겨 있기도 한다. 그는 요새 먹을 줄도 모르는 술을 한잔씩 두잔씩 마시기도 한다. 그전에는 남까지 못먹게하든 술을 자진해서 먹기 시작했다—193)

이 소설에서 주목할 것은 경훈의 어린 아들 창준이 일본어로 된 창가를 부른 것을 인용한 것과 조선총독부가 구정을 쇠지 못하게 한 것을 밝혀놓은 것이다. 공장은 공장대로 학교는 학교대로 설날에도 출근하고 등교하라고 하였다. 그런데 작가는 공장이 직공들에게 설날에도 출근하라고 한 것은 직공이 공장들에게 노자협조하는 것이라고 긍정적으로 보았다. 이전의 소설에서 회사나 공장주를 일방적으로 비난했던 태도를 누그러뜨려 직공과 회사가 가까워지는 방안을 제시하고 있다. 이 소설을 이끌고 가는 것은 왕년 주의자의 방황 모티프와 금광 투신 모티프다.

「대장깐」[194]은 대조적인 인물 설정의 방법을 쓰고 있다. 가난하고 무식하지만 대장장이를 천직으로 알아 온 주인공 사천이 힘 기울여 공부시킨 처남은 학생사건으로 희생당하고 3년 동안 옥살이를 하고 나온다. 사천은 자기가 살던 집을 처남에게 주고 서울로 온다. 안집 주인 김성환은 딸 셋을 낳고 나서 아들을 낳았으나 평소 여러 여자와 관계하다가 임질 매독에 걸려 아들이 눈을 못 뜨자 대장장이 때문에 부정탔다고 한다. 아기가 눈 못 뜨는 원인이 아비의 임질 매독에 있음이 밝혀질 때까지 안집과 셋방은 계속 대립하였다. 그럼에도 사천은 안집 주인 생일날 식칼을 갈아주는 아량을 보이기도 한다. 대장장이 사천은 가난하고 배우지 못한 것만 결함일 뿐 관용의 태도를 보이고 선행을 하는 면에서는 웬만한 사람보다 나은 것으로 그려지고 있다. 이기영은 인격은 가난하고 미천한 것과는 별 관계가 없음을 강조하고 있다.

「慾魔」[195]는 부잣집 아들의 셋째 첩인 서울집이 잔꾀를 부리다가 나중에 봉변당한다는 이야기를 들려주고 있다. 여학생 첩인 서울집은 남편 김호기가 원인이 되어 아기를 낳지 못하자 옛 애인 경훈을 찾아가 임신하게 되었고 아기를 낳자 남편 김호기 아들로 입적시킨다. 아기를 낳고 3년 동안 소식이 없자 경훈은 혜옥에게 도망가자고 제의한다. 경훈은 돈이 제일이라고 거듭 주장하는 혜옥의 본심과 속셈을 알아차리게 된다. 혜옥이 진짜로 노리는 것은 경훈과의 사랑이 아니고 김가의 재산이다. 마침내 경훈은 이 소설의 끝부분에 가서 경찰서에 고발하여 아들을 찾을 생각을 하게 된다. 『야담』이란 잡지에 걸맞은 통속적인 내용의 이야기다.

이기영은 「조선은 말의 처녀지—말의 발굴이 임무」[196]에서 언어는 인격의 표현이라는 명제를 재확인하며 문학에서 언어의 중요성을 강조했다. 「문학자와 교육자—인격문제를 중심으로」[197]에서는 문학자의 인격이 문학을 빛내듯이 교육자도 인격을 빛내는 데 힘써야 한다고 했다. 이기영의 「창작의 이론과 실제」[198]는 소재, 전통, 모델과 풍자소설, 묘사의 대담성 등 여러 가지 문제를 논하였다. 어떤 소설을 쓰든 작가의 직접체험이 가장 중요한 것임을 거듭 강조하였다. 농촌소설을 예로 들면서 좋은 소설을 쓰려면 농촌을 세밀히 관찰해야 하고, 농업에 대한 지식을 풍부하게 갖추어야 하고, 창작에 필요한 재료를 모아야 한다고 하였다. 다음과 같이 맹목적인 재현론을 부정한 것은 눈여겨볼 만하다.

작가는 현실에서 이상을 찾아내는 역할을 가졌다고 볼 수 있다. 그것은 마치 탐광가(探鑛家)가 광맥을 발견하는 기술과 같다 할까. 누구나 주지하는 바와 같이 문학은 현실을 그대로 사진 박듯 재현하는 것은 아니다. 그것은 현실의 저수지에서 문학적 소재로 선택하는 동시에 그것은 다시 예술적 도가니(기와) 속에서 가공해 나온 재생산품이 아니고는 아니된다.[199]

좋은 작가의 조건으로 직접·간접적 사회생활의 광범한 경험, 세계인식의 투철한 형안, 작가적 기술 등을 묶었다. 이기영은 의외로 작가적 기술에다 무게를 두었다. 톨스토이와 발자크를 예로 들면서 "작가적 수완이 우수한 작가는 진부한 세계관을 가졌으면서도 훌륭한 작품을 생산할 수 있다"는 점을 입증했다. 「창작의 이론과 실제」는 흔히 풍자소설이라고 하는 『인간수업』을 연재한 지 얼마 되지 않아 나온 것이다. 이기영은 자신이 풍자소설이나 모델소설을 시험해본 적이 있다고 하면서 "마치 수영할 줄 모르는 사람이 서투른 헤엄을 치다가 물에 빠지 듯이 풍자에 빠지면 그만이다"[200]라는 비유적 표현을 쓰면서 풍자를 활용하되 온통 거기에 매몰되어서는 안 된다고 경고했다. 이기영의 논리를 확대하면 풍자는 목표는 될 수 없다는 것이다. 풍자가 주는 웃음에 빠져버린다면 고매한 문학정신은 살려내지 못한 채 통속적 웃음거리로 떨어진다는 것이다. 이기영은 실패작의 원인의 하나로 묘사의 대담성의 부족을 들었다. 그는 묘사의 대담성의 효과를 "호랑이 굴에 들어가야 호랑이 새끼를 잡을 수 있다"

는 속담으로 요약했다. 이는 19세기류의 리얼리즘의 한계를 지적한 것이라고 할 수 있으며 그러한 수준에 머물고 만 자신을 반성한 것이라고 할 수 있다.

「예술적 탐광가」[201]에서는 하나의 장편소설이 만들어지는 과정을 건축에 비유하는 경우가 많으나 글을 써내려가다 보면 처음에 설계했던 대로 되지 않는 경우가 많은 만큼 노다지를 바라고 덤비는 탐광가로 비유하는 것이 낫다고 하였다. 작품의 광맥, 즉 주제를 찾으려고 쉴새없이 여기저기 파헤치는 고민과 시도와 끈기를 가져야 한다는 것이다.[202] 이 글은 좋은 작품을 쓰기 위한 구체적 과정을 논한 것이거니와 이기영은 이와 비슷한 시기에 「인간과 기술자」[203]란 짧은 글을 쓴 바 있다. 그는 기술적으로 능한데 인간적으로는 질이 악한 사람과 투철한 기술은 없는 대신 인간은 좋은 사람 중 누가 나은가 하는 질문을 던지면서 두 경우의 인간의 장단점을 파헤친 다음, 재덕을 겸비한 것이 최상이기는 하지만 이런 사람은 흔치 않다고 하였다.[204] 바로 이기영은 재덕을 겸비한 인물을 지향하고 있었던 것이 아닐까. "상인도에 있어서 신용이 제일이라면 문인도에 있어서는 신념이 제일일 것"이라고 대비하면서 생명을 내걸고 노력한다면 상인도와 문인도는 만날 수 있을 것이리고 한 「문인도와 상인도」[205]도 위의 글들과 연결지어볼 만하다. 이기영은 「병후 여담—인간과 창조」[206]에서 창조정신은 인간이 공통으로 받은 천품으로, 창조정신이 없으면 예술이나 학문의 발달은 어렵다고 하였다. 1939년 2월 11일자 『동아일보』에서는 「병후 여담—건강유감」을 발표하여 건강의 중요성을 일깨워주었다. 이해 8월 18일에 이기영이 나진행 급행차를 타고 두만강을 건너 만주로 들어가 근 한 달 동안 보고 듣고 느낀 바를 적은 「대지의 아들을 찾아」[207]는 '풍토', '생활상태', '소작관계', '부동성', '안전농촌', '자작농'과 같은 소제목으로 구성되어 있다. 이기영은 부동성에 걸린 사람들이 만주에 많이 들어오는 현실에 특별히 주목하였다. 만주에서는 걸핏하면 "여기가 어딘 줄 아니? 여기는 만주다"와 같은 말들을 많이 하는데 이 말은 만주에서는 무슨 짓을 해도 좋으니 너는 상관하지 말라는 뜻이라고 한다. 마치 금점꾼처럼 오늘은 충청도 내일은 함경도 하는 식으로 일확천금을 꿈꾸며 만주벌판을 헤매는 사람들이 많다는 것이다. 「만주와 농민문학」[208]에서는 조선인들이 수전 개발에 성공하여 만주 도처에 문전옥토가 들어서게 된 것은 기적이라고 했다. 그러면서 과거에 만주를 개척하기 위해 이주해온 조선인들을 떠올리며 "사정은 일변하여, 이제는 그들도 낙토를 건설하려는 개척민으로 등장하게 되었으나, 왕사를 회고하면 다시금 감구지회가 없지 않다 하겠다"[209]고 착잡한 심정을 드러내었다. 이기영은 '만

주소감'이란 부제가 붙어 있는 「국경의 도문」에서 원산 · 성진 · 회령 · 도문으로 가는 기차의 차창 밖 풍경을 스케치하면서 특히 도문의 발전상과 만주의 풍장의 한 모습을 그리는 데 역점을 두었다.[210)]

김남천은 「작금의 신문소설」에서 이기영은 체질에 맞지 않는 신문 연재소설인 『어머니』를 쓰느라고 고전하고 있다고 하였고 『동아일보』에 연재하는 『신개지』에서는 본래의 모습으로 돌아오고 있다고 하였다. 그러면서도 다음과 같이 『신개지』를 비판하는 것을 억제하지는 않았다.

> 한 가지 이곳에선 경향문학 당시의 유물인 집단묘사가 소설구성을 해체하고 있다는 점만 들어서 말해보고 싶다. 『고향』도 집단묘사라면 집단묘사인데 이것이 구성의 골격을 상실치 않은 것은 그 소설을 관류하는 사상적인 색채에 의한 것이었으나, 『신개지』는 이 사상이 없고 그대로 집단이 개(個)와 사회와의 빈틈없는 성찰에서 그려지지 않았기 때문에 구성이 몹시 흐려지는 성(盛)이생기게 된 것이라고 생각한다. 프로 문학 당시 집단묘사라는 걸 감히 제창하고 실천해 보았는데 이것을 재검토하고 이 재검토를 갖고 장편소설 개조론을 고려할 필요가 있다고 생각하였다.[211)]

안함광은 「문단시평」에서 당시의 문학에 대해 "문학의 인식적 의의가 전연 잠적되어 있거나 또는 지극히 애매화된 탓으로 탐구력 없는 관찰, 비판 없는 묘사, 박진력 없는 설화 등에 의하여 특색되어져 있다는 것만은 사실"이라고 하면서 "일인일파적인 분화현상"을 특기하며 그런대로 작가들이 여러 가지 구체적 상모를 지니고 있다고 하였다.

> 가령 추악한 인생과 대비된 자연에로의 사랑(이효석)과 휴맨의 혈대(血帶)(유진오), 구심에서 원심에로의 전환(김남천), 전체를 관류하는 안이성(엄흥섭), 순수예술의 경지(안회남, 박태원), 세태물(채만식), 이성적 구성의 세계(한설야), 교양소설의 경지(이기영) 등—실로 다채한 세계의 전개가 있다.[212]

안함광의 종합에의 의지와 날카로운 분류행위가 엿보이는 대목이다. 안함광은 이기영을 교양소설의 작가로 다소 높게 평가하고 있다.

유진오는 1939년에 들어서자마자 「이기영씨의 인상」이라는 회고담을 쓴 바 있다. 유진오가 이기영을 처음 만난 것은 10년 전 재동 네거리 조선지광사 2층에서였다. 그때 『조선지광』은 유진오가 원고를 써서 보내기만 하면 실어주었던 때였다. 후배작가인 유진오를 대하는 태도는 오만한 것도 아니지만 호의적인 것도 아니었다. 세상에서는 그를 샌님이라고 불렀다. 그러나 이기영은 "겉은 물과 같이 조용하나 속에서는 파도와 정열이 들끓는, 그야말로 엉뚱한 샌님"이었다. 『고향』을 써가지고 온 직후에 길에서 우연히 만났을 때도 그는 남의 말하듯 아무런 자부도 보여주지 않았다고 한다. 유진오는 조선문단에서 가장 신념이 굳고 지조가 강한 사람을 고르라고 한다면 주저없이 이기영을 택하겠노라고 하였다.[213)]

「陣痛期」[214)]에는 연재소설이란 이름이 붙어 있으나 실제로는 미완의 소설이다. 처음에는 장편소설로 쓰려고 했으나 중편소설도 안 되는 분량으로 끝나고 말았다. 게다가 전체 길이에 비해 이야기는 간단하고 작은 편이다. 이야기는 새말에서 마름을 하며 여자관계가 복잡한 김동호가 서울 사는 본처 유경에게 오후 일곱 시 차로 올라온다는 편지를 보낸 데서 시작된다. 원래 김동호는 서울 다방골 사는 정부자집 전장마름이다. 이기영은 봄에서 여름까지 굶기가 일쑤고 송장버섯을 따다가 먹고 일가족이 죽었다는 사건과 작인들 여편네들이 마름댁 비위를 맞추기 위해 모두 돌잔치 준비하는 것을 대비시키고 있다. 유경과 하숙생 정원택 사이의 대화 속에는 "그저 말뿐으로만 그러지 행실은 아주 낫분 사람이 많단 말이야"와 같은 기독교 신자와 기독교 교역자에 대한 비난을 꾀하고 있다.

옷 사가지고 온 김동호에게 추옥이 애교 떠는 모습과 돌잔치 광경이 지나치게 세부묘사되고 있다. 세출이 돌날에는 상사회사의 지배인, 은행의 지점장, 인근 동네의 제일 큰 요릿집 주인, 기생들까지 온다. 「진통기」는 마름의 첩질, 마름의 위세, 작인들의 굴종적 태도 등을 묘사하여 강자의 부도덕과 약자의 나약함을 극명하게 대조시키는 효과를 갖는다. 마름 김동호의 첩질은 『고향』의 안승학을 떠올리게 한다.

「苗木」[215]은 인쇄공을 하는 가장의 집에 금광 아저씨, 시골 아저씨가 군식구로 붙어살면서 공부방에서 쫓겨난 영수가 엄마에게 봉건사상 갖지 말라고 대드는 것에서 시작한다. 이 두 사람은 가난한 영수네 집에 달라붙어서 술도 정종만 먹고 담배도 피죤만 피우겠다는 태도를 보인다. 금광 아저씨는 늘 큰소리 탕탕치고 밤낮 바쁜 척하지만 정작 돈 한 푼 벌어오지 못한다. 밥은 굶어도 옷 모양은 내고 다니려 한다. 영수는 시골 아저씨는 무위무능으로, 금광 아저씨는 무사분주로 파악한다. 영수는 어머니에게 정신 못 차린 두 사람을 거두어주는 것이 중요하냐 아들 딸 공부방 주는 것이 중요하냐고 따진다. 어머니를 통해 이 이야기를 들은 아버지는 자기네가 재래습관에 젖은 봉건사상의 찌꺼기인 것을 잘 알면서도 또 두 사람을 잡초와 같은 존재라고 인정하면서도 "귀리를 뽑다가 곡식을 다치기 쉽다는 말"을 인용하며 새 시대를 타고 난 너희가 "잡초를 거름해서 묘목을 키울 수도 있는 것인 만큼 농부가 황무지를 겁내서야 살겠늬?"(258쪽)라고 한다. 그는 아버지 말을 듣고 두 사람을 인정하는 것은 아니지만 참기로 한다. 비루하고 못난 존재라도 거두어주어야 한다는 철학을 보인 점에서, 또 안정된 플롯을 보여준 점에서 「묘목」은 이기영 소설 중 수작에 해당된다.

「燧石」[216)]은 이기영 소설로서는 보기 드물게 1인칭 화자 주인공 시점을 취하였다. 사상범으로 감옥에 갔다온 것으로 암시되고 있는 '나'의 출옥 후의 생활을 그린 점에서 후일담 소설이라고 할 수 있다. '나'의 과거와 현재는 다음과 같이 연결되어 있다.

> 나는 두달 전에 박군의 소개로 그가 다니는 금융회사에 수금원으로 들어갔다. 내가 집에 돌아 와서, 아는 의사에게 치료를 받은 뒤로부터 누구보다도 제일 기뻐하기는 안해였다. 그는 나의 병이 낫는 기쁨도 물론 크겠지만 그보다도 병이 낫기만하면 어떠케든지 생활의 근거를 잡어 주리라는 그 기대가 더컸든 모양갔었다. 안해는 늘 말한다. 나보다 먼저 나온 박군은 금융회사에 취직을 해서 지금은

알토란처럼 오붓하게 잘 산다고.—가치 일하든 그런 이도 취직을 했은 즉 설마 당신인들 못할 게 뭐 있겠소.[217)]

'나' 보다 감옥에서 먼저 나오고, 또 옛날에는 "가치 일하였으나" "인제는 그 전 마음을 버리구"만 박군은 이 금융회사에 먼저 들어와 사무원으로 일하고 '나' 는 집행을 나가 돈 못 갚는 사람의 집의 세간에 봉인을 부치는 일을 하였다. 취직하여 아내의 대접은 달라졌으나 '나' 는 회사를 가면 난쟁이가 된 기분이고 천대받는 느낌을 갖게 된다. 두 달 동안 실적도 올리지 못하고 고민만 하다가 동료 직원과 싸움을 벌이게 된다. 마침내 '나' 는 금융회사를 그만두고 학원 선생이 될 결심을 한다. 비록 한 달 30원 벌이밖에 안 되지만 '나' 는 나의 내면에 있는 교육자로서의 사명감을 확인하게 된다.

비록 생기는 것은 적다할 망정 천진난만한 어린애들을 상대해서 날 것을 생각하니 거기에서 새로운 정렬이 붓잡힐 것같기도 하다. 성냥대신 부싯돌을 치듯이, 교육자의 정렬! 그것은 시정배의 돈버리와는 다르지 않은가? 나는 그전에 선생질을 하찮게 보든 자신을 꾸짖었다.[218)]

이 작품은 다니던 회사에 사직원 내겠다고 하는 '나' 와 아내가 걱정 반 기대 반에 차 신경전을 벌이는 것으로 끝을 내고 있다. 앞부분의 긴장감 있는 분위기가 뒷부분에 가서는 계속 유지되지 못하고 있다.

「소부」[219]는 「귀농」[220]의 전편에 해당된다. 두 살 아래인 신랑과 조혼한 16, 7세의 상금과 구장의 아들 태수와의 이루어질 수 없는 사랑을 중심 사건으로 설정한 「소부」는 평범한 소설임에도 속편을 기약하게 되었다. 응백은 나무를 해오거나 장난질하는 데 정신 팔려 있다. 늘 응백을 깔보던 상금은 어느 날 평소 사모하던 태수에게 몸을 내준 이후로 태수를 좋아하게 된다. 태수와 상금의 대화가 지나치게 길게 처리된 것이 이 소설의 결함으로 남는다. 상금은 태수와 야반도주하기로 약속했으나 태수가 응하지 않는다. 그러고는 눈치 챈 시어머니로부터 반죽음할 정도로 맞았다. 이 소설은 상금이 실망하고 응백을 한심한 눈으로 바라보는 것으로 끝난다. 이기영은 작가 부기에서 다음 기회를 보아 속편을 쓸 생각이 있다고 하였지만 「소부」는 여기서 끝나고 말았다.

「권서방」[221]은 농민소설이기는 하나 대체로 빈궁문제를 다루는 당시 소설의 경향에서는 벗어나 있는 작품이다. 조실부모한 머슴 출신으로 데릴사위로 있고 주위에서 근농으로 소문난 권서방은 미인인 아내 음전이 산감 김신이의 작은내으로 가버리는 비극을 맞는다. 서울로 올라가서 다시 운송점에 취직한 김산이는 몸은 음전에게 와 있되 마음은 본처와 어머니에게 가 있다. 마침내 김산이는 시골로 몰래 도망친다. 음전은 삼청동 어느 소슬대문집에 안잠자기로 들어가 일 년 동안 십 원 정도 모아 시골로 가 아들을 만난다. 이 작품은 음전이 전남편 권서방이 저지난달에 횟병으로 죽었다는 소식을 듣는 것으로 끝나고 있다. 회한과 고민 끝에 음전은 두 아이의 엄마로만 살기로 결심하게 된다. 제목은 '권서방'으로 되어 있지만 실제 주인공은 음전이라고 할 수 있다.

「野生花」[222]는 대화체소설이다. 대화 장면이 길게 처리되어 있기도 하지만 '나의 고백'이라는 또 다른 제목이 있는 것처럼 한 인물이 다른 인물에게 하소연하는 형식으로 되어 있다. 금파라는 기생은 평론가 B선생이 쓴 '련애와 자유'라는 글을 읽고 찾아와 자기의 사랑이야기를 털어놓는다. 금파는 기생이 되어 5, 6년 지나자 먹고 살 걱정이 없을 정도로 돈을 모았으나 인생의 쓸쓸함을 이기지 못하다가 기생의 아들인 의대생을 사귀어 박사학위를 받을 때까지 학비를 대준다. 그런데 그 의대생은 평양에서 처자를 만나자 금파에게 돈 이백 원을 도로 내놓고 자기를 그만 단념하라고 한다. 금파는 스스로를 야생화라고 생각한다. 의대생은 처갓집 돈으로 병원을 신축하였다. B선생은 이번 일을 실연으로 보지 말고 비관하지 말라고 충고한다. 출세한 남자의 배신 모티프가 이끌어가고 있는 이 작품은 그리 높은 수준을 유지하고 있지 못하다.

「古物哲學」[223)]은 지식인소설이다. 주인공은 현저동 산꼭대기로 이사와 가난에 부대끼면서 이웃집 사람들과 서로 싸우고 볶으며 산다. 이 소설은 전반부를 주인공 긍재 내외가 안집 고부의 싸우는 소리를 듣는 데 할애하고 있다. 이 부분은 대화체로 되어 있다. '고물철학'이라는 이 소설의 표제는 후반부에 가서 해명된다. 주인공 긍재는 이렇듯 어거지나 쓰며 사는 현저동 사람들의 삶을 미망이라고 생각한다. 긍재는 지식인으로서 자기의 한계를 느끼면서 근본적인 자기반성에 이르게 된다.

그는 오늘날까지 자기 혼자 잘난체하며 비분강개하였다. 모든 사람의 어리석은 생활을 타매하였다. 그리고 자기는 평론쫄이나 쓰는 것으로 행세거리를 삼았다. 그는 전문을 나왔다는 간판으로써 문화인이라 자칭하고 양복점을 경영하는 형에게 생활비를 타다 먹으면서 매인데 없이 룸펜 생활을 하지 않는가. 말로나 글짜로는 무지한 세상을 타매하고 그래 기하라시를 한다고 술친구와 을려서 고담준론을 하는 것이 최근의 생활이었다.[224)]

마침내 긍재는 지식인으로서는 하향이동이라고 할 수 있는 선택을 하게 된다. 즉 그는 고물상을 내게 된다. 그는 고물상을 내어 스스로 땀을 흘려 생활을 개척하려 한 것이며 관념의 유희를 청산하려 한다. 그러고는 "새 것이 헌 것 속에서 생기구 헌 것이 새 것 속에서 생긴다"는 인식에 바탕을 둔 고물철학을 실천에 옮기려 한다. 긍재는 과거에 운동을 하던 윤걸이 찾아와서 이야기를 나누는 가운데 "새 사람"론을 내세우게 된다.

> "그러이—역사가 그렇게 오래된 인간이라면, 그것은 고물보다도 더, 오래된 고물이라 볼 수 있거든. 그러니 낡은 상식에 저질 수 밖에—하지만 이러한 고물이라도 생활의 풀뭇간에서 다시 달구워나오면 새 물건—즉 새 사람이 될 수 있는 것 아니겠나"
> "생활의 풀뭇간이란 무엇인가?"
> "진리! 이론과 실천이 일치되는 행동?"
> 윤걸이는 머리가 띵해서 돌아 간다.[225)]

고물을 가지고 새 물건을 만들 수 있는 것처럼 새 사람을 만들어보자는 것이다. 이 소설은 긍재가 커다란 수통 앞에서 물을 얻어먹기 위해 물지게를 지고 차례가 돌아오기를 기다리면서 "새 싹은 고목에서 움돋고, 낡은 시대는 새 사람을 요구한다"는 구절을 되뇌는 것으로 끝나고 있다. 근로사상과 실천철학을 표방했던 1936년도 장편소설 『인간수업』의 연장선에 올려놓고 보아야 할 작품이다.

「귀농」[226]은 서울에서 학교 다니는 관식이 하기방학에 내려와 태수와 상금의 관계를 목격하고 상금의 어린 남편 응백의 처지를 심상치 않은 눈으로 보는 데서 시작한다. 지식인의 귀농 모티프에 따라오게 마련인 계몽 모티프가 발견된다. 관식의 가르침을 받은 상금에 의해 응백이 단발을 하고, 학교에 들어가서 열심히 공부하여 성장하게 된다. 관식이 중학교를 졸업하고 귀향하여 농사를 짓고 고모집 작인들을 중심으로 구매조합을 만든 것은 『고향』의 김희준을 떠올리게 한다. 관식이 고향으로 돌아와 세력을 키우자 평소 우월감을 지닌 태수는 대립의식을 갖는다. 관식은 응백을 계속 가르친다. 마침내 응백은 서울에 가서 중학을 다니고, 졸업할 무렵에는 어느 여학생과 열렬한 연애를 한 끝에 모친에게 편지하여 본처와 이혼하겠다고 한다. 이 소설은 응백을 끌고 내려오기 위해 관식이 서울로 올라가는 것으로 끝내고 있다. 시골 사는 젊은이가 서울에 가서 신여성과 만나 연애하고 본처와 이혼하는 사건은 이기영 소설에서는 드문 편이다.

인정식은 「조선농민문학의 근본적 과제」에서 농민소설을

여러 편 쓴 작가들을 두루두루 검토하는 작업을 하였다.

> 이근영씨나 이기영씨의 작품에 있어서도 사실 터러놓고 말한다면 농민이 괴물로 괴물이 농민으로 무상하게 변전하는 장면이 냉정한 독자를 놀래게 하는 경우가 너무나 많다. 또 비교적 우수한 농민작가인 이기영씨로서는 한해, 이민유랑, 파산, 부채, 농경, 곡분타조 등의 각 부면을 취급할 장면에 있어서 이러한 생활부면의 아세아적인 또는 조선적인 제특질을 개명하지 못하고 극히 상식적인 것으로 평범한 묘사로써 일과해 버리여 중경을 가리지 못하는 수가 많은 것은 매우 유감스러운 일이다.[227]

김남천은 「산문문학의 일년간」에서 1939년도에 발표된 「수석」, 「묘목」, 「고물철학」, 「야생화」, 「소부」 등의 작품이 "새로운 세계"나 "새로운 센스"는 발견되지 않는다고 하면서 한창 연재 중인 『대지의 아들』에나 큰 기대를 걸 수밖에 없다고 하였다.[228] '새로움'이 없다는 김남천의 지적은 인정식이 '상식적인 것', '평범한 묘사'라고 한 것과 동일한 의미를 지닌다. 이기영은 "내가 만일 비평가라면"이란 질문을 받고는 비평가는 현대와 같이 사상이 혼란한 때에는 보다 큰 역할을 해야 할 것이라고 하면서 우리 문학이 아직도 세계적 수준에 도달하지 못한 이유의 하나로 작가나 평론가가 현실을 추상적 · 기계적으로 관찰하는 데 그치고 세계성을 파악하지 못한 점을 들었고, 우리 비평가들은 작품을 소홀히 일독하고 조잡한 인상비평과 주관비평을 행사하는 태도를 보여주었다고 지적했다.[229]

근로사상과 신체제적응론 사이에서
—1940년대

『대지의 아들』과 만주개척정신

「鳳凰山」[1]은 망해가는 집안의 실황을 보여주고 있다. 치수 내외는 5년째 속병을 앓는 어머니를 위해 명산이며 관광지로 유명한 봉황산으로 이사오나 어머니 병세는 호전되지 않는다. 이들에게는 오랜 병을 앓는 어머니에 대한 연민만 남아 있는 것이 아니라 집안 살림을 말아먹은 사람에 대한 증오도 있다. 아버지와 두 내외는 쉴 틈 없이 일했으나 가난을 벗어나지 못하고 계속 빚 독촉에 시달린다. 보배는 "판판놀고서도 잘사는 사람이 있고, 일하기보담도 놀기를 좋아하는 사람이 더 많은 현실"에 눈을 뜬다. 저으사리의 생태를 면밀하게 관찰하고 묘사한 다음 부르주아를 저으사리에다 비유한다.

저으사리는 아무 남기나 높드란 가지에 붙는다. 그러고 그것은 흠집있는 가지만 골라 붙는다. 그놈은 그런 가지의 흠집에다 제씨를 붙여서 키운다. 그래 그 놈은 원나무의 진액을 빠라먹고 살아 간다. 따라서 그놈은 뿌리가 없다. 뿌리가 있어야 소용없다. 왜그러냐 하면 남의 뿌리에서 올라오는 진액을 얻어 먹고 붙어 살기 때문에—그래서 이 놈을 꺾어 보면 대밑둥이 원나무 가지에 붙었다가 그대로 살쩍이 무더나서 떨어진다. 그것은 마치 원나무 가지를 꺾은 것과 같이 붙어 있는 자리에 생자기를 나케한다. 한데 이놈이 사철 살아서 지금같이 락엽이 지는 가을에도 이놈은 시퍼런 잎사귀와 노랑구실같은 열매를 맺고 있다.

보배는 이런 생각이 들자, 이세상에서 잘사는 사람들은 과연 이 「저으사리」와 같지 않은가 하는 신기한 생각이 들기 때문이었다.[2)]

흠집 있는 가지만 골라 붙는다든가 원나무의 진액을 빨아먹고 산다든가 뿌리가 없다든가 하는 속성을 지닌 저으사리를 부르주아에게 비유한 것은 작가적 원숙미의 소산이다. 치수의 부친 서노인은 15원 차금에 대한 변리를 간신히 변통해 가지고 읍내로 들어 빚을 연기해 달라고 사정했으나 거절당한다. 집을 팔아 빚과 가게집 외상값 갚고 나서 보니 돈이 조금밖에 안 남았다. 마침내 모친이 죽고 모친 장례를 치르고 나서 치수는 노자로 5원만 취하고 만주로 가기로 결심한다. 이 소설은 가난을 견디지 못한 치수가 아버지와 처자를 남겨 둔 채 만주로 떠나가는 것으로 끝나고 있다. 이기영에게 만주는 희망의 땅으로 투영되어 있는 만큼 만주행 모티프는 비극의 극복이라는 의미를 갖는 것으로 볼 수 있다.

「왜가리」[3]는 왜가리촌 마을사람들 모두에게 덮친 비극을 그린 것이다. 보비 · 옥분이 · 길순이 등 다섯 명의 처녀는 각각 30원씩에 팔려 서울에 있는 술집으로 갔고 보비 아버지를 포함한 마을 남자들은 함경북도 무산 철도공사장에 일하러 갔다가 돈도 제대로 벌지 못하고 돌아온다. 마을 처녀 5명이 팔려간 사건은 마을 전체에 큰 변화를 가져다주었다. 보비네 집에선 충격으로 할머니가 죽었고 할아버지는 몸져 누웠고 보비와 장래를 약속한 성준이 총각은 망지소조일 뿐이다. 이 작품은 지주보다는 마름 최순달의 벼락출세와 횡포를 그리는 데 역점을 두었다. 제멋대로 소작권을 빼앗고 붙이곤 하는 최순달은 『고향』의 마름 안승학의 후예라고 할 수 있다. 이 작품은 내년 봄에 재목을 팔기 위해 산을 발매하여 이제 왜가리촌이라는 별명도 없어지고 동시에 왜가리 떼도 어디로 날아갈지 모른다고 끝내고 있다. 왜가리 떼는 안정과 평화를 상징한다.

『대지의 아들』[4]은 황건오 · 강주사 · 홍승구 등이 중심이 되어 만주 개양툰을 개발한 과정을 그리고 있는 점에서 만주 배경소설이라고 할 수 있다. 만주 비적과 만주 관리를 비난하면서 또 수전농사를 성공시킨 개척과정을 작가의 농업에 대한 지식을 바탕으로 하여 그리고 있는 점에서 생산소설이라고 할 수 있다. 『대지의 아들』은 황건오의 아들 덕성과 석룡의 딸 귀순, 그리고 홍승구의 아들 황식 사이의 삼각관계를 만주개척사 못지않은 줄기로 이끌어가고 있는 점에서 애정소설이라고도 할 수 있다. 생산소설이나 이민소설 쪽으로 무게가 쏠려야 함에도 황건오와 김병호가 하얼빈에 가서 벼를 파는 과정에서 요릿집에 사기당한다는 이야기를 너무 길게 처리하였고 덕성—귀순—황식 사이에 대한 이야기를 지나치게 늘리고 있다.

이기영은 만주인들에 대한 비난을 아끼지 않고 있다. 김노인뿐만 아니라 황건오도 만주사람들이 쳐들어오고 이의 토벌을 호소하면 관리들도 비협조적인 태도를 취하는 것으로 묘사하였다. 건오가 이 고장으로 들어온 것은 김노인이 작고한 지 사오 년이 지나고 만주사변이 터지던 바로 그 직후였다. "더욱 만주사변 이전의 치안이 유지되지 못하엿슬때는 사실 그들이 안심하고 농사를 지을 수도 업섯다"[5]는 식의 표현을 써서 은근히 일본 편을 들고 있다. 김노인 · 황건오 ·

서치달 등 작가 이기영이 긍정하고 있는 인물들은 만주 개간의 어려움의 하나를 만주 비적과 관리의 횡포에서 찾는 공통점을 보이고 있다.

서치달이 하기방학을 맞아 전도강연하는 장면은 다소 길게 처리되어 있는 문제점을 보이고는 있지만 역시 주목할 필요가 있다. 서치달이 다니는 교회의 가장 큰 특징은 신학교에 농장을 건설하여 신학교 학생들이 모두 농사를 짓게 한다는 점에 있다. 원래 이 교회는 조선의 교회가 선교사 중심, 형식 중심, 기독교 정신 박약으로 흐르는 것에 분개하여 몇몇 교인이 만주로 와서 새로운 교회를 세운 것이다. 이 교회는 "모든 교인으로 하여금 자작자급의 실력을 양성시키자는 것"을 근본 목적으로 한다. 만주는 농업국으로 농민을 구원하려면 교역자 자신부터 농사를 지어야 한다는 주장을 내세우고 있다. 과거의 소설에서 기독교에 대체로 비판적이었던 이기영이 1930년대 후반에 터득한 '일의 사상'과 기독교를 긍정적으로 결합시킨 것은 주목해야 할 점이다.

이 소설에서 첫 번째 '대지의 아들'론은 서치달의 입을 통해 나온다. 그는 만주 이주동포의 부동성을 지적하면서 한밑천 잡아서 뜰 생각을 하지 말고 "이곳을 제2의 고향으로 알고 대대손손이 영주하는 가운데 아주 '대지의 이들'이 되어서 이 땅을 훌륭히 개척하는 동시에 농촌마다 우리의 천당을 건설하면 얼마나 그것이 조켓습니까?"[6]고 웅변한다.

서치달이 이론가라면 건오는 실천자이다. 건오는 어려서부터 온갖 고생을 한 끝에 한때는 남처럼 잘 살아보자는 생각을 하기도 했으나 나이를 먹고 혜지가 열리는 대로 남의 딱한 사정을 보면 가만히 있지 못하는 태도를 지니게 된다. 건오는 농민의 기쁨은 농사를 짓는 데 있고 그들이 지은 곡식으로 배불리 먹고 잘 사는 데 있다고 생각한다. 생활이 향상된 동네, 이것이 바로 천당이 아닌가.

복술과 귀순은 개양툰을 떠나 봉천에 있는 덕성을 찾아가는 중간 길에서 만주가 얼마나 넓고 아직도 개척할 여지가 많음을 알게 되었다. 강냉이와 고량만 나는 이 땅에서 쌀이 난다는 것은 기적이라고 하였다. 쌀은 대지의 아들이라도 맏아들이라고 하면서 "따라서 이 땅을 모두 논으로 푼다면 그것은 얼마큼 농장을 개척할 수 있을까? 누구의 손으로 건설할 것인가? 그것은 생각만 해도 가슴이 뻐근한 일이었다"[7]고 감격하는 것으로 이 소설은 끝나고 있다. 이처럼 『대지의 아들』은 열심히 일만 하면 잘 살 수 있다는 낙관론을 펼치고 있다. 그 낙관론은 일본제국주의 긍정론을 밑바닥에 깔고 있으면서 생산을 장려한다든가 만주 이민을 적극적으로 권장한다든가 하는 목소리로 울려나오고 있다.

이기영은 『대지의 아들』을 연재하기 시작한 직후에 「만주와 농민문학」[8]이란 평론을 발표했다. 이 글은 만주의 역사와 지리적 조건, 만주 개발 현황, 만주 이주농민 활동상 등의 문제를 연구하고 쓴 흔적을 드러내고 있다. 이 글은 결론 부분에 가서 만주가 "대륙적 신흥기분"으로 넘치고 있으며 수전 개발과 같은 위대한 창조는 앞으로의 농민문학에 큰 소재와 정열을 제공해줄 것이라고 하였다. "과연 만주에 있어서 신흥 농촌건설 사업은 동시에 농민문학 즉 대지의 문학을 건설할 훌륭한 재료가 될 수 있으리라 생각한다"[9]고 한 것은 소설 『대지의 아들』의 창작동기를 대신 밝혀준 것이라고 하겠다.

이처럼 『대지의 아들』은 친일의 색채를 드러내고 있다. 『대지의 아들』의 연재를 시작하고 난 며칠 후 이기영은 박영희의 『전선기행』을 서평하는 자리[10]에서 이 책은 "기행이라기보다는 훌륭한 한 개의 소설 내용을 갖추어놓은 것", "훌륭한 보고문학"이라고 칭찬을 아끼지 않으면서 내용을 자세하게 분석한 후 다음과 같이 끝맺음하였다.

> 그밖에도 자초지종이 황군의 분투영예와 그에 대한 감격, 감사와 일본정신을 실천적으로 파악하랴한 선무공작 등—전지의 헌신을 북지의 광막한 평야의 황진만장(黃塵萬丈)인 대륙적 자연의 배경에 비치어 충실히 묘파한 점은

총후의 국민으로서는 누구나 읽어야 할 시국인식의 양서인 동시에 또한 전선문학으로서도 훌륭한 수확을 조선문단에 끼친 줄 안다.[11)]

1939년 10월 29일 경성 부민관 중강당에서 문인 250여 명이 참석한 가운데 '조선문인협회'가 결성되었다. 이광수 · 김동환 · 김억 · 정인섭 · 정지용 · 유진오 · 최재서 · 이태준 외 수씨가 창립준비위원으로 일했는데[12)] 여기에 이기영이 들어 있는지의 여부는 알 수 없지만 조선인 간사로 지명된 6명 속에는 이기영이 들어 있으며 조선문인협회 발기인(조선인, 일본인) 29명에도 들어 있다. 이광수 · 정지용 · 김동환 · 김기림 · 최재서 · 이태준 · 백철 · 임화 · 임학수 · 이하윤 · 김상용 · 김억 · 김동인 · 김기진 · 김문집 · 박영희 · 방인근 · 김소운 · 김형원 · 박태원 · 유진오 · 함대훈 · 이극로 · 이기영 · 정인섭 · 김용제 · 전영택 · 조용만 등의 이름이 보인다.[13)]

『봄』—자기성찰의 서사화

『봄』은 『동아일보』에 1940년 6월 11일에서 8월 10일까지 사이에 연재되었다가 중단되었고 그 후 『인문평론』(1940. 10~1941. 2)에 연재되었다. 이 소설은 모두 20장으로 구성되어 있다. 석림 어머니가 세상을 떠나자 아버지 유춘화가 귀향하는 것과 유춘화의 과거 생활상을 소개한 제1장 '민촌', 유선달의 파탈의 생활을 그린 제3장 '서당', 석림의 개화체험의 양상을 그린 제4장 '커나는 혼', 각시난봉으로 소문난 남술 처와 유선달의 관계와 석림의 여동생 석희가 죽은 것을 그린 제5장 '남술의 처', 유선달이 남술 처와 재혼하고 학교 설립운동에 뛰어든 과정을 그린 제7장 '분가', 사금광이 터지면서 많은 사람들이 몰려오고 일대변화가 일어나는 방깨울의 모습을 그린 제8장 '사금광', 가코지에 있는 안참령 집을 묘사한 제10장 '고담', 유선달 · 신참위 · 윤군수 등이 힘을 모아 사립 광명학교를 설립하는 경위를 그린 제12장 '입학', 일어 교사인 중산 선생, 체조 교사인 신참위 등 여러 교사의 모습을 그린 제13장 '중산 선생과 백골', 석림이 14세에 이웃 고을 선바위 정씨네 딸과 결혼하고 자청해서 상투를 자른 행동을 보인 제14장 '조혼', 학교가 신참위와 중산 선생 중심의 삭발파와 채도사 · 조진사 중심의 반대파의 대립 분위기에 휩싸인 것을 그린 제15장 '삭발', 신참위와 유선달 중심의 광명학교 설립자들이 학교 혁신 확장책을 결의하고 발전기금을 모으기로 한 것을 그린 제16장 '평의회', 외상술값, 학교 기부, 금광 투자 등으로 빚에 몰린 유선달이 큰 집을 처분하고 가코지로 이사한 것을 서술한 제20장 '이사' 등으로 짜여 있다.

『봄』의 주인공은 유석림의 아버지 유춘화이다. 유춘화는 선친이 겨우 백두를 면하고 선달로 늙은 잔반의 자손이다. 무과급제하여 선달이 되기는 했으나 그 후에 이렇다할 관작으로 나아가지를 못하였다. 유선달은 동학군을 맞았으나 청빈한 잔반의 집안인 탓에 동학군으로부터 봉변을 당하지는 않았다. 이기영은 동학이라는 모티프를 설정하면서 동학군의 잔인함을 그리는 데 초점을 맞추었다. 1920~30년대 소설은 동학에 대한 관심과 묘사 의욕에서 신소설의 수준을 넘지 못하였다. 동학을 다룬 것까지는 좋았으나 지방관장을 붙잡아다가 백정 하나를 시켜 작두로 좆을 잘랐다는 식의 잔인한 행위만을 강조하였다. 그는 '개화의 풍조'가 나날이 치미는 것을 보고 심경의 변화를 일으키게 되었다. 유선달 집은 선친이 선달로 늙은 청빈한 집안이었다. 큰댁 유병사 집은 남북병사를 지냈고 그의 재종은 중대장을 지낸 무인 집안이었다. 그는 정치적 야심을 품고 상경하여 신판서 집 문객으로 있으면서 자기가 수령이 되면 "먼저 어지러운 민심을 수습하고 한 번 선정을 펴서 백성을 도탄에서 건지고 싶다는 엉뚱한 이상과 야심을 품고 있었으나"(36쪽) 신판서가 갑자기 세상을 떠나는 바람에 모든 꿈이 허사가 되고 말았다. 때마침 설립된 관립 무관학교에 입교하면서 사태를 관망하고 있었던 차에 보름이 지나지 않아 아내의 부고를 받게 된 것이다. 아내의 장례를 치르고 나서 유춘화는 상민과의 파탈, 남술의 처와 재혼, 금광 투자, 사립학교 설립운동 가담, 거액의 빚으로 인한 몰락, 안참령 집으로 이사 등과 같은 행위를 보였다. 결국 유선달은 몰락하는 것으로 그려지고 있다.

> 하지만 선달로 말하면, 소가살림을 할뿐더러 방깨울 전장의 마름만 잘 보더라도 한 집안 생활은 넉넉히 살 수 있다. 그런데 그렇게 거덜이 나게 된 것은 첫째는 살림에 규모가 없이 허랑하고, 둘째는 술을 과히 먹기 때문에, 말하자면 자작지얼이니 선달은 고생을 해도 싸다는 것이다.[14]

『봄』에서는 개화 모티프와 금광 모티프가 중요한 것으로 등장한다. 개화바람을 맞으면서 부시가 양황으로, 잿물이 양잿물로, 엽초가 권련으로 바뀌면서 방깨울 사람들의 사는 방법이 한 번 달라지게 되었고 신혈이 터지면서 두 번 달라졌다. 술판 · 노름판 · 싸움판이 벌어지면서 전통적인 풍속이 망가지기 시작했다. 학교 설립 모티프는 이기영이 즐겨 쓰는 모티프로 그의 아버지 이민창의 실제 행위를 반영한 것이다. 위와 같은 문제점을 지닌 유선달이 애국계몽운동에 적극 참여하고 나중에 여러 사람들 앞에서 교육입국론을 연설하는 것은 앞뒤가 안 맞는 내용일 수 있다. 그는 방깨울에서 유명한 개화꾼인 신참위·윤군수 등과 학교 설립의 뜻을 모으고 읍내 부자들한테 의연금을 받아내 사립 광명학교를 열었다. 여러 사람이 무임금 교사를 자원했음에도 학교의 재정상태는 어려워지게 된다. 신참위가 교주이면서 체육 교사답게 국민체육진흥론에 바탕을 둔 부국강병론을 주장한다. 신식교초빙론, 교수과목 개신론을 웅변하자 유선달은 무관학교 입교자, 대한협회 회원의 경력의 소유자답게 학교교육의 중요성을 강조하는 가운데 교육입국론을 펼친다. 군수는 유선달의 말을 이어받아 오늘날 서원 서당 교육은 개인의 출세만을 도모하는 교육제도로 전락했다고 비판한다. 이 작품은 석림이 관찰자가 되어 안참령 집안의 분위기가 수구와 현실도피 쪽으로 흘러가는 것을 묘사하면서 끝을 내고 있다.

> 그것은 어른들의 이야기도 역시 그런 부류였다. 안참령 집 사랑에 모이는 소위 유식한 양반들도 세상사와는 너무도 거리가 먼 한문 타령과 양반 이야기가 절반 이상이다. 그 밖에는 정감록을 되풀이하고 십승지(十勝地)의 피난처를 다시없는 이상향으로 점도록 지껄이면서, 짜장 세상은 어떻게 변해가는 지 모르는 화상이었다. (……) 어디를 보든지 명랑하고 생기있는 구석은 안 보인다. 그것은 있는 사람도 그렇고 없는 사람도 그렇게 보이었다. 그속에는 묵

고 곰팡슬고 먼지가 케케로 앉은 굴속의 생활과 같다. 웬 일일까?—(……)그 속에서 먹고 자고 울고 웃고 늙고 앓고 죽고, 자식을 나서 죽이고, 또 낳고 하는—주야장천 밤낮 그짓을 되풀이하는 인생들은 참으로 무슨 의미로 살려는 것인가. 그것은 부자나 빈자나 한결같이 인생의 고해를 속절없이 허위대는 것만 같이 보인다.(343쪽)

이기영은 세상을 바꾸어야 함을 웅변하고 있다. "봄"이 와야 한다고 또 "봄"이 올 것이라고 생각하고 있다.

「간격」[15]은 미완소설이기는 하지만 주제의식이 강한 소설이기에 주목할 필요가 있다. 이 작품에는 폭풍우 같은 젊은 시절을 보내고 난 후 서점을 경영하며 꿈이 없는 세상을 탓하는 민수, 자본을 대어 민수와 서점을 공동경영하다가 금전문제로 갈등이 생겨 헤어져버린 박군, 서점에 급사로 들어와서 열심히 일하며 공부하다가 6년 전에 도쿄 유학 갔다온 영준 등이 등장한다. 1940년 9월호가 민수에게 초점을 맞추었다면 1940년 11월호와 12월호는 영준에게 초점을 맞추었다. 건강성을 중시하는 영준의 눈에는 자기가 알고 있는 사람들의 생활은 고여 있는 것으로 비쳤다. '부친위독급래'라는 가짜 전보를 받고 돌아온 영준은 남동생 명준이 우울증 환자가 되어 있고 여동생 숙준이 동기로 팔려간 것을 알게 되었다.

영준은 약한 것에 대해 부정적이고 비판적인 태도를 취했다.

참으로 저렇게 약한 사람들이 무슨 큰일을 할수있겠는가? 그래 그들은 세류(細流)가 실개천을 쫄쫄 흘러가듯 안이한 생활로만 좇어간다. 그들은 고통을 참어갈만한 체력이 없는지라 또한 난관을 돌파할만한 용기와 의지력이 없다. 그럼으로 오직 아래로밖에는 길이 없지 않으냐? 그런 생각이 들수록 영준은 다시금 건강이 행복됨을 알수있었다.[16)]

마침내 영준은 동생과 같이 침울해지기 시작했다. 그리하여 그는 집에 있을 때는 책만 붙들고 지냈고 그렇지 않을 때는 도서관으로 나갔다. 도서관에 나가지 않을 때는 혼자 시외를 소요하곤 했다. 이러한 영준의 모습은 1920년대에 조선지광사에 다니기 직전에 열심히 도서관을 다니며 독서와 창작으로 세월을 보냈던 이기영 자신을 모델로 한 것이다. 「간격」은 1920~30년대 젊은 지식인의 일반적인 행태를 잘 보이고 있는 점에서 지식인소설의 범주에 들어간다.

「鍾」[17)]은 그 제목이 무슨 뜻인지 알기 어렵다. 이 소설은 인쇄소 직공이며 거의 매일 술을 먹고 들어오는 광훈과 무직자로 노름과 여자에 빠지는 유서방이 끌고 간다. 아내가 바

가지를 긁어도 광훈은 술을 끊지 못한다. 이 소설에서도 이기영의 고질이라고 할 수 있는 대화부분 과다설정이 그대로 반복되고 있다. 이 소설은 광훈이 "이 세상에는 술 안 먹은 개가 더 많지 뭐야!" 하면서 처음에는 눈을 흘기다가 이윽고 엉엉 목을 놓아 우는 것으로 끝나고 있다. 사건의 기복이 없는 소품이기는 하지만 서민의 서글픈 삶을 엿보게 한다.

「生命線」[18)]은 오락잡지사 기자를 거쳐 인쇄소의 교정계로 취직한 문학지망생 권형태가 고생과 가난에서 헤어나지 못해 도시생활에 염증을 내어 마침내 귀농한다는 내용으로 되어 있다. 「생명선」은 주인공이 교정계로 고생하는 모습, 주인공과 아내가 부부가 되기까지의 과정, 돈 문제로 인한 부부싸움, 영업사원 조상과 권형태의 대화, 권형태의 여러 가지 공상, 귀향 준비과정, 설날이 아닌데도 권형태가 절한 것의 의미, 귀향의 이유 제시, 귀향 후 마을사람들에게 연설한 내용 등을 지나치게 길게 서술하고 있다. 쓸데없이 길게 처리된 이런 부분들은 서로 불협화음을 일으키면서 작품 전체의 구성미를 방해한다. 이 소설은 서사 · 대화 · 웅변 등 크게 세 부분으로 나누어진 것으로 볼 수 있다. 서사와 대화의 형태는 이기영이 즐겨 취해온 형태다.

이 소설은 문학적 지식인의 가난 및 하향이동, 가난으로 인한 부부갈등, 귀농 등과 같은 중심 모티프에 의해 견인되고 있다. 「생명선」은 작품 뒷부분이 귀농 모티프에 의해 이끌리고 있는 점에서 귀향소설(Heimkehrroman)이 되는가 하면 이와 대조적으로 전반부는 지식인인 주인공이 인쇄소 교정계로 애쓰고 있는 점에서 노동소설이 된다. 그는 학벌이 나음에도 불구하고 교정계로 일하기 때문에 직공이나 마찬가지로 일급제의 적용을 받는다. 창작의 꿈을 버리지 못하는 형태는 철학자를 자처한 적도 없고 오히려 겸손해한다. 욕심도 없고 조그만 꿈을 가졌을 뿐이다. 그는 가난과 불만에서 헤어나지 못하는 교정계 노릇에 회의를 느낀 나머지 도시생활을 부정하게 된다. 그는 몇 년 동안의 서울 생활이 심신파괴를 가져왔다고 진단한다.

> 자연을 등지고 산다는 크나큰 모순을 발견한 때문입니다. 저는 참으로 흙이 그리워졌습니다. 원래 농촌이 생장인 저로서는 더욱 흙을 떠나서는 살 수 없다는 것을 본능적으로 느끼게 된 것입니다. 과연 농민의 생명선은 흙에 있지 않습니까? 우리는 흙에서 나서 흙속으로 다시 파묻히지 않습니까? (……) 비록 소작농이 되었을지라도 우리는 다가치 내가 농민이라는 것을 철저히 깨닷는 동시에 농사개량에 힘을쓰고 농촌계발을 위해서 우리의 있는 힘을 죽기까지 다 쓰자는 것입니다. 그래서 우리는 농사를 천직

으로 알자는 것입니다.[19)]

권형태는 갑자기 계몽주의자요 지도자가 되어 농민으로서의 자부심을 갖자든가 흙의 노예에서 흙의 주인공으로 승격되자든가 한마음 한뜻이 되어 동네를 위하여 열심히 일해 모범촌을 건설하자는 따위의 주장을 하게 된다.

이기영은 "文藝時事感數題"란 부제가 붙어 있는 「작품과 작가정신」[20)]에서 정확한 눈, 구상의 도가니, 퇴고의 정신, 궤상적(机上的) 공상이나 관념유희의 극복 등을 강조했다. 이어 「작가와 조로성」[21)]에서는 작가들에게 몸은 늙어가지만 마음은 유치 · 젊음 · 생명 등에 관심을 가져야 한다고 충고했다. 이어 「전형기와 문학」[22)], 「예술의 허구성」[23)], 「사십대의 기록」[24)] 등의 글을 발표했다.

광산소설의 개척과 그 명암

장편소설 『東天紅』[25)]은 남주인공 장일훈이 옥림광산으로 들어가는 것으로 시작하여 서울로 돌아와 퇴원해 집으로 돌아와 아침 놀에 물들어가는 동쪽 하늘〔東天紅〕을 보면서 끝이 나고 있다. 『동천홍』은 금남을 주인공으로 한 이야기와 장일훈을 주인공으로 한 이야기로 구성되어 있다. 재목상을 경영하여 집안이 넉넉하긴 했지만 일훈은 유학기간 여섯 해

동안 신문배달도 하고 공장도 다니면서 작년 봄에 ××대학 예과를 마쳤다. 일훈은 옥림광산 삼십 리를 남겨놓은 불당리 주막에서 백춘호란 사내가 선옥(본명 유금남)이란 소녀를 술집에 팔아넘기는 것을 보고 200원을 주고 사서는 집으로 돌려보냈다. 옥림광산에 들어오기 직전 동생에게 집안 일을 부탁한 일훈은 장사니 돈이니 하는 것에 관심이 없고 오로지 책 읽는 데만 몰두했던 것이다. 그는 어려서부터 막연하나마 어떠한 고상한 이상을 붙잡고 싶어했던 것이다. 그는 훌륭한 사람이 못 되면 옳은 사람이라도 되는 것이 도리라고 생각했다. 그는 책만 읽고 고답적인 생활을 하고 잘난 체하는 사람을 "불구자의 생활"이라고 손가락질할 정도로 변하게 되었다. 그는 돈 한 푼 못 버는 주제에 큰소리 칠 것이 무엇인가 하고 반성하게 된다. 그는 큰 뜻을 이루기 위해 자기 한 몸이나 자기 생활을 희생하려는 면에서 스스로를 예수나 석가모니와 비교하기도 하고 도스토예프스키의 『죄와 벌』의 주인공 라스콜리니코프의 흉내를 내기도 했다. 이처럼 『동천홍』은 장일훈의 내면세계를 집중적으로 파헤치고 있는 점에서 지식인소설이요 내면소설에 들어간다. 『동천홍』의 장일훈은 『인간수업』의 현호와 한 범주로 묶을 수 있다.

하긴 그가, 이제까지의 룸펜 생활을 청산하고 새로운 생활을 개척하자는데 이번에 집을 나온 목적이 있었다. 그는 자기자신에게도 모순이 없는 일상생활을, 행위를 통하여 실천하고자 하였다. 그래 그는 도회를 피하여 생산지대를 찾어 가는 길이었다.[26)]

작가는 옥림광산의 유래를 소개한다. 다년간 광부로 쫓아다닌 황해도 사람 김사문은 기분대로 살았다. 노다지를 했다 하면 홍청망청할 만큼 낭비가 미풍인 금점판의 모델이 될 만한 인물이다. 그러나 김사문은 낭비벽 때문이기도 하지만 무식하기 때문에 실패를 거듭한다. 김사문은 광산을 팔아넘기려는 과정에서 윤걸을 만나 내지인 광업가 고산(高山)에게 이천 원을 매도대금으로 받게 된다. 삼만 오천 원에 홍정을 했으나 단돈 이천 원만 받은 사문을 향해 "사문이도 고산씨의 은혜를 진심으로 감사하였다. 동시에 그는 자기의 광산이나 다름없이 착실한 마음으로 맡은 일을 부지런히 힘써 하였다"[27)]고 작가적 관여를 한 것은 친일적 발언의 색채가 짙다.

옥림광산 형성과정에서 주인공 노릇을 하던 김사문은 다시 뒤로 가면서 장일훈에게 자리를 내어준다. 사문은 "장일훈이 취직하기보다는 이상을 실현하는 데" 필요한 존재로 나타나게 된다. 윤걸은 사문과 장일훈을 만나게 해주는 중개자가 된다. 작가는 장일훈이 단순히 취직하기 위해 옥림광산에 온 것이 아님을 강조하고 있다.

당초에도 말한 바 있거니와, 그가 광산일을 해보자 한 것은, 단순한 자기일신의 영달을 꾀하자는 노릇이 아니었다. 보다는 과거의 모순된 생활에서 시대양심을 올바로 붙들고 건실히 살 길을 찾어 몸소 그것을 실천해보자는데, 그의 이상이 불리고 있었든 것이다. 그럼으로 그는 자기 한몸일 뿐 아니라, 주위의 사람들로 하여금 그와같은 생활환경을 만드러 보자는 것이, 그의 원대한 목적이었다.

—자연과 생산력(生產力)—이 두 가지가 한데 결합되는 중에, 인간이 참으로 아름다운 생활이 건설된다는 신렴을 사실로써 훌륭히 나타내 보자는 것이다. 그런데 그것은 사문이와 같은 생산노동에 종사하는 일꾼이 되지 않으면 안 될 일이였다.[28)]

윤걸의 예상을 뒤엎고 장일훈은 일단 광부로 적응한 다음 절주운동 · 저축조합 · 야학운동을 성공적으로 전개한다. 그는 "훌륭하게도 광부들의 기관차 역할"을 하고 있다(225쪽). 정생원 · 배서방 · 수박글쟁이 등의 방해가 있었으나 서창수 · 김사문 등과 같은 협조자도 있었다. 김사문은 자신의 낭비벽, 배금주의 사상, 노동수단론 등을 반성한다. 한편 고산은 장일훈이 하는 일을 계속 지원하는 것으로 그려지고 있어 은인이랄까 원조자로 새겨지고 있다. 정생원 일파가 장일훈을 해치려는 계획은 다시 술집 색시로 와 있는 금남에게 들킨다. 이 소설의 앞부분에서 장일훈이 금남을 구해주는 사건은 여기쯤에 와서 의미를 지니게 된다. 마침내 정생원은 광부들의 저금통장과 현금이 들어 있는 금궤를 들고 가려다 들켜 잡히고 그 사이의 여죄가 다 들통나고 만다. 새벽까지 술판을 벌이면서 정생원은 회개하고 일훈은 용서론을 펼친다. 장일훈은 광부들과 생활을 함께 하면서도 가르치는 자, 도와주는 자, 제공하는 자로서의 역할을 다 해낸다.

> 그는 사실 그들과 가치 웃고 가치 울고 지낸다. 한솥에 밥을 먹고, 한 자리에서 잠을 잔다. 그리면서도 그는 그들의 속악한 취미에 동화되지않고 도리어 그들을 한걸음 고상한 취미로 끌어 올렸다. 우선 그는 그들에게 독서의 취미를 넣어 주고, 사색(思索)의 문을 두뇌 속에 열어 주었다. 그리고 건전한 인생관과 과학의 세계를 개척해 주었다. 이렇게 밤낮으로 그들과 침식을 함께 하면서 한마디와 한글짜씩 지식을 가르치고, 오직 향상의 일로를 밟이갔다. — 그것은 물질적으로나 정신적으로나 그러하였다. 한편으

로는 저축을 한편으로는 지식을 싸아 나가기 때문이다.[29)]

일훈은 고산이 주는 포상금 일천 원을 금남을 다시 구하는 데 사용한다. 그런데 그는 표창식이 있기 바로 직전에 머리와 몸 한 편에 낙반이 떨어지는 부상을 당했다. 상경하여 서울에 있는 성모병원에 입원한 장일훈에게 금남이 온다. 장일훈은 이번에는 농촌으로 가서 금남은 학생으로 집어넣고 자기는 학교에 있어 볼까 하는 생각을 한다. 이기영은 끝까지 장일훈(시혜자)—유금남(수혜자), 고산(시혜자)—장일훈(수혜자)과 같은 관계를 유지시키고 있다. 이런 관계는 고산(일본인 자본가)→장일훈(한국인 지식인)→유금남(한국인 하층민)과 같이 은혜가 주어지는 것으로 정리해볼 수 있다.

「市井」[30)]은 형식면에서는 대화소설이요 내용면에서는 사기꾼소설이다. 여관방에 장기투숙하고 있는 문수가 양복신사 · 시골청년 · 박군이 범죄를 음모하는 것을 관찰한다. 충청도 진천이 고향인 이원택이라는 양복신사의 꾐에 빠져 수십만 평 임야와 전답 주인인 삼촌의 도장을 훔쳐오고 박군은 삼촌 대역을 하여 전주와 만나기로 한 것이다. 이들은 성사되기 전에 배당금을 정하느라 싸움질하기도 한다. 그러나 이들의 사기와 음모는 도장이 없어진 것을 알고 부랴부랴 올라온 삼촌에 의해 다 들통나고 만다. 이러한 사기활동은 '시정'이라는 제목이 가리키고 있는 것처럼 평범하고 속악하기 짝이 없는 사람들이 내보이기 쉬운 행태인 것이다.

『生活의 倫理』[31]는 모두 17장으로 구성된 장편소설이다. 이 작품의 줄거리는 다음과 같다. 동기방학이 되자 석응주는 고향으로 내려온다. 취수산나라는 선교부인으로부터 학비를 받아 공부했던 응주는 취직과 진학 사이에서 고민이 많다(제1장 '두메사람들'), 딸을 잘 두었다는 칭찬에 응주 부친 석윤보는 냉면집에서 한턱을 낸다(제2장 '냉면집'), 응주에게 재취자리 중매가 들어오자 응주는 백화점에 취직하겠다고 한다. 마을에 서울로부터 사냥꾼 일행이 온다(제3장 '담판'), 사냥하러 온 허담의 딸 일찌는 응주와 한 반이다(제4장 '서울 안목'), 일찌의 약혼자이며 일찌 동생의 가정교사인 이준구도 같이 왔다(제5장 '기이한 인연'), 사냥을 하나 실적이 좋지 않다. 일찌는 응주에게 우월감을 내보인다(제7장 '산악의 정기'), 응주는 상경하여 안국동 일찌네 집을 방문하여 저녁식사를 함께 한다. 박달이 내방하여 이준구와 문학토론을 벌인다(제9장 '산돼지와 양'), 응주는 우등성적으로 졸업 후에 백화점 여점원으로 취직하였고 일찌는 이화여전에 진학한다(제10장 '직업전선'), 응주를 찾아간 것을 오해한 일찌의 격렬한 빈용 때문에 이준구는 일찌 집에서 나온다. 일찌는 신경쇠약과 늑막염으로 입원한다(제11장 '오해'), 우연히 응주와 준구는 같은 하숙집에 있게 된다. 응주의 아버지는 병태한테 꾼 돈을 갚지 못한 것이 화근이 되어 약혼 강요를 받는다. 응주가 준구로부터 돈을 빌려 이 돈을 갚아준다(제12장 '우연'). 준구와 박달은 일찌가 있는 병원에 문병 간다. 응주도 문병 간다(제14장 '문병'). 방학이 되자 준구는 고향으로 내려가고 응주는 일찌와 유부남인 박달이 연애하는 사이임을 알게 된다(제16장 '타락의 심연'). 이준구는 응주를 통해 일찌와 박달과의 관계를 알게 되고 응주는 가짜 전보를 받고 고향으로 내려가 냉면집 노파의 집에서 봉변당하려다 구출된다. 일찌는 박달의 아이를 낳는다. 응주는 이준구에게 구애한다. 박달은 종적을 감춘다(제17장 '생활의 윤리').

일찌는 농국선생을 한 세상을 농판으로 지내자는 것을 말한다고 뜻풀이하면서 좋게 말하면 낙천주의자고 나쁘게 말하면 데카당이라고 설명하였다. 허담 · 이준구 · 박달은 문학토론을 벌이게 된다. 허담은 문학을 하면 밥을 먹기가 어렵다고 하면서 이준구가 문학하는 것을 찬성하지 않는다고 하였다. 허담은 장차 사위가 될 이준구에게 기질로 보면 학자나 선생 타입이기는 하지만 실업 방면에 종사했으면 좋겠다고 하였다. 소설, 소설의 재료, 소설가의 소질 등에 대해 몇 마디 이야기를 나눈 끝에 이준구는 소설에 대해 열변을 토하기 시작한다. 응주와 준구는 이성/감성에 대해 대화를 나눈다.

어느듯 그들은 이론투쟁을 벌린 것처럼 서로 긴장한 응답을 하고 있다.

"물론 감정생활을 무시하는 것은 나두 아니올시다, 단지 감정을 옳게 쓰란 말입니다. 감정에는 옳고 나쁜 때가 있으니까요—의지를 짝하지 않은 감정은 편견(偏見)을 갖기가 쉽게 됩니다. 그러한 편견적 감정이야말로 인간의 모든 불행을 배양(培養)하는 근원인 줄 압니다. 그것은 무지몽매와 미신과, 오해(誤解)와 배신(背信)행위 등의 왼갓 부덕(不德)을 낳게 되는 것입니다. 웨 그런고 하면 거기에는 이지적 광명이 안빛이기 때문에 오직 본능적 감정이 암흑(暗黑)과 같이 둘너 쌀밖에 없는 것입니다. 맹목적 감정은 그와같이 민중을 우맹하게 맨드러 놉니다"

준구는 자신있게 자기의 주견을 내세웠다. (……)

"그러기에 그대신, 이지를 띄운 감정은 지극히 위대한 힘을 가져오고 큰일을 결정할 수 있겠지요. 일로이안천하(一怒而安天下)란 말이 맹자에 있지 않습니까? 한번 노하면 천하를 평정할 수 있다는 것인데, 그것은 마땅히 옳은 일에서만 가능(可能)할 것입니다. 이지란 결국 인간의 옳은 길을 밝히는 등불이요 광명이니까요—따러서 나는 이렇게 생각합니다. 누구나 어느 정도까지 자기를 인간으로서 자각하였다면, 그는 그만큼 감정의 지배(支配)에서부터 벗어난데 불과하다고요. 즉 철인이라 위인이라 하는 이들은 감정적인 자기를 초월하여 이성세계(理性世界)의 대아(大我)를 창조(創造)한데 불과하다고요—"(437쪽)

이처럼 「생활의 윤리」는 준구의 패배와 재기, 일찌의 탈선, 허담의 허무주의, 준구가 대변하는 이기영의 전향문학의 논리 등을 서술한 것으로 요약할 수 있다.

중편소설 분량인 『광산촌』[32]은 농촌과 도시에서 두루 살아온 기혼자 형규가 광산 징용에 자원하여 강원도 광산촌에 가서 모범적으로 광부생활을 하던 중 여공인 을남과 가깝게 지내다가 3년 기한이 다 되어 고향으로 가버린다는 내용으로 되어 있다. 이 소설은 처녀인 을남이 유부남인 형규를 좋아하다가 형규가 그의 아내와 광산을 떠나버리자 실망하는 것으로 끝맺음되고 있기는 하지만, 그렇다고 연애소설적 요소가 짙다고 하기는 어렵다. 연애소설적 요소가 짙다고 할 정도로 두 남녀가 대화하는 장면이 길게 처리되어 있는 것은 대부분 소설에서 보인 것처럼 이기영의 창작상의 고질이 낳은 결과이지 젊은 남녀 사이의 사랑의 갈등을 중심 사건으로 놓고자 한 때문은 아니었다.

이기영은 남녀의 사랑의 문제보다는 가난 · 일 · 산업 · 국가 · 전쟁 등의 문제에 더 큰 관심을 가졌다. 주인공 형규가 광부가 되면서 『광산촌』이 열리기 시작하고 형규가 광부징용기간을 마치면서 『광산촌』은 닫혀버리고 만다. 이 점에서 『광산촌』은 1930년대 후반기에 많이 나타났던 광부소설이나 생산소설에 포함된다. 형규가 광산 징용을 자원한 광부들과 어울려 열심히 일을 한다는 사건이 설정되면서 일 · 애국 · 산업 등의 큰 문제가 환기되기에 이른다. 이 소설을 통해 자주 강조된 일 중시사상 · 노동예찬 · 노동영웅론 등은 『인간수업』을 계기로 굳어진 이기영 사상의 재현이거나 심화라고 할 수 있다. 일 중시사상 · 노동예찬 · 노동영웅론 등은 이기영의 본의와는 관계없이 일제와 대동아전쟁에 대한 사실수리의 자료로 이용될 수 있다. 형규는 농사를 지으면서 통신중학을 마친 후 구장의 권고로 광산 징용을 나가게 되었는데 모친이 걱정하자 "어머니 우리들은 나라를 위하여 병정이 될 몸입니다. 한두해 쯤 광산일을 가는 것이 뭬그리 대단한 것 있겠서요"[33]라고 한다. 작가 이기영은 주인공 형규의 사색이란 형태를 통해 "대동아전쟁과 같이 일억국민의 총동원"[34]이라고 하여 소비와 생산력 촉진이란 전쟁의 양가적 효과를 인정하는 발언을 한다. 그는 자연과의 부단한 투쟁이라는 산업은 전쟁이라는 인식에 도달한다. 형규는 광부로서의 자부심을 내세운다.

> 하자면 오늘날 전시하에 증산을 목적하고 활약하는 산업전사로서의 영예가 크다하겠지만 그밖에도 광부의 생각은 긍지를 가질 수 있다. 그것은 광부는 한갓 인부가 아니라 국가사회를 위한 훌륭한 생산자라는 점이다. 형규는 이와같이 생각할 때 자기의 하루일이 조금도 고달플 줄은 몰랐다."[35)]

이기영은 광부들이 자부심과 긍지를 느끼면서 힘든 줄도 모르고 열심히 일하는 모습을 그린 끝에 그들을 "노동의 영웅"(108쪽)이라고 하였다. "그들은 시장이 반찬이요 로동이 반찬이다"(116쪽)라고 할 정도다. 이 작품은 인간은 일하기 위해 태어난 존재라고 주장한다. 먹는 것도 휴식하는 것도 일하기 위함이라는 공식을 내세운다. 뿐만 아니라 "있는 자=노는 자=휴식이 필요없는 자"라는 등식을 세우기도 한다.

『광산촌』은 대화 장면을 아무 때나, 또 길게 설정함으로써 통합체적 구성미의 획득에 실패하게 된다. 구성미의 획득을 가로막는 요인들 중에는 광산과 광물에 대한 지식을 강의록처럼 제시한 것이 있다. 『광산촌』은 군데군데 사건이 정지되어버린 듯한 느낌을 준다.

이기영은 「一坪農園」[36]에서 처음에는 장독대 옆 한 평쯤 되는 공터에 닭장을 지으려고 하다가 철사를 살 돈도 없고 닭장을 만들 기술도 없어 호박 · 옥수수 · 상추 · 고추 · 쑥갓 등을 심어 10원 정도의 반찬값을 절약하게 되었다는 이야기를 들려주고 있다. 옥수수라든가 호박이 가뭄을 이겨내고 무럭무럭 자라는 것을 본 이기영은 재미를 느끼게 되었다. 그러고는 봄에는 도라지 · 상추 · 가지 · 마늘 등을 심게 되었다. 한 평짜리 농원을 가꾸는 재미를 "총후의 국민으로서의 절약정신과 생산증가노력"으로 승화시키고 있다.

엄호석은 「사회주의 사실주의 창작방법」에서 이기영의 해방 이전 발표작들 중 「실진」, 「외교원과 전도부인」 등은 비판적 사실주의의 한계를 벗어나지 못한 것으로, 「밋며느리」와 「채색무지개」는 계급적 처지를 초월하지 못한 사랑의 모순을 드러낸 것으로, 「원보」와 「제지공장촌」은 작가의 사회주의적 사실주의가 형성되는 과정을 뚜렷하게 보여주는 것으로, 「민촌」, 「원보」, 「쥐니야기」, 「농부 정도룡」 등은 자기의 고향의 생활과 체험을 반영한 것으로, 「서화」와 『고향』은 사회주의적 사실주의의 고지에 세운 기념비와 같은 작품으로 정리하였다.[37]

해방 후의 삶의 역정과 문학세계

희곡 「해방」과 「닭싸움」

창씨개명을 하라는 압박과 사상범에게 가해진 감시의 눈을 피하여 이기영은 1944년 3월에 강원도 내금강 병이무지리로 전가족이 소개하여 거기서 해방이 될 때까지 농사를 지었다. 그는 해방 직후에는 강원도 인민위원회 교육부장으로 일하기도 했다.

이기영은 단막극 「해방」을 1945년 10월에 탈고하여 1946년 4월호 『신문학』에 발표했다. 작품의 시간적 배경은 1945년 8월 15일 심야에서 다음날 아침으로, 공간적 배경은 지방도시 부근 농촌 유치장으로 되어 있다. 학병기피자 정의수(鄭義秀), 징용기피자 木村仁化, 도박상습범 山川學甫, 절도3범 下山莫童, 공출태만자인 빈농 金海光春, 공창도주녀 木下春子, 왜놈순사 가바(蒲), 소사 잇지로(一郎) 등과 같은 극중

인물들은 시대의 부호로서의 성격이 짙다. 이 작품의 중심 사건은 가바가 일부러 던진 담배꽁초를 평산막동이 주워 산천학보와 나누어 피다 들켜서 쇠고랑차고 공중에 매달리는 벌을 받던 중, 옆방에서 고문을 받던 공창도주녀 춘자가 일본 순사보인 잇찌로가 흘린 감방 열쇠로 옥문을 열어 모든 복역자들이 감방을 탈출하도록 하여 일본 순사 가바를 감옥에 가두고 멀리서부터 들려오는 조선독립 만세를 듣고 감격한다는 것으로 되어 있다. 학병기피자 정의수는 절도3범인 평산막동에 의해 "노서아가서 공산대학을 졸업하시고 오늘까지 만주지부로 다니시며 우리조선독립을 위해서 싸우시다가 연전에 조선으로 도라오섯는데 산중으로 숨어다니시는거를 어느 놈이 찔너서 드러오신거라요"[1]와 같이 소개된 것처럼 감방 복역자들 사이에서 정신적 지주로 대접받는다. 실제로 정의수는 징용기피자 · 도박상습범 · 절도범 · 창녀 · 공출태만자 등을 모두 품에 안으려는 태도를 취하는 것으로 묘사되고 있다. 창녀인 춘자가 일본경찰에게 바락바락 대들며 자기 사연을 이야기하자 정의수는 현대법률은 돈 있는 사람만 지켜주는 것으로, 이는 자본주의의 문제라고 하였다. 작품이 종말로 치달으면서 정의수가 가장 강력한 초점화자가 된다. 정의수는 같은 감방의 죄수들에게 평산막동 · 산천학보 · 목촌인화 · 김해광춘 · 목하춘자 등과 같이 창씨개명으로 빼앗긴 성과 이름을 신막동 · 송학보 · 박인화 · 김광춘 · 이춘희 등으로 되찾아주면서 각 인물의 조건과 능력에 맞는 건국사업을 구체적으로 일러준다. 그리고 자본가와 중간계급에 대한 적개심을 일깨우는 것도 잊지 않는다. 단막극 「해방」은 정의수를 중심으로 한 일동이 "조선독립 만세", "붉은 군대 만세"를 외치며 길로 나가는 것으로 막을 내린다.

"1946년 1월 17일 鐵原合宿所에서(脫稿)"와 같이 탈고 일자와 장소를 밝히고 있는 2막 3장극 「닭싸움」[2]은 완성도가 높은 작품이다. 제1막의 시대적 배경은 1945년 10월 말경으로, 제2막의 시대적 배경은 1945년 12월 말경으로 되어 있다. 제1막은 3년 전에 징용나갔으나 해방이 되었는데도 돌아오지 않는 남편 상식을 기다리는 득순이 야학회 정선생의 방문을 받고 집안 · 마을 · 나라를 걱정하는 이야기를 주된 내용으로 삼고 있다. 제1막에서는 2막 1장에 가서 치열하게 닭싸움을 하는 주막 주모 김성녀, 노름꾼 윤태 등이 등장한다. 야학회 선생 정선생은 마을 입구에서 한 노인과 만나 노름꾼, 건국미(建國米) 성출(誠出) 등에 대해 이야기를 나눈다. 제2막 제1장은 제1막 제1장보다 두 달 뒤 대로변 주막 김성녀의 집을 시공적 배경으로 삼고 있다. 김성녀 집에서 노름하다가 삼천 원을 잃은 명수가 하루만 방을 더 빌려달라고 조를 때 득순과 인학 모자가 와서 자기네 암탉을 잡아먹은 것을 물어내라고 하는 것이 원인적 사건이 된다. 시치미떼는 김성녀와 끈질기게 닭값을 요구하는 득순의 싸움은 남편을 거론하는 수준으로 나아간다. 김성녀는 네가 지랄해 남편이 화가 나 징용간 것이라고 욕을 하였고 득순은 김성녀의 남편을 모자란 놈으로 치부한다. 두 여자는 육박전도 했다가 욕설을 퍼붓기도 했다가 체면을 가리지 않고 싸운다. 이기영의 창작의도는 제2막 3장에서 찾을 수 있다. 그 다음날 저녁때 주막에 정선생, 동네 노인들, 성녀부부, 노름꾼 명수, 전 구장인 인민위원장, 농민위원장 등이 모여 회의를 하게 된 자리는 해방 직후의 가진 자/못 가진 자, 좌/우, 신/구 등의 갈등이 압축된 곳이라고 할 수 있다. 갑노(甲老)는 해방되자 노름, 소돼지 밀도살, 밀주, 상하구별 무시 등을 일삼는 동네 풍조를 나무라고, 병노(丙老)는 신탁통치가 도대체 무엇을 뜻하는 것이냐고 묻는다. 이에 정선생은 신탁통치는 연합국에서 조선을 공동관리하는 것이라고 하면서 소련과 미국이 위원회를 조직하고 서울에다 조선임시정부를 세워서 그것을 짧은 시간 안에 독립정부로 만들게 하는 것이라고 설명하였다. 건국미 성출이 부진한 이유에 대해 인민위원장이 아라사 군대가 가져간다는 소문이 난 때문이라고 하자 농민위원장은 있는 집에서 쌀을 안 내놓기 때문이라고 응수한다. 병노가 야미꾼, 음식점, 화류계 여자들만 해방된 것 같다고 하자

정선생은 특히 장사치들을 건국사업 방해자로 규정한다. 정선생은 해방횡재론의 문제점을 따지는 한편으로 "붉은 군대"의 공을 내세우기에 힘쓴다.

> 선생—민심이 이와같이 혼란해진 것은 아까 말한 바와 같이 조선의 해방이 외국의 힘으로 되었다는데 원인이 있습니다. 우리는 피한방울 흘리지 않고 남의 덕택으로 해방이 된 것을 마치 공으로 생긴 횡재나 한 것처럼 일반이 생각하는 점에서 지나친 자유사상이 퉁겨져 나왔습니다. 그러나 다시 한번 깊이 생각해볼 때 조선의 해방은 결코 값없이 생긴 공것이 아닙니다. 그것은 연합군—그 중에도 붉은 군대가 희생을 아끼지 않고 북조선의 일본군을 철저히 소탕하기에 우리 대신 많은 피를 흘려준 소득이란 것을 깊이 깨다러야만 되겠습니다. 만일 그렇지 않었다면—붉은 군대가 우리대신 피를 흘리지 않았다면 우리조선은 지금 어떻게 되었을는지 모릅니다. 그랬다면 여기 계신 여러분과 나부터도 벌서 왜놈들에게 붓들려서 학살을 당했을는지 누가 압니까?…[3)]

작가 이기영의 대변인이나 다름없는 정선생은 8월 18일 일본군이 조선 안의 요시찰 사상가 6만 명 학살계획안을 소개하고 다시 한 번 "붉은 군대 은혜론"을 내세운다. 정선생의 일장 연설을 들은 명수를 비롯한 노름꾼들이 반성하기에 이른다. 득순이 다시 등장하여 김성녀에게 닭값을 물어내라고 하자 명수가 닭고기 먹은 것을 시인하고는 값을 물어준다. 노인들이 노름꾼도 나쁘지만 노름방 대여자도 문제라고 하자 성녀는 지지 않고 야미쌀, 밀주를 판 사람들도 피장파장이라고 응수하였다. 농민위원장 주도 아래 동리 정화결의안을 마련할 무렵, 징용갔던 상식이 돌아와 회의에 참석하는 그야말로 극적인 일이 벌어진다. 상식은 닭 한 마리 값 때문에 이웃간 싸움질한 처 득순을 나무라고는 3년 동안 일본에서 광부와 공장노동자가 위대한 존재임을 느끼게 되었다고 고백한다. 어느덧 사회주의자가 되어 돌아온 상식은 지금은 닭싸움 같은 것을 할 때가 아니라고 하였다. 「닭싸움」은 '닭싸움' 모티프가 비유성을 획득하면서 막을 내리게 된다.

상식—그렇소이다. 누구나 크게 생각한다면 그까진 소소한 이해를 따질 것 없겠지요—지금 이 큰악한 건국사업을 눈앞에 놓고 저마다 사리사욕을 위해서 날뛴다는 건 마치 병아리들이 곡식 한 알을 서로 뺏어 먹으랴는 것과 같은 닭싸움이올시다—성출을 한두말 덜 내랴는 것이나 밀주장사로 한 푼을 더 벌랴는 심사나 노름을 해서 남의 돈을 뺏으랴는 것이나 이것들이 닭싸움과 무엇이 달르다 할까요!

선생—(의미심장하게) 그렇지. 모두다 따저보면 「닭싸움」에 불과한거지. ……자 그럼 인제부터 우리도 사람다운 싸움을 합시다.[4]

「닭싸움」도 「해방」과 마찬가지로 극중인물 일동이 "조선 독립 만세"와 "붉은 군대 만세"를 병창하는 것으로 마무리를 짓고 있다.

1945년 11월 11일에 평양에 조선과 소련의 문화교류를 목표로 조소문화협회가 만들어졌는데 바로 이기영이 창립 때부터 계속해서 주도적인 역할을 해나갔다. 1946년 10월 11일과 12일 양일에 걸쳐 평양 대중극장에서 조소문화협회 제1차 북조선 전체대회가 개최되었을 때 이기영은 위원장으로 추대되었다. 바로 다음날인 10월 13일과 14일에 열린 북조선문학예술총동맹대회는 1946년 3월 25일에 결성된 북조선예술총련맹의 이름을 바꾸고 완전히 평양 중심 노선으로 개편한 것이었다. 원래 북조선예술총련맹이 만들어졌을 때 철원의 이기영, 함흥의 한설야, 해주의 안함광·박팔양·박세영·윤기정, 연안의 김사량이 합류하였다고 한다. 이기영은 한설야와 함께 북조선예술총동맹을 주도했다.

해방 직후 북한에서의 이기영의 공식적 활동을 위와 같이 정리한 김승환[5)]은 「이기영 한설야씨 입경담」[6)], 이기영이 쓴 「동지애」[7)] 등과 같은 자료에 근거를 두어 이기영은 강원도 철원의 병무리 집을 1945년 11월 초에 떠나 평양을 갔다가 왔고, 1945년 12월 10일 경에 경성에 처음 나타났으며, 다시 1946년 1월 17일 전에 삼팔선을 넘어 철원으로 돌아갔고, 2월경 평양으로 간 것으로 정리하고 있다.[8)] 이기영은 1946년 4월 21일자 『중앙신문』에 「토지개혁과 예술가의 임무」라는 글을 통해 토지개혁령에 긍정적 반응을 보였고, 같은 해 5월 28일과 29일자 『중외신보』에 발표한 「포석 조명희론—그의 저 『낙동강』 재간에 제하여」에서 「저기압」이 조명희의 대표작으로 발표되었을 당시 좌우파를 막론하고 이 작품을 칭찬하였다고 밝혔으며, 포석은 진리탐구에 힘쓴 작가인지라 자연 내용에 치중한 작가가 되었다고 주장하였으며, 다시 발간된 『낙동강』을 보니 지금은 어디 있는지 모르는 포석을 본 것처럼 반갑다고 토로했다.

1946년 8월에 나온 『해방기념평론집』에 실려 있는 이기영의 「창작방법상에 대한 기본적 제문제」에 표출된 문학론은 해방 이전의 문학론과 달라진 바가 별로 없다. 이 글은 세계관의 수립, 예술의 특수성과 사상성, 내용과 형식의 통일, 비평의 변증법적 통일, 창작기술 등과 같은 내용으로 구성되어 있다. "오늘날 국제 민주주의 노선에 의하여 우리나라도 민주적 인민국가를건설하는 과정에 있어서 조선민족 문화의 발전과 예술의 보급, 제고는 어떤 것이 되지 않으면 안될 것이냐?"고 하면서 당연히 '인민예술', '인민문화'를 지향해야 될 줄 안다고 하였다. 이기영은 과거 한때의 사상편중적 좌익 소아병에 걸려서도 안 되고, 예술성만을 강조하는 것도 부당하다고 하였고 생활과 유리된 예술품은 생명이 길지 못하다 등등과 같은 주장을 하였다. 그는 여전히 "사상성과 예술성의 통일"을 주장했다.[9)]

이기영의 이력을 월북한 후 북조선인민회의 상임위위원(1947), 최고인민회의 제1기 대의원(1948), 조국통일민주주의전선 중앙위원(1948), 작가동맹중앙위원회 상임위원(1953), 노력훈장 수훈(1953), 최고인민회의 제2기 대의원 겸 최고인민회의 부의장(1957), 대외문화연락협회 위원(1958), 국기훈장 제1급 수훈(1958), 대하소설 『두만강』으로 인민상 수상(1960), 최고인민회의 제3기 대의원 겸 부의장(1962), 문예총 위원장(1966), 최고인민회의 제4기 대의원 겸 부의장(1967), 소련 노력적기훈장 수훈(1970), 최고인민회의 제5기 대의원(1972), 90세로 사망하여 평양 신미리 애국열사릉에 묻힘(1984. 8. 9) 등과 같은 내용으로 정리한 자료[10)]도 있다.

『월간중앙』이 중국 지린성 옌벤시의 한 출판사에서 이기영의 수기원고를 입수하여 김홍균 기자가 「민촌 이기영의 자전적 수기 '태양을 따라'」[11]라는 제목으로 그 주요 내용을 소개한 바 있다. 그 가운데 중요한 부분을 추리면 다음과 같다.

(가)조선족 작가 이모씨는 이 수기는 1982년부터 쓰여졌지만 1983년부터 이기영의 몸이 극도로 쇠약해져 뒤쪽 상당부분은 막내딸 을남이 받아 쓴 것이라고 추정하고 있다. 을남은 현재 북한에서 작가동맹에 근무하고 있고 그의 남편인 김용환도 작가동맹에서 크게 활약하고 있다고 전해진다.(82쪽)

(나)"북한에 있는 이기영의 직계 혈육은 3남 1녀로 확인됐다. 장남 평(71세), 2남 종혁(64세), 3남 종윤(59세), 을남(56세)이다. 특히 2남 이종혁은 아태평화위원회 부위원장으로 우리에게 잘 알려져 있다. 3남 종윤은 김정일의 죽마고우로 알려져 있다. 김정일은 어려서부터 평양시내의 이기영 본가나 순안군의 집필실을 스스럼없이 찾아 와 밤을 지새우기까지 한 것으로 알려졌다."(82쪽)

(다)수기 「태양을 따라」는 전체 24장으로 구성되어 있다. 소제목은 다음과 같다. '나의 유년시절', '화액(禍厄)의 을사년', '방랑생활', '피에 젖은 독립만세', '도꾜대지진의 참화',

'무엇을 할 것인가', '포석 조명희와 나', '카프문학운동', '주체 22(1933년)', '고향에서 『고향』을 쓰다', '금비년사건', '붓을 꺾기까지', '8·15를 맞이한 병무리에서', '다시 본 서울', '인민의 수령 김일성 장군', '곽바위를 찾기까지', '준엄한 전화의 나날에' '평화를 사랑하는 벗들 속에서', '장편소설 『두만강』(3부작)을 쓰기까지', '포성이 멎은 땅위에 울려 퍼진 혁명의 노래', '중편 「한 여성의 운명」이 나오기까지', '장편 『역사의 새벽길』(상)을 생각할 때면'(84쪽).

(라)이 수기는 김일성이 이기영을 배려하고 지원한 사례를 중심 내용으로 삼고 있다. 이기영은 1946년에 김일성이 평양 선교리에 식구들과 함께 살 단독주택을 마련해준 것, 이기영이 1946년 소련방문사절단 대표로 가게 되었을 때 김일성이 회중시계를 선물해준 것, 1955년 평남 순안군 석암리 견룡저수지 근처에 창작실을 마련해준 것, 1960년 설날 병원에 입원해 있을 때 김일성이 직접 문병하러 온 것, 이기영이 『두만강』 제3부 집필을 위해 중국 동북지방을 답사할 때 신변안전을 위해 사회안전원 1명과 운전사가 딸린 승용차를 지원해준 것, 1965년 진갑 때 김일성이 한 쌍의 백학을 수놓은 수예품을 선물한 것 등을 들었다.(84~90쪽)

대하소설 『땅』과 『두만강』

『땅』은 이기영이 월북해서 쓴 소설이다. 이기영은 「땅에 대한 사랑」(1963. 3)이란 글에서 장편소설 『땅』의 집필과정을 다음과 같이 소개하였다.

> 내가 『땅』을 쓰기 시작한 것은 1947년 겨울부터라고 기억되는데 그 이듬해 1948년 봄부터 신문 『민주조선』지에 「개간편」만 연재하다가 단행본으로 그 해에 출판하였다. 『땅』은 내가 해방 후에 쓴 첫 장편이다. 나는 1946년에 토지개혁을 주제로 한 단편 「개벽」을 썼는데, 장편 『땅』은 단편 「개벽」을 확대하고 심화시킨 것이라고도 할 수 있다.[12)]

해방 이전의 이기영의 대표작인 『고향』의 주인공 김희준의 모델이 있었던 것처럼 『땅』의 주인공 곽바위도 모델을 지니고 있다. 김홍균 기자에 의하면 이기영의 자서전에서 이를 확인할 수 있다는 것이다.

> 결국 이기영은 병무리―벌말의 농군인 김서방과 박서방을 주인공으로 삼았고 그 이름은 '곽바위'로 달았다.― 이기영의 장편 『땅』은 조국해방 4주년 기념(1949년) 전국문학예술축전 소설부문에서 1등으로 당선되었고 이기영

은 이를 기화로 문학학사 칭호도 얻게 됐다(땅은 그 뒤 6·25를 배경으로 2부가 쓰여지기도 했다). 이기영은 수기에서 『땅』의 작품적 결함에 대해서도 언급하고 있다. 1949년 어느날 김일성은 연극으로 올려진 『땅』을 이기영과 함께 관람한 뒤 치밀한 원작에 대해 치사와 함께 몇 가지 오류를 지적했다는 것이다.—결국 『땅』의 1973년 개정판에서 곽바위는 약혼한 남자가 강제징용으로 끌려가 죽어 홀로 된 여성과 결혼하는 것으로 고쳐졌다.[13)]

이상경은 『땅』에 대해 "북한 최초의 장편소설로 강원도 병이무지리에서의 체험을 바탕으로 「농막선생」, 「개벽」, 「전변」을 쓴 것을 총괄하여 『땅』을 쓴 것"[14)]이라고 주장하였다.

『땅』은 '개간편'과 '수확편'으로 구성되어 있다. '개간편'과 '수확편'은 각각 10장으로 구성되어 있다. '개간편'은 지주 고병상 집에서 10년간 머슴살이하던 곽바위가 1946년 3월 5일 토지개혁령에 따라 고병상의 땅을 분여받은 내력을 그린 제1장 '곽바위', 토지개혁령에 반대하는 고병상의 모습을 그린 제2장 '지주의 환영', 당원 강균과 농민 곽바위를 중심으로 벌말 개간사업을 추진하는 것을 다룬 제4장 '개간준비', 전순옥이 증오심과 불쾌감을 이기지 못해 자살을 시도하다가 강균에 의해 살아난다는 이야기를 들려준 제5장

'비련한 음해', 곽바위가 써레질 아이디어를 내어 개간공사를 효과적으로 수행하고 마을 농민들이 일치단결하여 개간공사하는 모습을 그린 제9장 '관개공사' 등으로 짜여져 있다.

'수확편'은 곽바위와 전순옥이 결혼하기까지의 과정을 그린 제1장 '결혼', 곽바위가 구성한 두레가 날로 위력을 더해간다는 이야기를 들려주고 있는 제4장 '두레의 힘', 해방 1주년 기념 분위기와 마을사람들이 곽바위 주변에 모여드는 과정을 그린 제7장 '해방기념', 곽바위가 대의원 후보로 추천된 과정과 방소사절단 보고대회 연설문을 서술한 제9장 '민주선거', 대의원에 당선된 곽바위가 강원도 대의원 60명과 함께 1949년 2월 17일에 열린 북조선인민대표자회의에 참석하고 오는 과정을 그린 제10장 '인민회의'로 구성되어 있다.

이 소설은 벌말을 배경으로 농민 곽바위의 삶을 그린 점에서는 농촌소설이요 농민소설이기는 하나 곽바위가 머슴에서 강원도 대의원으로 출세하는 과정을 그린 점에서 영웅소설이라고 할 수 있다. 곽바위는 빈농인 아버지를 일찍 여의고 어머니, 누이동생과 살다가 누이동생이 제사공장으로 팔려간 돈 300원으로 장가들고 집도 샀으나 병든 누이에게 1년만 기다려라 하는 무력감을 드러낸다. 곽바위가 왜놈 관리 농업지도원한테 따귀 맞고 욕먹고 피 포기로 얼굴을 내갈기는 수모를 당하자 그를 때려 숨지게 한 사건은 해방 이전에 나온 『신개지』에서의 강윤수를 떠올리게 한다. 그는 공무집행방해죄·구타죄·상해치사죄로 붙들려 6년 징역을 살고 나왔다. 그 사이에 어머니와 누이는 세상을 떠났고 아내마저 어디론가 가버렸다. 고향을 떠났다가 다시 들어와 10여 년 동안 홀아비 머슴꾼으로 돌아다녔다.

순옥 아버지 전영감은 화전민이었다. 새로 밭을 일구기 위해 불 지르던 삼림간수에게 들켜 주재소로 붙들려 가서 죽도록 매맞고 벌금까지 물고 나왔다. 전영감은 20세 된 큰아들이 징용에 나가 죽는 비극을 맞게 된다. 전영감이 딸을 기르는 데 정성을 다하지만 지주 윤상렬로부터 소작권을 떼이지 않으려고 순옥을 첩으로 준다는 모티프는 1920년대의 단편 「아사」를 떠올리게 한다. 윤상렬은 전영감이 빚을 쓴 것을 기화로 순사를 매수하여 강제로 빼앗다시피 하였다. 순옥은 지주의 첩으로 팔려 가고 부친은 그 때문에 응혈병이 생겨 세상을 떠난다. 순옥의 아버지 전영감은 「아사」에서의 정첨지를 떠올리게 한다. 순옥은 결국 땅 때문에 죽은 아버지 생각을 하면서 원한을 안고 산다.

『땅』에서 박첨지의 낙천적이며 행복한 표정, 해방, 개혁, 김장군 예찬 등과 같은 모티프는 자주 눈에 띈다. 박첨지의 표정은 토지개혁을 맞아 땅을 얻게 된 당시 농민들의 반응을 대표한다. 박첨지는 즉석에서 "여봐라 농부야 말 들어라/여

보소 농부들 말 들어 보소/김장군님이 토지를 주셔서/우리들 농민이 잘살게 되었네/얼널널 상-사뒤야—"[15]와 같은 민요를 불러댄다. 해방 전 작품들에서 근로 · 근로인 · 노동자 · 실천철학을 중시한 작가였던 만큼 이기영이 두레를 중시하는 것은 당연하다. 두레 모티프에는 이기영의 농민에 대한 사랑, 단합론, 근로사상이 녹아 들어가 있다. 두레의 유래는 다음과 같다.

> 하여튼 두레를 알아듣기 쉽게 해석한다면 품앗이를 확대한 군중적 노력단체라고 하겠다. 품앗이는 서로 품일을 돌려 가며 하는 것인데 두레는 그 범위를 더 크게 넓힌 것이었다. 예전에는 온 동리의 장정 일꾼들은 모두 다 두레에 들지 않으면 안되는 의무로 되어 있었다. 두레의 당초 조직은 그와 같이 집체적 성질을 띠었다. 그래서 그들은 의무적으로 이 조직에 들게 된다. 두레에는 좌상, 영수 등의 두목이 있다. 유사(有司), 목감(牧監) 등의 사업별로 책임자를 내세워서 그 동네의 농촌 경리에 지장이 없도록 총괄적 사무를 집행케 하였다.[16]

농맹위원장이 축사하고 이어 강균이 축사한다. 강균이 두레의 역사를 밝히는 자리에서 일찍이 이기영이 「부역」, 『고향』, 「맥추」 등의 작품에서 제시한 두레 모티프에 심중한 의미가 배어 있음을 확인할 수 있다. 이기영에 의하면 해방 이전과 해방 이후의 차이점은 두레 결성 자유 유무에서 찾을 수 있다는 것이다. "첫째는 농민들의 근로정신과 사기를 고무하기 위한 것과, 둘째로는 농촌의 건전한 오락을 위해서 필요했던 것이올시다. 그런데 해방 전에는 왜놈들이 우리 농촌 오락의 단지 하나인 농악까지도 빼앗아 갔기 때문에 농민들을 장시적으로 황폐하게 만들었습니다"[17]고 두레의 순기능을 강변하였다. 두레의 위력은 시간이 갈수록 커지는 것으로 드러나고 있다. 마침내 두레는 북한 농촌사회에서 모든 것의 근원인 것처럼 과장되기도 한다. 노동능률도 높여주고, 민족적 기풍도 일으켜주고, 자기희생의 고귀한 정신도 배양해주고, 애국심도 키워주고, 건전한 농민예술도 발전시켜주고, 정치적 경각성과 과학적 지식도 섭취하게 해준다는 것이다.(하 133쪽)

강사과가 민주주의는 "불의가 정의의 탈을 쓰고 횡행하지 않는 아니 횡행하지 못하게 하는 세상을 만드는데 있다"(상 215쪽)고 하자 아들 강사과는 그 구체적 실천방안으로 "노동자가 농민을 주체로 하는 인민정권을 세워서 진정한 민주주의인민공화국을 만드는데 있다고 한다"(상 216쪽)고 하였다. 작중인물 강사과는 작가 이기영의 사상적 대리인 역할을 하고 있다. 강사과는 이조의 멸망을 주자학자를 끌어다가 남의 정신으로 살려고 한 점에서 찾는다. 한문은 대중적이 못될뿐더러 남의 나라 글이 아닌가. 한문으로 쓴다는 것은 남의 정신으로 산 것이나 마찬가지다. 이조는 한문과 당쟁만 숭상하다가 기어코 당했다(상 218쪽) 등과 같은 이조 비판, 주자학 비판, 한문 비판 등을 꾀하고 있다.

그런가 하면 강균은 토지개혁에 대해 특강하는 자리에서 소련 예찬을 펼친다.

「그러므로 오늘날 북조선의 토지개혁은 정말로 우리 조선의 완전 독립을 위한 기초를 세운 것인데 그것은 더구나 남조선을 두고 보면 누구나 알 수 있지 않은가? 조선 인구의 8할 이상이 농민인데, 그들을 소작인으로 지주에게 붙들어 매놓고서야 억년을 간덜 그 나라가 잘 될 턱이 있는가. 망하는 게 워낙 옳은 법이지──. 북방의 위대한 인민의 나라인 쏘련 군대의 힘으로 전선이 해방되고 우리 북조선은 김일성 장군의 옳바른 령도로 이와 같은 토지개혁도 되었는데 앞으로 독립국가가 될, 그 찬란한 조국의 영광을 못 보고 자네가 죽는다는 것은 말이 안 되네. 죽긴 왜 죽는단 말인가──.」

순옥은 머리를 다소곳하니 앉아서 가만히 지난 일을 회

상하고 있었다.[18)]

강균은 일제를 비판하면서 왜놈들 · 귀족 · 대지주 · 대자본가 · 친일파 · 민족반역자 · 매국노 등을 공격하는 한편 노동자 · 농민 · 사무원 · 일반 근로대중은 착취만 당한 존재라고 하였다. 강균은 여러 차례 이승만을 비판하고 김일성을 찬양하고 있다. 김일성 찬양을 극대화하기 위해 이승만 비판을 의도하는 전략을 취하고 있다. 마찬가지로 강균에 의한 미군 비판은 소련군 예찬을 강화하는 결과를 가져오고 있다. "이승만 매국역적들은 대지주인 친일파 민족반역자들의 계급적 이익을 대표해서 그들의 반동정부를 세우려고 역사를 뒷걸음질치게 하기 위하여 민주개혁을 반대하는 최후의 발악을 하고 있습니다"(하 59쪽)라고 표현하는가 하면, 김일성은 '우리 민족의 영웅'으로 이승만은 '민족반역자의 괴수'로 양극화해서 표현하기도 한다. 강균이 토지개혁의 필연성, 북조선 정권의 예찬, 친소의 태도에 멈추었다면 곽바위는 한 걸음 더 나아가 반미 · 남조선 해방론을 들먹거린다.

야학생 학예회 때 순이가 나와서 연설한 후 노소토론이 있었고 이어 방소사절단 보고대회가 열린다. 이 소설은 토지개혁령에 바탕을 둔 북한 건국이념에 대해서 교과서 역할을 하고 있으나 사상표출의 공식화, 반복서술, 작중인물에 대한 감정의 양극화 등과 같은 문제점을 드러낸다. 대부분 인물이 계속해서 곽바위의 영웅화를 뒷받침해주거나 지주 고병상을 계속 희화화·무기력화하는 것은 이러한 문제점의 한 예가 된다. 이와 같이 『땅』이 드러낸 형식상의 문제점들은 그 후 북한소설에서 답습되었다.

한효는 '1949년도 소설계의 회고'라는 부제가 붙어 있는 「보다 높은 성과를 향하여」[19]에서 "곽바위라는 새로운 인물을 통하여 이기영씨는 우리 민족의 역사에서 처음으로 인민이 자기국가를 관리하며 자기의 생활을 창조하는 시기의 새로운 역사적 현실을 그려내었다. 이 소설의 상하편을 통하여 전개되는 모든 이야기는 모두 인민들에 관한 것이며 국가에 관한 것"[20]이라고 하였다.

안함광은 「8·15해방 이후 소설문학의 발전과정」[21]에서 "『땅』의 형상에 있어 새로운 것과 낡은 것 장성하면서 있는 것과 멸망하면서 있는 것의 상호투쟁을 통하여 새로운 것과 장성하면서 있는 것이 낡은 것과 멸망하면서 있는 것을 용서없이 물리쳐 버리고 조국역사의 새로운 페이지를 찬연히 장식하고 있다는 사실에 대하여 정열적으로 노래하였다"라든가 "『땅』은 농업생산의 증산산업에 기여할 개간사업의 건설적 실천을 기본테마로하여 토지개혁, 중요산업국유화법령, 남녀평등권법령 기타 제반 민주시책의 의의와 그것의 인민

생활에 대한 긍정적 영향상을 제반 인물의 호상관계와 사건의 전개로서 보여주고 있다"[22]와 같이 긍정평가 쪽으로 기울었다.

한효는 「우리 문학의 새로운 성과」[23]에서 장편소설 『38선』을 소개하면서 이 작품은 8·15해방 이후의 남북 조선의 광범한 정치적 전변들을 다루었으나 사건들이 작가의 깊은 '정신의 도가니'를 거쳐서 모사되지 못하여 독자들에게 깊은 감명을 주지 못하였다고 비판했다.[24] 엄호석도 「문학발전의 새로운 징조」[25]에서 이기영이 장편 『38선』을 내어놓은 뒤 계속하여 『두만강』을 최근 탈고하였다고 하였다. 엄호석은 「해방 후 우리 문학의 긍정적 주인공」에서 이기영의 『땅』, 한설야의 『탄갱촌』, 이북명의 『노동일가』, 송영의 『자매』, 황건의 『목축기』, 박웅걸의 『유산』 등에 등장한 주인공들을 "모두 자기의 투쟁과 창조적 노동을 조국창건의 혁명적 정열로 관통시킴으로써 자기 일신의 운명을 당과 인민의 이익에 복종시키는 새 형의 인간—투사"로 묶었다. 빈궁과 몽매의 구렁텅이에서 노예처럼 살아온 곽바위에 대해 "곽바위의 농민—투사로서의 성격은 새 인간의 조직자로서의 창조적 노동 속에서 형성되었으며 그를 교양하고 지도한 당에 의하여 발전되었다"[26]고 해석하였다.

한설야는 「해방 후 조선문학의 개화발전」에서 "장편소설

『땅』은 수세기에 걸친 봉건적 토지 소유제도와 일제 식민지 통치하에서 빈궁과 농노적 운명을 강요당하던 보통 농민들이 새로운 인민 민주주의 제도 하에서 어떻게 새로운 인간—영웅으로 탄생하는가에 대한 서사시적 화폭으로 된다"[27]고 평가했다. 김하명은 「풍자문학의 발전을 위하여」에서 『고향』, 「개벽」, 『땅』 등을 풍자적 모티프를 적극 구사했다는 공통점으로 묶었다. 그리고 "이기영씨의 해방 후 작품들 「개벽」, 『땅』도 무자비한 풍자에 의하여 독자들에게 그 부정적 주인공들의 멸망의 필연성을 설득력 있게 전달하고 있는 것"[28]이라고 긍정평가했다.

7년간에 걸쳐 씌어진 대하소설 『두만강』은 모두 3부로 구성되어 있는데 제1부(제1장 '빈농의 집'~제29장 '두만강')는 1954년에, 제2부(제1장 '바른골 노인'~제37장 '여명')는 1957년에, 제3부(제1장 '역사적 전환기'~제36장 '투쟁의 불길 속에서')는 1961년에 완성을 보았다. 이 작품은 3부가 나오기도 전에 북한의 문학이론가들로부터 "우리 력사에서 버러진 인민들의 해방투쟁을 대장편(에뽀뻬야)으로 묘사한 첫 작품"이라든가 "과거의 우리민족의 복잡하고 다방면에 걸친 력사를 한 가족의 대대의 이야기 속에 압축하여 보여 준 민족서사시"[29]와 같은 찬사를 받았다. 전후의 북한에서 조선로동당은 사회주의 재건의 일환으로 계급교양의 강화, 선전사업에서의 교조주의와 형식주의의 극복, 사회주의 · 사실주의의 재확립 등을 내걸었으며 바로 이 과정에서 한설야의 『설봉산』, 최명익의 『서산대사』 등과 함께 이기영의 『두만강』이 나오게 된 것이다. 김일성이 1955년 12월 28일 「당 선전선동 일군들 앞에서 한 연설」에서 교조주의와 형식주의에 빠져 있어 당 사상사업과 선전사업이 효과를 거두지 못하고 있다든가 일제 때 3·1운동, 6·10만세사건, 광주학생사건 등과 투쟁상에 대한 연구가 부족하다든가 공산당의 영도가 없는 점이 3·1운동 실패의 주요원인의 하나였다든가 하고 지적한 것은 『두만강』의 창작과정에서 상당히 큰 압력으로 작용했을 것이다.

1942년에 단행본으로 나온 『봄』과 『두만강』 제1부는 19세기 말부터 1910년 한일합방까지를 시간적 배경으로, 충청도의 한 민촌을 공간적 배경으로 삼은 점에서, 또 양반의 몰락, 신흥지식인의 학교 설립사업, 농민들의 가난과 핍박상 등을 주요사건으로 설정한 데서 유사성을 지닌다. 그러나 북한의 문학사가들처럼 『두만강』의 한 원형을 『봄』으로만 한정하고 있는 것은 잘못된 태도다. 탐욕스러운 지주와 방탕한 아들을 부자관계로 설정한 점에서는 오히려 『신개지』[30]가 『두만강』에 가깝다. 『신개지』에서는 제 땅 늘리기에 혈안이 되어 있고 소작인들을 동원하여 개간공사를 벌이는 지주 하감역과

술과 여자에 푹 빠져 지내는 큰아들 하상오가 문제적인 인물로 등장하고 있다. 『신개지』의 주인공 윤수는 『두만강』의 주인공 박곰손과 박씨동을 잉태한 존재로 비유할 수 있다. 윤수도 박곰손이나 박씨동과 마찬가지로 반항심이나 개혁의지를 품고 있는 인물로 암시되고 있다.

배경이나 인물이나 창작의도의 면에서 『두만강』과 유사한 작품들은 이상의 두 작품 이외에도 여러 편 있다. 『두만강』 제1부에서 비중 있게 다루어진 농민들의 수탈상과 이에 따른 소작쟁의 사건은 이미 「민촌」, 「농부 정도룡」, 「홍수」, 「부역」 등의 소설에서 다루어진 바 있다. 『두만강』 제1부에서의 악덕 지주 한길주와 소작농 박곰손의 대립에 감추어진 의미를 좀더 분명하게 이해하기 위해서는 「농부 정도룡」을 꼼꼼하게 읽을 필요가 있고, 또 박곰손이란 인물의 투쟁과 저항의 의미를 잘 짚을 수 있으려면 「홍수」의 주인공 박건성의 행동방식을 주목할 필요가 있다. 그리고 지주가 소작인들의 약점을 이용하여 개간사업에 강제동원함으로써 이중 삼중의 착취를 꾀하는 결과가 된 점에서 「부역」은 『두만강』에게 전형의 하나가 된다. 『고향』에서 김희준과 안승학이 암투를 벌이고, 제사공장의 여공들이 억압과 착취에 시달리고, 마름 안승학이 타락과 허위의 행동을 보이고, 마을 농민들이 제방공사, 철도부설, 제사공장 건축으로 큰 피해를 보는 등의 에

피소드들은 『두만강』에서 거의 그대로 재현되고 있다. 『고향』을 정독한 사람들은 『두만강』에 등장하는 많은 인물들의 성격과 행동 그리고 자잘한 사건들과 상황들에 대해 기본적으로 낯설어하지는 않게 될 것이다.

일제에 저항하고 지주세력과 투쟁하는 방법의 면에서도 『고향』과 『두만강』은 대조가 된다. 『고향』이 도쿄 유학생 출신인 지식인 김희준이 농민들 사이에 파고들어 그들을 계몽하고 솔선하는 것으로 그려지고 있는 반면 『두만강』은 투쟁 방법이 더욱 직접성과 적극성을 띠게 되면서 농민과 노동자 세력이 주역으로 떠오르고 이진경이라든가 안무 등과 같은 지식인은 보조자적 역할이나 매개자적 위치로 낙착되고 마는 과정을 보여주고 있다. 『고향』에서 증여자적 역할을 보여주었던 지식인은 『두만강』에 가서는 증여자적 역할을 수행하고 나서는 단순한 조력자로 변해버리고 만다.

『두만강』의 제1부는 1890년대 중반부터 한일합방 직후까지를 시간적 배경으로 삼고 있으면서 충청도에 있는 송월동이라는 한 마을을 무대로 내세우고 있다. 제1부에서 가장 의미가 큰 대립관계는 한길주가 대표하는 봉건지주 세력과 일본수비대로 상징되는 제국주의 세력에게 성격이 곧은 농민 박곰손과 대승적 지식인 이진경이 연대의식을 갖고 여러 가지 방법으로 맞서 싸우는 과정에서 찾을 수 있다. 박곰손은 그동안 피땀 흘려 개간한 땅과 소작권을 몽땅 빼앗겼고 일인들이 벌여놓은 철도부설 공사장에서 품삯 투쟁을 주도하다가 붙잡혀 몇 개월 동안 옥살이를 했다. 박곰손의 초기의 투쟁은 자연발생적이며 개인적인 차원에서 이루어졌다. 나중에 박곰손은 항일의병장의 명을 받고 당시 조선 농민들의 고혈을 빨아먹은 제사공장을 향해 수류탄을 던지는 식으로 무력투쟁을 꾀하게 된다. 박곰손은 투쟁의 길은 고난의 길임을 보여준다. 제1부는 박곰손을 주인공으로 한 투쟁소설이며 저항소설이라고 할 수 있다.

제2부는 합방 직후에서 3·1운동 직후까지를 시간적 배경으로 삼는 가운데 무산 · 송월동 · 경성 · 간도 등 여러 곳을 무대로 하여 박곰손 · 아들 박씨동 · 딸 박분이 · 이진경 · 안무 · 강덕만 · 최동욱 · 김갑룡 등 많은 투사들이 삐라 살포, 관청 습격, 방화, 일본 관헌들 공격 등과 같은 다양한 방식으로써 반제 · 반봉건투쟁을 적극 전개한다는 내용의 이야기를 들려준 것이다. 기본적으로 역사소설의 골격을 취하고 있는 제2부에서 실존인물들과 허구적 인물들을 교직시키는 방법을 구사한 것은 허구적 인물들의 비범함과 영웅적 풍모를 음각시키려는 데 목적을 둔 것이다. 허구적 인물들을 부각시키려 한 궁극적인 의도는 제3부에 가서 밝혀진다. 허구적 인물들은 모두 제3부에 가서 김일성을 가리키는 "청년혁명가 김

장군의 영도 아래로" 들어가는 것으로 끝나고 있기 때문이다. 박씨동 · 김갑룡 · 장포수 · 이철수 등과 같은 허구적 인물들은 제아무리 영웅적인 존재로 그려졌다고 하더라도 결국은 『두만강』의 대단원에서 '청년 김장군'을 우상화하는 데 필요한 보조물로 귀결되고 있다.

『두만강』은 일제하의 소극적 투쟁이 적극적 투쟁으로, 합법투쟁이 비합법투쟁으로, 독립단 중심의 조직적 투쟁이 항일유격대로, 민족주의 노선과의 병행투쟁론이 좌파 무력투쟁 절대론으로 근본적인 방향전환을 이루게 된 것으로 독립운동사를 재구성한 결과라고 할 수 있다. 이러한 투쟁의 중심에 바로 박씨동이 서 있다. 박씨동은 연길 감옥에 있을 때 만난 최혁으로부터 배워 사회주의자로 다시 태어난 것이다.

> 지금 세상에서는 착하고 부지런한 노동자들은 가난과 천대를 받으며 못사는데 도리어 악하고 놀고먹는 부자와 관리나부랑이들이 잘살며 잘난 체를 하니 이치에 어긋난다. 그래서 사회주의가 생겼는가? 사회주의란 과연 어떤 것인가?—(……)—그는 어렴풋하게나마 차차 원수의 정체를 알기 시작하였다. 그 전에는 불공대천지원수는 오직 왜놈으로만 알고 있었는데, 계급적 원수는 비단 왜놈 뿐만 아니라, 지주, 자본가, 관리들도 있다는 것을! 그리고 친일

주구들이 있다는 것을![31]

"김일성 장군의 영도 밑에 창건된 항일유격대"에게 큰 희망을 걸고 맹목적인 충성을 다짐하면서 박씨동과 그 일파가 유격대 본부가 있는 어랑촌을 향해 떠나는 것으로 대단원의 막을 내린 『두만강』의 플롯은 이기영의 한계요 북한소설의 한계임에 틀림없다. 작품 말미에 김일성 장군이 나타나면서 또 지금까지의 인물들과 사건들이 김일성 장군의 출현을 예고한 점에서 역사소설 · 투쟁소설 · 영웅소설인 『두만강』은 프로파간다 소설로 무너지고 만다.

조중곤은 「생활의 진실을 더 깊이 반영하기 위하여」[32]에서 『두만강』 제2부는 조선사람이 가지고 있는 민족적 긍지와 강한 애국심을 의병투쟁을 중심으로 하여 치열하고도 진실하게 묘사하고 있다고 했다. 일제에 맞서서 줄기차게 투쟁하는 인물들을 주목하면서 "이렇게 고결한 인간정신을 위하여 싸우는 인민들의 늠름한 모습을 형상한 작가 이기영의 고매한 철학적 세계관의 오성과 예술적 형상의 원숙성은 이 작품에서 빛나고 있으며 작자의 혁명적 낙천주의로 가득한 애국주의적 빠포쓰가 작품의 기저에 맥맥히 흘러넘치고 있다"[33]와 같이 찬사를 아끼지 않았다.

주

'민촌' 받아들이기와 벗어나기

1) 『삼천리』(1937. 1)의 '작가 작품 연대표'에서 고향은 충남 천안군 천안읍 유별리(留別里)라고 하였고, 민촌(民村)이란 아호의 뜻과 유래를 묻는 질문에는 창작집 『민촌』의 제호를 친구들이 부르기 시작하면서 호로 굳어지게 된 것이라고 대답하였다. 이성렬의 『민촌 이기영 평전』(심지, 2006)에서는 이기영이 등단 이래 해방이 될 때까지 이기영·민촌·민촌생·이민촌·성거산인(聖居山人)·을록(乙祿) 등과 같은 필명을 썼으며 이중 을록은 아명으로 추정된다고 하였다(205쪽).

2) 이기영은 덕수 이씨 충무공의 자손으로 그의 증조부 이좌희는 무과급제하여 선전관이 되었고 조부 이규완도 무인으로 지냈다. 아버지 이민창(李敏彰)은 1892년에 무과급제한 후 서울에서 출세하려던 뜻을 첫째 부인의 부음을 듣고 낙향한 것을 계기로 접고 말았다. 이기영은 이민창과 첫 번째 부인 박씨(1869~1905) 사이에서 두 아들 중 큰아들로 태어났다. 이민창은 지씨와 재혼하였다. 이기영(1895. 5. 29~1984. 8. 9)은 첫째 부인 조병기(1891~1961)와의 사이에 종원(1917~86)·화실(1921~23)·진우(1924~26)

를 둔 것으로, 두 번째 부인 홍을순과의 사이에 을화 · 평 · 건 · 종혁 · 종륜 · 을남 등 6남매를 둔 것으로 되어 있다. 이들 6남매는 북한에서 광산기사(평), 외교관(종혁), 과학자(종륜), 여류작가(을남)로 활동하는 것으로 알려지고 있다. 김홍식, 「이기영 소설 연구」, 서울대 박사학위논문, 1991, 161쪽, 162쪽 참고.

3) 같은 글, 132쪽.

4) 『문예월간』, 1932. 1, 93쪽. 그때 주소는 京城 昭格洞 103이다.

5) 『조광』, 1940. 1, 387쪽. "(忠南)明治 二十九年生, 東京正則英語學校, 小說家, 京城府 昌成町 10."

6) 『조광』, 1937. 5, 설문, 91쪽. "선생의 고향은 어디십니까, 거기 잊을 수 없는 풍경 한 가지는, 고향을 그리는 때는 언제입니까."

7) 이성렬, 『민촌 이기영 평전』, 심지, 2006, 49쪽.

8) 이기영, 「내 문학을 길러 준 곳, 요박한 천안뜰 뒤」(상), 『동아일보』, 1939. 3. 25.

9) 이기영, 「문학을 하게 된 동기」, 『문장』, 1940. 2, 6쪽.

10) 이기영, 「헤매이던 발자취」, 『문학론』, 풀빛, 1992, 26쪽.

11) 이기영, 「문학을 하게 된 동기」, 7쪽.

12) 「나의 수업시대」(『동아일보』, 1937. 8. 5~8)는 부친에 대한 이야기도 들려주고 있다. 부친은 20세 때 무과급제하고 관계에 야심을 가졌다. 서울에서 계속 살던 부친은 어머니가 세상을 떠나자 즉시 귀향한 후 더 이상 상경하지 않고 고향에서 지냈다. 부친은 반상 구분 없이 어울려 술을 마시기 좋아했다. 부친은 서모를 얻은 뒤에도 읍내 출입이 잦았다. 1906년에 부친은 군수 안기선(안막의 부친)과 무관학교 출신인 심상만과 함께 천안사립학교를 창립했고 그 학교의 총무로 있었다. 부친은 알코올 중독자와 학교설립자의 양면성을 갖는다. 많은 빚, 금광사업 실패, 마름자

리 해고 등과 같은 고난을 겪은 부친은 1918년에 사망했다.

13) 이성렬, 앞의 책, 2006, 137쪽.

14) 『중앙』, 1936. 8, 126~131쪽.

15) 이기영, 「추회」, 『중앙』, 1936. 8, 130쪽.

16) 이기영, 「헤매이던 발자취」, 27쪽.

17) 『조광』, 1938. 2.

18) 이기영, 「이상과 노력」, 『문학론』, 풀빛, 1992, 56쪽.

19) 이기영, 「病後餘談」, 『동아일보』, 1939. 2. 18.

20) 이기영, 「헤매이던 발자취」, 29쪽.

21) 이기영, 「그리운 情緖」, 『風林』, 1937. 4, 34쪽.

22) 『개벽』, 1926. 6, 14~20쪽.

23) 「십년 후」(『삼천리』, 1936. 6, 267쪽)라는 단편소설은 이때의 방랑생활을 회고하는 장면을 보여주고 있다.

24) 민촌생, 「爐邊夜話」, 『조선일보』, 1934. 1. 26.

25) 같은 글, 『조선일보』, 1934. 1. 27.

26) 「이상과 노력」(『문학론』, 풀빛, 1992)에서는 충청도 · 경상도 · 전라도 일대를 돌아다니며 광산 · 제방공사장 등에서 날품팔이를 다녔다(60쪽)고 했다. 고향에 돌아와서는 교회를 열심히 다녔는데 유랑리에서 10리나 떨어진 읍내에 있는 교회에 갔다가 밤늦게 묘지 앞도 지나간 적이 있었다고 고백했다(62쪽). 이기영은 남감리파 교회의 권사까지 맡아 예수교 내막을 속속들이 파악할 수 있었다. 교회 역시 계급적 압박과 착취기구라고 술회했다(63쪽). 이기영은 서울 부근 농촌의 교회 부속 소학교에서 1년간 교편을 잡고 있을 때 교회 전도사가 지주이면서 한약국까지 차려 주위의 많은 농민들을 속이고 괴롭히는 것을 보고 기독교에 대해 반감을 갖게 되었다. 이 전도사를 모델로 하여 단

편소설 「최전도사」를 써서 카프 기관지 『집단』에 실으려다가 원고째 압수당했다(64쪽). 이기영은 「외교원과 전도부인」, 「박선생」, 「비」, 『어머니』 등과 같은 반종교소설을 썼다고 했다.

27) 이성렬, 앞의 책, 2006, 245쪽, 246쪽.

28) 같은 책, 251쪽.

주도적 프로 작가로서의 활동상

1) 이기영, 「실패한 처녀장편」, 『조광』, 1939, 12, 233쪽, 234쪽.

2) 이기영, 「나의 수업시대」, 『동아일보』, 1937. 8. 6~7.

3) 박영희, 「초창기의 문단측면사」(4회), 『현대문학』, 1959. 12, 264쪽.

4) 이기영, 「원산행소감」, 『청색지』, 1938. 12, 19쪽. 원산행 밤기차 안에서 관동대진재를 같이 겪은 옛날 학우를 만났다고 했다.

5) 이기영, 「실패한 처녀장편」, 234쪽.

6) 이기영, 「나의 과거생활의 가지가지, 출가소년의 최초경란」 『개벽』, 1926. 6, 14쪽.

7) 이기영, 「이상과 노력」, 『문학론』, 풀빛, 1992, 70쪽.

8) 이기영은 「처녀작을 어떻게 썼는가」라는 글에서 '죽음의 그림자에 나는 백로떼'라는 긴 제목을 너무도 허무주의에 빠진 것 같아 나중에 '암흑'으로 고쳤다고 하였다. 이성렬, 『민촌 이기영 평전』, 심지, 2006, 314쪽.

9) 이기영, 「실패한 처녀장편」, 235쪽.

10) 이기영, 「나의 수업시대」. 이 내용은 「실패한 처녀장편」, 『조광』, 1939. 12, 235쪽에 좀더 소상하게 나와 있다. 예를 들면, 첫 장편 들고 서울에 올라왔을 때 고향친구들이 돈을 모아 준 점 등

을 밝히고 있다.

11) 『동아일보』, 1937. 8. 8.

12) 이기영, 「실패한 처녀장편」, 237쪽.

13) 「당선작가의 상금소비 계산서」, 『조광』, 1939. 6, 232쪽.

14) 『개벽』, 1924. 7, 179쪽.

15) 북한 사회과학원 문학연구소, 『조선문학통사』(1959), 도서출판 인동, 1988, 43쪽.

16) 김기진, 「우리가 걸어온 30년」(3), 『사상계』, 1958. 10, 201쪽.

17) 이성렬, 앞의 책, 2006, 333쪽, 334쪽.

18) 『조선문학』, 1939. 1, 52쪽, 53쪽.

19) 『청색지』, 1939. 5, 60쪽.

20) 민병희, 「民村 李箕永兄과 含光 安鍾彦君」, 『청색지』, 1939. 5, 61쪽.

21) 『개벽』, 1925. 5.

22) 같은 책, 80쪽.

23) 같은 책, 85쪽.

24) 『개벽』, 1925. 6.

25) 같은 책, 122쪽.

26) 『조선일보』, 1929. 1. 18.

27) 『조선일보』, 1929. 1. 27.

28) 『조선문학통사』, 인동, 1988, 44쪽.

29) 『개벽』, 1925. 12.

30) 『別乾坤』, 1926. 1.

31) 『개벽』, 1926. 8.

32) 『조선지광』, 1926. 12.

33) 김기진, 홍정선 엮음, 『김팔봉문학전집』 1권, 1988, 문학과지성사, 218쪽.

34) 『시대일보』, 1926. 1. 4.
35) 『문예운동』, 1926. 1.
36) 『이기영단편집』, 학예사, 1939. 43쪽.
37) 『조선일보』, 1927. 10. 13.
38) 『개벽』, 1926. 4.
39) 『조선지광』, 1926. 11.
40) 『조선지광』, 1926. 12.
41) 김기진, 홍정선 엮음, 앞의 책, 1988, 268쪽.
42) 『삼천리』, 1934. 8.
43) 같은 책, 178쪽, 179쪽.
44) 『삼천리』, 1936. 6.
45) 『문학건설』, 1932. 12.
46) 임규찬 · 한기형 엮음, 『카프비평자료총서』 8권, 태학사, 1990, 343쪽, 344쪽.
47) 『민촌』, 문예운동사, 1927, 48쪽. 여기서는 건설출판사 발행본(1946년)을 텍스트로 삼았다.
48) 『조선일보』, 1928. 3. 20.
49) 『조선일보』, 1931. 10. 27.
50) 『조선문학통사』, 인동, 1988, 47쪽.
51) 『동광』, 1927. 1.
52) 『현대평론』, 1927. 1.
53) 『조선지광』, 1927. 2.
54) 같은 책, 116쪽.
55) 같은 책, 124쪽.
56) 『현대평론』, 1927. 3.
57) 이성렬, 앞의 책, 2006, 336쪽. "홍진유가 검거되고 반년만에 혹

기연맹사건의 첫 공판이 열렸는데(1925. 10. 27) (……) 11월 17일 공판에서 그들은 각각 징역 1년씩 언도받아 서대문형무소에서 복역하게 되었다. 민촌의 단편 「민며느리—금순의 소전」에 홍진유의 가족 이야기로 보이는 부분이 있다. 이 부분의 소설적 시점은 1926년으로 홍이 흑기연맹사건으로 복역할 때이며 홍을순이 민촌과 동거할 때이다."

58) 『조선지광』, 1927. 1.

59) 『조선지광』, 1927. 11.

60) 이상경, 『이기영—시대와 문학』, 풀빛, 1994, 95쪽.

61) 『중앙』, 1936. 2, 136~138쪽.

62) 같은 책, 138쪽, 139쪽.

63) 박영희 「초창기의 문단측면사」(4회), 『현대문학』, 1959. 12, 257쪽.

64) 박영희, 「초창기의 문단측면사」(8회), 『현대문학』, 1960. 4, 224쪽, 225쪽.

65) 『조선지광』, 1928. 1.

66) 『조선문학통사』, 인동, 1988, 48쪽.

67) 이성렬, 앞의 책, 2006, 24쪽. "단편 「고난을 뚫고」, 『동아일보』, 1928. 1. 15~2. 20는 민촌이 친구 홍진유의 후반생을 사실적으로 소개하면서 그가 건강을 회복하여 독립운동가로서의 투쟁적인 삶을 다시 시작할 수 있기를 기원하는 내용을 담고 있다. 필자는 젊은 시절의 홍을 기억하는 생존자를 찾아 많은 이야기를 들었으며 나아가 홍의 투쟁과 죽음에 관련된 기사도 발굴하였다."

68) 『동아일보』, 1928. 1. 18.

69) 『조선문학통사』, 인동, 1988, 48쪽, 49쪽.

70) 『조선지광』, 1928. 5.

71) 『조선일보』, 1929. 3. 12~
72) 『조선지광』, 1929. 1, 202쪽.
73) 같은 책, 206쪽.
74) 임규찬 · 한기형 엮음, 앞의 책, 8권, 1990, 342쪽.

프로 작가로서의 고난과 성취와 모색

1) 『사상월보』, 1932. 10.
2) 임규찬 · 한기형 엮음, 『카프비평자료총서』, 1권, 1989, 123쪽.
3) 이성렬, 『민촌 이기영 평전』, 심지, 2006, 382쪽에서 재인용.
4) 권영민, 『한국계급문학운동사』, 문예출판사, 1998, 221쪽, 222쪽.
5) 『조선일보』, 1930. 1. 2~18.
6) 『대조』, 1930. 4.
7) 같은 책, 118쪽.
8) 『중외일보』, 1930. 9. 3.
9) 『동아일보』, 1931. 2. 4.
10) 『대조』, 1930. 8.
11) 『조선일보』, 1930. 8. 21~9. 3.
12) 『조선지광』, 1931. 1, 3쪽.
13) 『중외일보』, 1930. 9. 23.
14) 『중외일보』, 1930. 9. 24.
15) 『해방』, 1930. 12.
16) 같은 책, 13쪽.
17) 『혜성』, 1931. 9, 70쪽, 71쪽.
18) 『조선지광』, 1931. 1.
19) 『시대공론』, 1931. 9.

20) 『시대공론』, 1932. 1.
21) 임규찬 · 한기형 엮음, 앞의 책, 4권, 1989, 422쪽.
22) 『문예월간』, 1931. 11, 15쪽.
23) 『조선중앙일보』, 1931. 12. 1～8.
24) 『조선중앙일보』, 1931. 12. 8.
25) 『비판』, 1932. 1.
26) 임규찬 · 한기형 엮음, 앞의 책, 4권, 1989, 427쪽.
27) 『조광』, 1938. 2.
28) 같은 책, 195쪽.
29) 『동아일보』, 1932. 1. 1～31.
30) 『삼천리』, 1932. 9.
31) 『문학건설』, 1932. 12.
32) 임규찬 · 한기형 엮음, 앞의 책, 8권, 1990, 237쪽, 238쪽.
33) 『삼천리』, 1933. 2, 107쪽.
34) 『신계단』, 1933. 5.
35) 같은 책, 82쪽, 83쪽.
36) 『문학건설』, 1932. 12.
37) 『조광』, 1940. 12.
38) 『문학건설』, 1932. 12, 7쪽.
39) 『조광』, 1940. 12, 237쪽.
40) 『조광』, 1938. 2, 196쪽.
41) 이기영, 「나의 移徙苦難記」, 『조광』, 1938. 2, 194～197쪽 요약.
42) 『동아일보』, 1933. 10. 10.
43) 『문학신문』, 1962. 8. 21～28.
44) 이상경, 『이기영—시대와 문학』, 풀빛, 1994, 137～140쪽.
45) 김팔봉, 「문단교류기」, 『대한일보』, 1969. 6. 17.

46) 『백광』, 1937. 1, 126쪽, 문단콤멘트. "이기영씨의 역작 『고향』이 출판 즉시 이주간에 천여부가 발매되여 절판되고 재판을 준비중이라고 하였다. 춘원씨의 『무정』 이후에 보는 출판계의 쾌보이였다."

47) 이상경, 앞의 책, 1994, 181~199쪽. 이상경 교수는 이들 텍스트를 비교검토하였다. 아문각판은 한성도서판을 저본으로 하여 맞춤법만 바꾼 것이며 신문연재본과 한성도서판 사이에도 여러 가지 차이가 있고 북한판은 한성도서판을 저본으로 한 것이면서도 차이가 있다고 밝혔다. 신문연재본과 한성도서판과 북한판 사이에 단어가 수정된 곳, 문장이 수정된 곳, 삭제된 곳이 여러 군데 있음을 찾아내었다.

48) 『개벽』, 1925. 5.

49) 『조선일보』, 1930. 1. 2~18.

50) 『조선일보』, 1930. 8. 21~9. 3.

51) 『시대공론』, 1931. 9.

52) 『신계단』, 1933. 1.

53) 『조선일보』, 1933. 5. 30~7. 1.

54) 『조광』, 1937. 1~2.

55) 『조선문학』, 1939. 1~7.

56) 『문장』, 1939. 4.

57) 『문장』, 1940. 4.

58) 김남천, 「지식계급 전형의 창조와 『고향』 주인공에 대한 감상」, 『조선중앙일보』, 1935. 7. 2.

"나는 『고향』의 작자가 김희준의 창조에 있어서는 지식계급 자체에 대한 용감하고 준열한 가면박탈의 완강한 감행에 의하여 성공하였고 한가지 안갑숙의 묘사에 있어서는 그의 칼이 무디었고 날이 빠져서 드디어는 인조인간에 가까운 추상적인 이상화에 함락하고 말았다는 것을 말하였다."

59) 『조선문단』, 1935. 5, 121~125쪽.

60) 『삼천리』, 1936. 1.

61) 같은 책, 222쪽.

62) 같은 책, 227쪽.

63) 『사해공론』, 1937. 1.

64) 같은 책, 45~47쪽.

65) 『풍림』, 1937. 1, 26쪽, 27쪽.

66) 『인문평론』, 1940. 11, 35쪽, 36쪽.

67) 김동인, 「문단 30년의 자취」, 『동인전집』 8권, 홍자출판사, 1967, 458쪽.

68) 『조선일보』, 1933. 1. 2~15.

69) 『조선일보』, 1933. 1. 12.

70) 『조선일보』, 1933. 1. 15.

71) 『신계단』, 1933. 1.

72) 같은 책, 149쪽.

73) 같은 책, 153쪽.

74) 『신동아』, 1933. 12, 28쪽.

75) 『조선문학통사』, 인동, 1988, 13쪽.

76) 『신계단』, 1933. 2, 123쪽.

77) 『신계단』, 1933. 4, 107쪽.

78) 같은 책, 109쪽.

79) 같은 책, 111쪽.

80) 『신계단』, 1933. 5.

81) 『신계단』, 1933. 4.

82) 같은 책, 97쪽.
83) 같은 책, 99쪽, 100쪽.
84) 같은 책, 103쪽.
85) 『조선일보』, 1933. 5. 30~7. 1.
86) 『문장』, 1939. 4.
87) 『조광』, 1939. 12.
88) 『조선일보』, 1933. 7. 2.
89) 『조선일보』, 1933. 7. 19.
90) 『조선일보』, 1933. 8. 3~4.
91) 『조선일보』, 1933. 9. 6.
92) 『조선일보』, 1933. 10. 11.
93) 같은 글.
94) 『신동아』, 1934. 2, 106쪽, 107쪽.
95) 『조선문학통사』, 인동, 1988, 126쪽.
96) 『조선일보』, 1933. 7. 2~9.
97) 『조선일보』, 1933. 7. 9.
98) 『동아일보』, 1933. 10. 10.
99) 『조선일보』, 1933. 10. 25~29.
100) 『조선일보』, 1933. 10. 29.
101) 권영민, 앞의 책, 1998, 292~335쪽.
102) 『조선문학』, 1957. 8.
103) 이성렬, 앞의 책, 2006, 386~388쪽에서 재인용.
104) 「편편야화」, 『김팔봉전집』 2권, 문학과지성사, 1988, 376쪽.
105) 이성렬, 앞의 책, 2006, 388쪽, 389쪽 재인용.
106) 『조선일보』, 1934. 1. 25.
107) 『조선일보』, 1934. 2. 3~4.

108) 『조선일보』, 1934. 2. 3.

109) 『동아일보』, 1934. 6. 14.

110) 『形象』, 1934. 2.

111) 같은 책, 12쪽.

112) 『形象』, 1934. 3.

113) 『中央』, 1934. 1.

114) 같은 책, 39쪽.

115) 『조선문학통사』, 인동, 1988, 132쪽.

116) 『동아일보』, 1934. 5. 30~6. 5.

117) 『청년조선』, 1934. 10.

118) 같은 책, 90쪽.

119) 같은 책, 92쪽.

120) 『동아일보』, 1934. 7. 24~29.

121) 『동아일보』, 1934. 7. 25.

122) 『동아일보』, 1934. 7. 26.

123) 『동아일보』, 1934. 7. 27.

124) 『중앙』, 1934. 9.

125) 『동아일보』, 1935. 3. 5~17.

126) 『동아일보』, 1935. 3. 15.

127) 『조선문학통사』, 인동, 1988, 132쪽.

128) 『예술』, 1935. 7, 1936. 1.

129) 『예술』, 1935. 7, 4쪽.

130) 「소설가 이기영의 딱한 사정」, 『삼천리』, 1935. 4.

131) 『조선중앙일보』, 1936. 1. 1~7. 23.

132) 이기영, 『인간수업』, 문우출판사, 1948, 81쪽.

133) 같은 책, 316쪽.

134) 『조선문학』, 1936. 10, 139쪽.
135) 『신인문학』, 1936. 10, 103쪽.
136) 『중앙』, 1936. 8.
137) 같은 책, 21쪽, 22쪽.
138) 민촌생, 「無爐邊記」, 『조광』, 1937. 1, 200쪽.
139) 『신인문학』, 1936. 10, 76쪽.
140) 같은 책, 103쪽.
141) 「명사순례기」, 『백광』, 1937. 1, 51~53쪽. 검갈메기라는 필명의 기자는 이런 가난과 우울에서 누가 소설을 쓰겠는가고 울분을 토했다. "그러기에 조선에는 소설가가 더욱 필요하다. 좀 더 깊고 날카롭게 우리의 현실을 뒤지고 이땅의 인간의 고민을 그려 내어야 한다(53쪽)."
142) 『중앙』, 1936. 2.
143) 『조광』, 1936. 3.
144) 『조광』, 1936. 12, 55쪽.
145) 『조광』, 1936. 5.
146) 『삼천리』, 1936. 6.
147) 같은 책, 268쪽.
148) 『조선중앙일보』, 1936. 6. 22.
149) 『비판』, 1936. 7.
150) 『조광』, 1936. 8.
151) 같은 책, 254쪽.
152) 『풍림』, 1936. 12.
153) 같은 책, 36쪽.
154) 『四海公論』, 1936. 7.
155) 『조광』, 1936. 12, 55쪽.

156) 『조광』, 1936. 7.

157) 같은 책, 242쪽.

158) 『비판』, 1937. 9, 99쪽.

159) 『풍림』, 1937. 5, 11쪽.

160) 같은 책, 13쪽.

161) 안석영, 「조선문단측면사」, 『조광』, 1939. 5, 169쪽.

162) 『백광』, 1937. 5.

163) 『삼천리』, 1937. 1.

164) 『조선문학』, 1937. 1.

165) 『이기영단편집』, 학예사, 1939, 127쪽.

166) 『삼천리』, 1937. 1.

167) 『조광』, 1937. 1~2.

168) 『조광』, 1937. 2, 112쪽.

169) 『풍림』, 1937. 1.

170) 『조선일보』, 1937. 1. 16.

171) 『동아일보』, 1937. 10. 10.

172) 『조선일보』, 1937. 3. 30~10. 11.

173) 『조선일보』, 1937. 8. 15.

174) 『조선일보』, 1937. 9. 17.

175) 『조선일보』, 1937. 7. 28.

176) 『조선일보』, 1937. 9. 2.

177) 『백광』, 1937. 5.

178) 이기영소설집, 『서화』, 1946, 동광당서점, 166쪽.

179) 『조광』, 1937. 6.

180) 『조광』, 1937. 10.

181) 같은 책, 172쪽.

182) 『조선일보』, 1937. 3. 11~17.

183) 『조광』, 1937. 9, 58~63쪽.

184) 『삼천리문학』, 1938. 1.

185) 『신개지』, 풀빛, 1989, 415쪽.

186) 『조광』, 1939. 4.

187) 같은 책, 153쪽.

188) 『동아일보』, 1938. 1. 30.

189) 『동아일보』, 1938. 3. 24.

190) 『광업』, 1938. 2.

191) 『조광』, 1938. 5.

192) 같은 책, 268쪽.

193) 같은 책, 272쪽.

194) 『조광』, 1938. 10.

195) 『野談』, 1938. 10.

196) 『동아일보』, 1938. 1. 3.

197) 『동아일보』, 1938. 5. 27.

198) 『동아일보』, 1938. 9. 29~10. 4.

199) 『동아일보』, 1938. 9. 30.

200) 『동아일보』, 1938. 10. 2.

201) 『조광』, 1939. 6.

202) 같은 책, 142쪽, 143쪽.

203) 『청색지』, 1939. 5.

204) 같은 책, 44쪽, 45쪽.

205) 『신세계』, 1939. 9.

206) 『동아일보』, 1939. 2. 9.

207) 『조선일보』, 1939. 9. 26~10. 3.

208)『인문평론』, 1939. 11.
209) 이기영, 「만주와 농민문학」, 『문학론』, 풀빛, 1992, 187쪽.
210)『문장』, 1939. 11, 178~181쪽.
211)『비판』, 1938. 12, 68쪽.
212)『조선일보』, 1938. 12. 20.
213)『조선문학』, 1939. 1, 52쪽, 53쪽.
214)『조선문학』, 1939. 1~7.
215)『여성』, 1939. 3.
216)『조광』, 1939. 3.
217) 같은 책, 278쪽.
218) 같은 책, 289쪽.
219)『문장』, 1939. 4.
220)『조광』, 1939. 12.
221)『가정지우』, 1939. 5.
222)『문장』, 32인집, 증간호, 1939. 7.
223) 같은 책.
224) 같은 책, 88쪽.
225) 같은 책, 92쪽.
226)『조광』, 1939. 12.
227)『인문평론』, 1939. 12, 19쪽.
228) 같은 책, 33쪽.
229)『인문평론』, 1940. 3, 42쪽.

근로사상과 신체제적응론 사이에서

1)『인문평론』, 1940. 3.

2) 같은 책, 175쪽.
3) 『문장』, 1940. 4.
4) 『조선일보』, 1939. 10. 12~1940. 6. 1.
5) 『조선일보』, 1939. 12. 1.
6) 『조선일보』, 1940. 1. 17.
7) 『조선일보』, 1940. 5. 28.
8) 『인문평론』, 1939. 11.
9) 같은 책, 22쪽.
10) 『조선일보』, 1939. 10. 16.
11) 같은 글.
12) 『문장』, 1939. 11, 202쪽.
13) 『조광』, 1939. 12, 225쪽.
14) 『봄』, 『이기영전집』, 풀빛, 1989, 339쪽.
15) 『광업조선』, 1940. 9, 11, 12.
16) 『광업조선』, 1940. 11, 147쪽.
17) 『문장』, 1941. 2.
18) 『가정지우』, 1941. 3~8.
19) 『광산촌』, 성문당, 1944, 233쪽, 234쪽.
20) 『매일신보』, 1941. 5. 6.
21) 『매일신보』, 1941. 5. 7.
22) 『매일신보』, 1941. 5. 8.
23) 『매일신보』, 1941. 5. 9~10.
24) 『매일신보』, 1941. 5. 11.
25) 『春秋』, 1942. 2~1943. 3.
26) 『동천홍』, 조선출판사, 1943, 81쪽, 82쪽.
27) 같은 책, 152쪽, 153쪽.

28) 같은 책, 156쪽, 157쪽.

29) 같은 책, 314쪽.

30) 『국민문학』, 1942. 3.

31) 경성: 성문당서점, 1942.

32) 『매일신보』, 1943. 9. 23~11. 2.

33) 『광산촌』, 성문당, 1944, 26쪽.

34) 같은 책, 97쪽.

35) 같은 책, 98쪽.

36) 『매일신보』, 1943. 7. 11~13.

37) 이선영 · 김병민 · 김재용 엮음, 『현대문학비평자료집—이북편』 7권, 태학사, 1994, 243~335쪽.

해방 후의 삶의 역정과 문학세계

1) 『신문학』, 1946. 4(김동권 엮음, 『현대희곡작품집』 4권, 서광학술자료사, 1994, 444쪽에 재수록).

2) 『우리문학』, 1946. 3.

3) 같은 책, 427쪽.

4) 같은 책, 436쪽.

5) 김승환, 『해방공간의 현실주의문학연구』, 일지사, 1991, 67~87쪽.

6) 『조선인민보』, 1945. 12. 12.

7) 『우리문학』, 1946. 2.

8) 같은 책, 213~215쪽.

9) 이선영 · 김병민 · 김재용 엮음, 『현대문학비평자료집—이북편』 7권, 태학사, 1994, 37~39쪽.

10) 『북한인명사전』, 사단법인 북한연구소, 1991, 383쪽.
11) 『월간중앙』, 2000. 10.
12) 이상경, 『이기영—시대와 문학』, 풀빛, 1994, 326쪽, 327쪽에서 재인용.
13) 『월간중앙』, 2000. 10, 89쪽.
14) 이상경, 앞의 책, 1994, 326쪽.
15) 『땅』, 풀빛, 1992, 78쪽, 79쪽.
16) 같은 책(하), 110쪽.
17) 같은 책(하), 120쪽, 121쪽.
18) 같은 책(상), 220쪽.
19) 『문학예술』, 1950. 1.
20) 이선영 · 김병민 · 김재용 엮음, 앞의 책, 1권, 1994, 439쪽.
21) 『문학의 전진』, 1950. 7.
22) 이선영 · 김병민 · 김재용 엮음, 앞의 책, 2권, 1994, 27쪽, 28쪽.
23) 『문학예술』, 1952. 8.
24) 이선영 · 김병민 · 김재용 엮음, 앞의 책, 2권, 1994, 254쪽.
25) 『문학예술』, 1952. 11.
26) 『문학신문』, 1960. 8. 2.
27) 『문학신문』, 1960. 8. 12.
28) 이선영 · 김병민 · 김재용 엮음, 앞의 책, 3권, 1994, 153쪽.
29) 『조선문학통사—현대문학편』, 북한과학원 문학연구소, 1959, 334~338쪽.
30) 『동아일보』, 1938. 1. 19~9. 8.
31) 『두만강』 4권, 풀빛, 1989, 135쪽, 136쪽.
32) 『조선문학』, 1958. 1.
33) 이선영 · 김병민 · 김재용 엮음, 앞의 책, 4권, 1994, 357쪽, 358쪽.

참고문헌

김동환, 「러시아소설과 이기영소설의 상관성」, 『한국근대장편소설 연구』, 한국현대문학연구회, 1992.
김상선, 『민촌 이기영문학 연구』, 국학자료원, 1999.
김외곤, 『한국근대리얼리즘문학 비판』, 태학사, 1995.
김윤식, 『한국현대현실주의소설연구』, 문학과지성사, 1990.
김재용, 「일제하 농촌의 황폐화와 농민의 주체적 각성」, 『고향—이기영선집』 1, 풀빛, 1989.
김홍균, 「최초공개 민촌 이기영의 자전적 수기」, 『월간중앙』, 2000. 10.
김홍식, 「이기영소설연구」, 서울대 박사학위논문, 1991.
김희자, 「이기영소설연구」, 건국대 박사학위논문, 1990.
민병휘, 「춘원의 『흙』과 민촌의 『고향』」, 『조선문단』, 1935. 5.
박상준, 『한국근대문학의 형성과 신경향파』, 소명출판, 2000.
북한사회과학원 문학연구소, 『조선문학통사 현대편』, 1959.
신춘호, 「한국농민소설연구」, 고려대 박사학위논문, 1980.
안함광, 「로만논의의 제과제와 『고향』의 현대적 의의」, 『인문평론』, 1940. 11.
오양호, 「한국농민소설연구」, 영남대 박사학위논문, 1981.
이명재 엮음, 『북한문학사전』, 국학자료원, 1995.

이상경, 「식민지 친일지주의 형상화」, 『신개지—이기영선집』 3, 풀빛, 1989.
_____, 『이기영—시대와 문학』, 풀빛, 1994.
이재선, 『한국현대소설사』, 홍성사, 1979.
정호웅, 「두만강론」, 『창작과 비평』, 1989 가을호.
조남철, 「일제하 한국농민소설 연구」, 연세대 박사학위논문, 1986.
조남현, 『한국현대소설의 해부』, 문예출판사, 1993.
_____, 『이기영—이야기꾼 · 리얼리즘 · 이데올로그』, 건국대학교출판부, 2002.
_____ 엮음, 『이기영단편선—민촌』, 문학과지성사, 2006.
한형구, 「1930년대 리얼리즘소설의 성격연구」, 『한국학보』, 1987 가을호.

이기영 연보

1895년(1세)	5월 29일, 충남 아산군 도방면 용곡리에서 출생.
1897년(3세)	천안군 천안읍 안서리로 이사.
1905년(11세)	어머니가 장티푸스로 사망. 서당을 어렵게 다님.
1906년(12세)	아버지 이민창이 군수 안기선(안막의 부친) · 심상만 등과 함께 설립한 사립 영진학교에 입학.
1908년(14세)	연상의 여인 조병기와 결혼.
1909년(15세)	아버지의 금광사업 실패. 영진학교 중퇴. 유랑리 고모네 집으로 이사.
1912년(18세)	군 임시고원으로 취직. 도쿄에 갈 계획으로 가출하여 마산 · 부산 일대 돌아다님.
1914년(20세)	다시 가출하여 경상 · 전라 · 충청도 일대 방랑함. 충북 단양에 있는 토목공사장 중석광에서 일함.
1917년(23세)	11월, 첫 아들 종원 출생.
1918년(24세)	기독교 학교인 논산영화여학교에서 교편 잡음. 11월, 아버지와 할머니 사망.
1919년(25세)	천안군 고원.
1921년(27세)	8월에 딸 화실 출생했으나, 2년 후인 1923년 7월에 사망.

	9월부터 호서은행 천안지점 근무.
1922년(28세)	4월, 일본으로 유학을 떠남. 대서소의 필생으로 학비 조달. 사회주의 서적 탐독.
1923년(29세)	아나키즘 단체에서 조명희 첫 대면. 관동대지진으로 유학 포기하고 9월 30일에 귀국.
1924년(30세)	『개벽』 공모에 소설 「옵바의 비밀편지」가 3등 입상되어 등단, 조명희와 교우. 10월에 둘째아들 진우 출생했으나, 2년 후인 1926년 6월에 사망.
1925년(31세)	여름에 서울로 이주하여 조선지광사에 취직, 이때 후에 카프 가맹원이 된 작가들과 교유. 8월, 카프 가맹.
1926년(32세)	두 번째 부인 홍을순과의 사이에서 딸 을화 태어남.
1928년(34세)	6월, 조선지광사의 김동혁 · 김복진과 함께 체포되었으나 며칠 만에 석방.
1930년(36세)	4월, 카프 조직 개편에 따라 중앙위원회 위원과 서기국 산하 출판부 부장 피임.
1931년(37세)	8월 10일, 카프 제1차 사건으로 검거되었다가 2개월 후에 불기소 처분.
1932년(38세)	조선지광사 실직, 극도의 빈궁.
1933년(39세)	8월, 천안 성불사에 가서 『고향』 집필.
1934년(40세)	신건설사 사건(카프 제2차 검거)으로 체포.
1935년(41세)	12월, 3년 집행유예를 받고 석방.
1936년(42세)	2월 20일, 복심에서 원심 확정. 단행본 『고향』이 한성도서에서 출간.
1939년(45세)	10월, 조선문인협회 발기인으로 가담.

1944년(50세) 3월, 강원도 내금강 병이무지리로 이사하여 농사 지음. 창씨개명과 일어 집필 모두 거절.

1945년(51세) 9월 24일, 서울에 와서 조선프롤레타리아예술연맹 창립.

1946년(52세) 2월에 월북, 조소친선협회중앙위원회 위원장에 피임. 북조선문학예술총동맹 중앙위원 선출됨.

1948년(54세) 8월, 제1기 최고인민위원회 대의원 피선.

1953년(59세) 조쏘문화대표단으로 러시아 혁명기념행사에 참가. 작가동맹중앙위원회 상임위원으로 선임.

1954년(60세) 대하소설 『두만강』 제1부 발표.

1957년(63세) 제2기 최고인민회의 대의원 겸 최고인민회의 부의장.

1958년(64세) 대외문화연락협회 위원.

1959년(65세) 9월, 『두만강』으로 조선민주주의인민공화국 인민상 수상.

1961년(67세) 3월, 조선문학예술총동맹 결성대회에서 중앙위원에 피선.

1963년(69세) 제3기 최고인민회의 대의원 부의장.

1967년(73세) 1월, 조선문학예술총동맹중앙위원회 위원장으로 피선.

1972년(78세) 제5기 최고인민회의 대의원.

1984년(90세) 8월 9일 사망, 평양 신미리 애국열사능에 안장. 유고집 『태양을 따라』 발간.

작품목록

제목	게재지 · 출판사	연도
■ 소설		
옵바의 秘密片紙	개벽	1924. 7
가난한 사람들	개벽	1925. 5
農夫 鄭道龍	개벽	1925. 12
民村	민촌(창작집)	1925. 12. 13 탈고
朴先生	별건곤	1926. 1
復興會	개벽	1926. 8
쥐니야기	문예운동	1926. 1
장동지 아들	시대일보	1926. 1. 4
五妹 둔 아버지	개벽	1926. 4
天痴의 論理	조선지광	1926. 11
失眞	동광	1927. 1
어머니의 마음	현대평론	1927. 1
餓死	조선지광	1927. 2
號外	현대평론	1927. 3

비밀회의 중외일보 1927. 4~
밋며느리 조선지광 1927. 6
邂逅 조선지광 1927. 11
彩色무지개 조선지광 1928. 1
苦難을 뚤코 동아일보 1928. 1. 15~24
元甫 조선지광 1928. 5
自己犧牲 조선일보 1929. 3. 12~
享樂鬼 조선일보 1930. 1. 2~18
조희쓰는 사람들 대조 1930. 4
洪水 조선일보 1930. 8. 21~9. 3
光明을 앗기ᄶᅡ지 해방 1930. 12
時代의 進步 조선지광 1931. 1
賦役 시대공론 1931. 9
猫·養·子 동아일보 1932. 1. 1~31
養蠶村 문학건설 1932. 12
朴勝昊 신계단 1933. 1
김군과 나와 그의 안해 조선일보 1933. 1. 2~15
變節者의 안해 신계단 1933. 5
鼠火 조선일보 1933. 5. 30~7. 1
故鄕 조선일보 1933. 11. 15~1934. 9. 21
가을 중앙 1934. 1
乭釗 형상 1934. 2
奴隷 동아일보 1934. 7. 24~29
B氏의 致富術 중앙 1934. 9
남생이와 병아리 청년조선 1934. 10
元致西 동아일보 1935. 3. 5~17

人間修業	조선중앙일보	1936. 1. 1~7. 23
흙과 人生	예술	1935. 7, 1936. 1
流線型	중앙	1936. 2
賭博	조광	1936. 3
背囊	조광	1936. 5
十年後	삼천리	1936. 6
有閑婦人	사해공론	1936. 7
寂寞	조광	1936. 7
夜光珠	중앙	1936. 9
비	삼천리	1937. 1
追悼會	조선문학	1937. 1
나무꾼	삼천리	1937. 1
麥秋	조광	1937. 1~2
어머니	조선일보	1937. 3. 30~10. 11
人情	백광	1937. 5
產母	조광	1937. 6
돈	조광	1937. 10
노루	삼천리문학	1938. 1
新開地	동아일보	1938. 1. 19~9. 8
慘敗者	광업	1938. 2
설	조광	1938. 5
청년	삼천리	1938. 8
대장깐	조광	1938. 10
慾魔	야담	1938. 10
陣痛期	조선문학	1939. 1~7
苗木	여성	1939. 3

燧石	조광	1939. 3
少婦	문장	1939. 4
權書房	가정지우	1939. 5
野生花	문장	1939. 7
古物哲學	문장	1939. 7
歸農	조광	1939. 12
형제	청색지	1939. 12
대지의 아들	조선일보	1939. 10. 12~1940. 6. 1
鳳凰山	인문평론	1940. 3
왜가리	문장	1940. 4
봄	동아일보	1940. 6. 11~8. 10
	인문평론	1940. 10~1941. 2
간격	광업조선	1940. 9, 11, 12
아우	조광	1940. 12
鍾	문장	1941. 2
생명선	가정의 벗	1941. 3~8
여인	춘추	1941. 3
隣家訓	춘추	1942. 1
東天紅	춘추	1942. 2~1943. 3
市井	국민문학	1942. 3
生活의 倫理	경성 성문당	1942
저수지	반도노 광	1943. 5~9
공간	춘추	1943. 6
광산촌	매일신보	1943. 9. 23~11. 2
형관	문화전선	1946. 8~9
땅(개간편)	조선인민출판사	1948

땅(수확편)	조쏘문화협회	1949
삼팔선	인민	1950. 10~12, 1952. 1~3
복쑤의 기록	민주조선(11~14)	1953
두만강 제1부	조선작가동맹출판사	1954
두만강 제2부	조선작가동맹출판사	1957
두만강 제3부	조선작가동맹출판사	1964

■ 희곡

그들의 男妹(일명 月姬)	조선지광	1929. 1
月姬(2~5막)	조선지광	1929. 2~6
人神敎主	신계단	1933. 2~4
닭싸움	우리문학	1946. 3
해방	신문학	1946. 4

■ 평론 · 수필

여인의 네 가지 전형을 읽고	동아일보	1924. 5. 19
병시걸인	동아일보	1925. 11. 15
출가소년의 최초 경난	개벽	1926. 6
인간상품	조선지광	1926. 7
악인과 선인	조선지광	1926. 8
과거의 생활에서	조선지광	1926. 11
문인과 생활	중외일보	1926. 12. 9~10
새 사람이 항상 많이 나오기를	조선지광	1927. 1

옛날의 가을	조선지광	1927. 9
집단의식을 강조한 문학	조선지광	1928. 1
묵은 일기의 일절에	조선지광	1928. 2
모춘잡필	조선지광	1928. 5
바다와 인천	조선지광	1928. 7
지금 형편에는 방책 별무	별건곤	1929. 1
관념론적 유심론	조선일보	1929. 3. 16
부인의 문학적 지위	근우	1929. 5
반동적 비평을 매장하라	대조	1930. 8
문예시감—1931년을 보내면서	중앙일보	1931. 12. 14
문예시감: 1931년판 『캅푸시인집』을 읽고	중앙일보	1931. 12. 15
적막한 예원의 일절을 읽고—동인군을 박함	문학건설	1932. 12
송영군의 인상과 작품	문학건설	1932. 12
판웨 롭흐 작 「빈농조합」—내 심금의 현을 울린 작품	조선일보	1933. 1. 27
「혁명가의 아내」와 이광수	신계단	1933. 4
작가가 본 작가—현민 유진오론	조선일보	1933. 7. 2~9
문단인의 자기고백—나의 문학에 대한 태도, 작가적 양심	동아일보	1933. 10. 10
문예적 시감 수제	조선일보	1933. 10. 25~29
노변야화	조선일보	1934. 1. 14~28
문학을 이해하라	동아일보	1934. 1. 16

사회적 경험과 수완	조선일보	1934. 1. 25
문예평론가와 창작비평가	조선일보	1934. 2. 3~4
'민촌'의 유래	동아일보	1934. 4. 2
화려한 천리녹야	조선일보	1934. 5. 5
창작방법 문제에 관하여	동아일보	1934. 5. 30~6. 4
문학과 현실	문학창조	1934. 6
소아를 버리고 대국에 착안하자	동아일보	1934. 6. 14
창작가로 나설 이에 몃 말슴	조선일보	1934. 7. 6~11
태평양과 삼방유협	동아일보	1934. 7. 20
문예시평	청년조선	1934. 10
이귀례에게 보낸 서한	예술	1936. 1
춘일춘상	조선중앙일보	1936. 4. 12~17
작가와 위생	사해공론	1936. 4
명암이중주	중앙	1936. 6
초춘(백자평론)	신동아	1936. 6
막심 꼴키에 대한 인상초	조선중앙일보	1936. 6. 22
문호 꼴키 옹을 조함	비판	1936. 7
흙의 향기	중앙	1936. 7
문장출어곤궁	신동아	1936. 8
문예적 시감	조광	1936. 8
추회	중앙	1936. 8
인상 깊은 가을의 몇 가지	사해공론	1936. 9
문학을 지원하는 이에게	풍림	1936. 12
조선문화의 재건을 위하야	사해공론	1936. 12
무로변기	조광	1937. 1

『고향』의 평판에 대하야	풍림	1937. 1
현문단 정예작가 출세작집	사해공론	1937. 2
문단시감	조선일보	1937. 3. 11~16
소년시절의 그리운 정서	풍림	1937. 4
예리한 해부력과 건실미	조선문학	1937. 5
막심 고리키 서거 1주년 기념에 제하여	조광	1937. 6
스케일이 크지 못함이 작가의 최대결함	동아일보	1937. 6. 5
문학청년에게 주는 글	조선일보	1937. 6. 6
평론가 대 작가 문제	동아일보	1937. 6. 22
소설창작에 대하야	조선일보	1937. 7. 7
산문의 정신과 사상	조선일보	1937. 7. 14~15
초하수필	조선문학	1937. 8
이상과 현실	동아일보	1937. 8. 4
나의 수업시대	동아일보	1937. 8. 5~8
작가 평가는 유기적	조광	1937. 9
비평과 작품	조선일보	1937. 11. 3
몬저 자부심을 가지라	조선일보	1937. 11. 9~10
조선문학의 전통과 역사적 대작품	조선일보	1937. 12. 8
조선은 말의 처녀지	동아일보	1938. 1. 3
셋방 십년	조광	1938. 2
잡감수제	조광	1938. 2
무몽대길	조광	1938. 2
분산적인 조선극계에 통일적 정신을 기대		

	동아일보	1938. 2. 8
탁류를 타고 내려올 때	사해공론	1938. 4
낙동강—초하의 조선 산하	조광	1938. 5
문학자와 교육자	동아일보	1938. 5. 27
창작의 이론과 실천	동아일보	1938. 6. 6
순식간에 지어진 이백리 문화촌		
	동아일보	1938. 7. 7
역사의 흐르는 방향	조선일보	1938. 7. 9
낙동강—그 강의 정서	조광	1938. 8
비뚜러진 상식	사해공론	1938. 8
농촌의 인상	가정지우	1938. 8
박승극 저 「다여집」 서평	동아일보	1938. 9. 18
창작의 이론과 실제	동아일보	1938. 10. 2
묘사의 대담성	동아일보	1938. 10. 4
단발령	동아일보	1938. 10. 25
내금강관문	동아일보	1938. 10. 26
내팔감과 보덕굴	동아일보	1938. 10. 27
백운대와 연화대	동아일보	1938. 10. 28
수미탑과 연화대	동아일보	1938. 10. 29
만물상중 천선대	동아일보	1938. 11. 3
상팔담의 원근경	동아일보	1938. 11. 6
작자와 독자	동아일보	1938. 12. 3
내가 본 유진오씨	조선문학	1939. 1
낙목공산	조광	1939. 2
인간과 창조	동아일보	1939. 2. 9
건강유감	동아일보	1939. 2. 11

수봉 선생	동아일보	1939. 2. 18
단상	조선문학	1939. 3
내 문학을 길러준 곳	동아일보	1939. 3. 25~30
동경하는 여주인공	조광	1939. 4
삼악성	비판	1939. 4
인간과 기술자	청색지	1939. 5
「대지」의 「첫아들」 장면	가정지우	1939. 5
인간탐광기	조광	1939. 6
그리운 남극	신세기	1939. 6
대지의 아들을 찾아서	조선일보	1939. 9. 26~10. 3
문인도와 상인도	신세기	1939. 9
박영희 저 「전선기행」을 읽고	조선일보	1939. 10. 16
『신개지』영화화에 대하여	영화연극	1939. 11
새 영화예술의 발달	영화연극	1939. 11
만주와 농민문학	인문평론	1939. 11
국경의 도문	문장	1939. 11
전선기행	박문	1939. 12
실패한 처녀장편	조광	1939. 12
원산행 소감	청색지	1939. 12
산중잡기	동아일보	1939. 12. 5~10
오해	동아일보	1940. 1. 25
관습	동아일보	1940. 1. 26
생명	동아일보	1940. 2. 3
여성	동아일보	1940. 2. 4
나의 문학동기	문장	1940. 2
작가에게 방향을 지시	인문평론	1940. 3

복더위	가정의 벗	1940. 8
시대에 적응할 새 인간형의 창조를	삼천리	1941. 1
자연의 은총	신시대	1941. 5
문예시사감수제	매일신보	1941. 5. 6~11
금강산과 나	춘추	1941. 11
춘일소감	매일신보	1942. 3. 16~17
문학의 세계	매일신보	1942. 6. 18~23
『동천홍』에 대하여	대동아	1942. 7
윤승한 저 「대원군」을 읽고	춘추	1943. 3
일평농원	매일신보	1943. 7. 11~13
농막일기	반도의 광	1944. 7
동지애	우리문학	1946. 2
북조선의 예술동향	중앙신문	1946. 4. 21
포석 조명희론	중외일보	1946. 5. 28~29
창작방법상에 대한 기본적 제문제	문화전선	1946. 7
나의 소련기행	조쏘문화	1947. 3
조선문제에 대한 유엔총회의 불법적 결정을 삼천만 조선인민은 승인치 않는다	조쏘문화	1949. 2
인민의 나라 쏘연방의 약진상—조선인민대표단의 총괄적 보고	조쏘문화	1947. 3
피는 피로써 갚자	로동신문	1950. 7. 20
조국의 독립과 자유와 세계평화를 위한 조선인민의 투쟁에 준 쏘련의 거대한 원조	조쏘문화	1951. 8
위대한 사회주의 사월혁명과 쏘베트동맹의 평화정책		

	조쏘문화	1951. 11
쏘련공산당 제19차대회를 전 세계평화애호 인민들과 함께 조선 인민들은 충심으로 축하한다	조쏘친선	1952. 8
쏘베트문화는 세계의 평화와 인류행복을 위해 복무하고 있다	민주조선	1952. 9
조쏘 양국 인민간의 위대한 친선	조쏘친선	1953. 1
위대한 레닌의 기치는 우리를 승리에로 고무한다	조쏘문화	1953. 1
위대한 스딸린은 우리 조선인민의 심장 속에 영원히 살아 있을 것이다	조쏘친선	1953. 4
위대한 쏘련의 원조는 전후 인민경제복구건설에서 우리승리의 튼튼한 담보	조쏘친선	1953. 11
노동계급 속에서 협회문화 선전사업을 가일층 강화하자	조쏘친선	1954. 5
영광스러운 우리 인민과 함께	조선문학	1955. 7
내가 소설을 쓰기까지	청년문학	1956. 3
『땅』과 곽바위	우리조국	1956. 3
나의 금후 창작계획	문학신문	1957. 2. 28
해방의 태양이 빛나는 새조선	조쏘문화	1957. 8
카프시대의 회상기	조선문학	1957. 8
지상낙원의 건설을 위하여	문학신문	1957. 9. 26
내가 겪은 3·1운동	조선문학	1958. 3
사회주의 사실주의문학의 거장 엠 고리끼탄생 90주년에 제하여	문학신문	1958. 3. 27

평화의 힘	문학신문	1958. 5. 29
위대한 해방의 태양 아래	문학신문	1958. 8. 14
새해 창작계획	문학신문	1959. 1. 1
나의 창작계획	민주조선	1959. 1. 3
공산주의적 친선과 협조	문학신문	1959. 3. 15
불구대천의 원수 미군 당장 나가라		
	문학신문	1959. 6. 25
미제침략자를 단죄한다	로동신문	1959. 6. 26
문학도들에게	문학신문	1959. 9. 4
참된 생활로부터	문학신문	1960. 5. 27
한설야와 나	조선문학	1960. 8
현대조선문학과 한설야	로동신문	1960. 8. 24
나의 창작경험—장편소설 『두만강』을 쓰기까지		
	문학신문	1960. 11. 1, 11. 4
포석에 대한 나의 인상	문학신문	1962. 2. 20
조명희 동지를 추억함	조선문학	1962. 7
작가의 학교는 생활이다	문학신문	1962. 8. 21~28
땅에 대한 사랑	문학신문	1963. 3. 5
작가는 시대의 거울이다	문학신문	1963. 9. 6
생활을 창조하는 사람들	조선문학	1963. 11
언어의 정화문제	문학신문	1963. 12. 10
현실적 주제의 창작을 강화하며 그의 형상성을 제고하자		
	문학신문	1963. 12. 20
남반부 작가들은 싸우는 인민의 편에 서라		
	문학신문	1964. 3. 6
10월의 태양은 온 세계에 비친다		

	문학신문	1964. 11. 6
남북으로 갈린 혈육들을 빨리 서로 만나게 하라		
	로동신문	1964. 12. 16
처녀작을 어떻게 썼는가	청년문학	1964. 12
언제나 생동한 작가정신으로	조선문학	1965. 1
창작과 노력	창작과 기교	1965. 7
서해에 대한 인상	문학신문	1966. 1. 21
추억의 몇 마디—포석 조명희 동지		
	문학신문	1966. 2. 18
포석 조명희에 대한 일화	청년문학	1966. 9
미제와 그 주구 티우 키 도당은 체포한 문화예술인들을 즉시 석방하라		
	문학신문	1967. 7. 28
영광스러운 우리 조국	문학신문	1967. 9. 8
인민은 위대한 수령을 노래한다		
	로동신문	1967. 10.20
사회주의적 문학예술의 창조에서 강령적 지침으로 되는 역사적 문헌		
	조선문학	1970. 11
경애하는 수령님의 만수무강을 삼가 축원합니다		
	조선문학	1972. 4
남조선 작가 예술인들은 반파쇼 민주화투쟁에 적극 참여하여야 한다		
	로동신문	1981. 9. 14
통일을 위한 전 민족적인 협상기구가 빨리 마련되어야 한다		
	로동신문	1981. 9. 14
남조선의 작가 예술인들은 「2천년대통일론」을 주장하는 군사파쇼정권을 타도하고 민주정권을 세워야 한다		
	로동신문	1982. 1. 9

남조선 통치배들이 진정으로 통일하려는 의사가 있다면 통일의 기본장
애물을 하루 빨리 제거하여야 한다
로동신문 1982. 2. 2

※ 평론과 수필 목록은 김흥식의 「이기영소설 연구」, 서울대 박사학위논문, 1991의 '부록'과 이상경의 『이기영—시대와 문학』, 풀빛, 1994의 연보를 참조하여 작성하였다.

조남현曺南鉉 1948년 인천에서 태어나 서울대학교 국어국문학과를 졸업하고 같은 학교 대학원에서 문학박사학위를 받았다. 현재 서울대학교 국어국문학과 교수로 재직 중이다.
저서에 『한국지식인소설연구』(1984), 『한국소설과 갈등』(1990), 『한국현대소설의 해부』(1993), 『한국현대문학사상연구』(1994), 『한국현대문학사상논구』(1999), 『한국현대소설유형론연구』(1999), 『한국현대문학사상탐구』(2001), 『소설신론』(2004) 등이 있다.